本书获得江苏省社会科学基金后期资助（批准号：14HQ015）

2016年南通大学人文社科精品著作工程一般资助

"去作者"观念与
"作者之死"思潮研究

张同铸　著

中国社会科学出版社

图书在版编目（CIP）数据

"去作者"观念与"作者之死"思潮研究／张同铸著.—北京：
中国社会科学出版社，2017.6
ISBN 978 - 7 - 5161 - 9752 - 3

Ⅰ.①去… Ⅱ.①张… Ⅲ.①文学理论—理论研究 Ⅳ.①I0

中国版本图书馆 CIP 数据核字（2016）第 324715 号

出 版 人 赵剑英
责任编辑 陈雅慧
责任校对 李永斌
责任印制 戴 宽

出 版 中国社会科学出版社
社 址 北京鼓楼西大街甲 158 号
邮 编 100720
网 址 http://www.csspw.cn
发 行 部 010 - 84083685
门 市 部 010 - 84029450
经 销 新华书店及其他书店

印 刷 北京明恒达印务有限公司
装 订 廊坊市广阳区广增装订厂
版 次 2017 年 6 月第 1 版
印 次 2017 年 6 月第 1 次印刷

开 本 710×1000 1/16
印 张 13.75
插 页 2
字 数 209 千字
定 价 66.00 元

目　　录

导　　论

当代一位著名的学者认为，评论家们从艺术和作者之间的关系出发来探讨美学问题，并且把其当作是探讨艺术的全面的方法，这种历史并不太久，这种情况从一开始到被普遍应用，还不到 150 年左右的时间。[①]依照他的这种观点，认为批评活动应该把作者当做中心并加以重点关注的观点，其历史并不太长。不过这只是问题的一个方面，因为正如伯克所指出的，自古希腊以来人们从未忽视过作者理论问题，虽然它只是被看做是一种不重要的问题，要不然的话就是把它当做是某个更高的立场的一个分支，但不管怎么说"所有和文学或文本相关的理论没有不包含着某种与作者身份问题相关的立场的"[②]。

即使根据该著名学者所提出的文学研究"四要素"说，作者理论也占有着重要一极，不过还不止于此，我们可以将其视为西方文化中最本质的论题之一。伯克就此指出作者主体性问题可以被视为是西方文化的基石之一，它就像宇宙论一样激起了无数人的兴趣，无论他们是肯定它，还是怀疑或者否定它，"因为从这个问题所生发出来的思考，深刻体现了一个既定的社会在世界中的存在感，和它自身的建构与话语、知识和传统之间的关系"[③]。

从古希腊开始，"去作者"观念就一直存在着，就是在讨论诗歌等作

---

① 艾布拉姆斯：《镜与灯：浪漫主义文论及批评传统》，郦稚牛译，北京大学出版社 1989 年版，第 2 页。

② Burke, Seán, *Authorship*：*From Plato to the Postmodern*：*A Reader*, Edinburgh：Edinburgh University Press, 1995, p. IX.

③ Ibid., p. XVI.

品时，忽视或取消作为经验个体而存在的作者的作用，将所谓真正的作者归于一种超越性的力量。在柏拉图和亚里士多德那里，这种超越性的力量是神，或是造物者，或是"不动的推动者"。到了基督教时期这种观念得到保持并发展，这最终的作者便是上帝。文艺复兴之后虽然人的主体性受到重视，相对应的作者中心观念得以确立，但是由于没有完全取消上帝的观念，在这一段时期的文论思想中仍然有着"去作者"的印迹，主要体现在浪漫主义的文论中，特别是在天才观念中。自尼采宣称"上帝之死"之后，欧洲文化发生了巨大的变化，再者20世纪发生了语言学革命，语言不再仅仅被视为人类表达思想的工具，而是被视为内容的有机构成，对于内容来说甚至是一种决定性的力量，再加之"二战"之后的具体社会文化状况，"作者之死"思潮首先在法国形成，随后传播到美国，形成强大的影响。与传统"去作者"观念相比，20世纪"作者之死"思潮不再把作品归于神意，而是将其归于语言，这体现了非常鲜明的反神学和去中心的形而上学意味，其意义是不可低估的。但是，该思潮也存在着诸多固有的弱点，因此在强劲的浪潮之后，很快也就退潮。

一

从词源学角度来说，作者的英文词 author 来自于中古英语 auctour，在意大利著名学者维柯的巨著《新科学》中，维柯用这个词来指代那些拥有所有权的主人们。① 在随后的发展中，auctour 具有了"无法动摇的权威"的意思。这个词在古高卢语中是 autor（在德文中则是 autor），从语言学角度来讲，这些词都和以下几个拉丁文词源有关：其一是 auctor，名词，指"创造者"；其二是 auieo，动词，意为"系住"；其三是 agere，动词，指"行动或表演"；其四是 augere，动词，指"成长、长大"；其五是 autentim，名词，意为"权威"。所以皮斯指出 author 这个词和其他那些类似的词不同，像意为"散文家"的 essayist、指称"诗人"的 poet 和表示"戏剧家"的 dramatist，"（author）一词具有'权威'的内涵，还

---

① 维柯：《新科学》，朱光潜译，人民文学出版社1986年版，第169页。

意指创作个体是这种权威性的源头"①。

　　维柯指出，在雅典城邦时代，"诗人们"的意思就是"创造者们"。②从久远的史前时期起，那些原始人，也就是人类的伟大先民，他们尚处于人类发展的儿童时期，他们依靠想象，用诗性的方式把握事物，他们被称为"诗人们"，就是创造事物的主人。——不过紧跟着"神"的观念的演进，情况也发生了变化，如果要创作的话，一个人就得失去理智，步入所谓的"迷狂"状态，成为神意的代言人，这与柏拉图哲学中对于超越性世界的理解是相关的。亚里士多德虽然在很多观点上都与自己的老师相左，不过他认同"第一推动者"的存在，还是给神学以足够的空间。而在深受柏拉图思想影响的中世纪时期的欧洲，每一门学科都有自己的权威（auctoures），这些权威可谓是神意的阐释者，像西塞罗、亚里士多德、托勒密等，他们分别作为修辞学、辩证法和天文学领域的权威。这些权威在他们各自学科内制定了基本规范，中世纪的道德规范和政治规则正是建立在这些规范的基础上。在接下来的好几个世纪中，人们以这些道德规范和政治规则为准则，阐释、解说它们，并且引述权威所确立的术语来解决他们所面临的现实问题。这些权威的著作所具有的神圣性是不容置疑的，日常生活中的事件如果不能够用他们的术语来加以解释就不能算是真正"发生"了。一般而言，普通人不能有自己特殊的生活经历，他的生活、思想和情感都不得不与这些权威性著作保持一致，不然的话就会被视为大逆不道。什么人才拥有对日常行为的阐释权呢？在神的意旨下，只有教士和帝王才可以，因为前者是神的代表（教士），后者则代神治理凡尘。这些神意的代表在神的旨意下取得了制定规范和准则的权威，一方面得以更好地维持自身的统治，另一方面也更进一步地确立了权威在文化上的地位。作为这些权威的受益者和代理人，君王们自身就是具有最完美的文化形式的auctour，臣民们必须顺从他的命令。

　　这种规范性的权威，一直到15世纪晚期都被认为是天经地义的，但新大陆的发现却撼动了这看似牢不可破的神意基础。人们忽然发现被认

　　① Pease, Donald E., "Author", *Critical Terms for Literary Study*, eds. by Frank, Lentricchia, et al., Chicago: The University of Chicago, 1995, p. 106.

　　② 维柯:《新科学》，朱光潜译，人民文学出版社1986年版，第40页。

为是至高无上的权威的书并不是无所不能的，他们在面对新大陆的居民、文化、法律、动植物甚至语言的时候，失去了解释的效力。探险家们不再去挖空心思地钻研权威的书籍，企图从里面寻求一些可以利用的暗示性语句，而是自辟蹊径，面对新生事物，自己新创词汇，或直接移用当地语言，最终导致权威特权的丧失。

这些勇敢的创造者就是那些具有罕见天赋、才能并起着创新典范作用的文艺复兴时期的杰出人物群体，他们被称为"新人"。在这个伟大的群体中，面貌一新的 Author 横空出世，Author 不同于 auctour，他们的可靠性和真实性并不建立在对超越性意旨的阐释上，他们的个体性是建立在自己的独创性之上的，他们是自己作品的主人。[1]

18 世纪被称为是理性主义的世纪，在这一时期，理性被尊崇到无以复加的地位。随着科学的极大发展，人们对世界认识的逐渐增多，神性的权威逐渐退场，人的地位不断凸显。神被人代替，人成为宇宙的主宰，变成立法者，这可以说是自文艺复兴之后人们对自我与世界关系的进一步发展的必然结果。这样一来，在文艺创作时，Author 不再需要神的光顾，他自己就是创造的主体，他几乎无所不能，依照理性而取得了自己的威权，成为理性的代言人，传达真理，确立对文本王国的统治。当代一位著名哲学家认为没有什么词汇会比"理性"能更好地来描述18 世纪的特征了，他说："理性成了 18 世纪的会聚点和中心，它表达了该世纪所追求并为之奋斗的一切，表达了该世纪所取得的一切成就。"[2] 在这个被称作"哲学的世纪""启蒙的世纪"，同时也被人称作是"批判的世纪"的时代，很多思想家都在从事艰深哲学思考的同时也从事哲学与美学批评，他们认为这些思考是相互依存的，它们的本质也是一样的。随着人成为"第二个创造者，成为仅次于朱庇特的真正的普罗米修斯"[3]，作者作为理论批评中心的模式也顺乎自然地确立了。

---

① Pease, Donald E., "Author", *Critical Terms for Literary Study*, eds. by Frank, Lentricchia, et al., Chicago: The University of Chicago, 1995, p.106.

② 卡西勒：《启蒙哲学》，顾伟铭等译，山东人民出版社 1988 年版，第 3—4 页。

③ 同上书，第 311 页。

这种作者中心论的批评模式在 18 世纪之后成为文学批评的主宰，它高度弘扬人的主体性，比起中世纪神学一统天下的状态，它显然具有无与伦比的积极价值，打破封建枷锁的奴役和神学教条导致的愚昧和迷信，迎来西方文化史上的一个高峰。不过遗憾的是，启蒙主义者的观念并不彻底，他们固然极大地肯定了人的主体性和能动性，但上帝的观念并没有被完全清除。无论是牛顿还是康德和黑格尔，他们的体系都为上帝留下了地盘，这就使得作者主体性的地基仍然不牢固。

因此，作者中心论这种批评模式确立其统治地位的时间并不太长，很快就受到了挑战，其原因除了上述所言启蒙主义者的观念并不彻底之外，更深层的原因则在于其理论所赖以立足的理性中心模式发生了坍塌。在理性中心主义模式下，宇宙万物是统一的，它们之间的结构严密而有序，人只要掌握了这种结构就可以理解世界、支配万物，而要想掌握这种结构是有密钥的，那就是人的理性。这种信心投射在艺术创造领域，使人们相信艺术不仅仅是感性的，也是合乎理性的，作者就是这个丰富的完整的感性与理性相统一的艺术世界的主人。文本是由作者创作出来的，它们之间就像父与子的关系一样，没有前者就自然不会有后者。19 世纪之后，理性中心主义的模式出现了严重危机。人们发现世界并不具有原先所以为的那种统一的理性结构，客观事物是相对的，其关系极其复杂甚至难以言表。理性的力量不是无限的，人们不再具有认为一切都是可以说得清的自信，人连自身都无法把握，当然不可能完整地认识世界了。世界变得难以形容，意义不再是确定的。就在这时，叔本华的唯意志论出现了，他认为宇宙的自我意志就是盲目的求生欲望，理性从崇高的地位上跌落下来，原来它也只是服务于意志。人无法依照理性来认识世界的本质，只有基于无意识的直觉感悟的"观审"才能实现这一目的。叔氏之后哲学开始遗落理性，紧跟着也就开始颠覆古典作者作为理性主体存在，因而可以作为文本意义的源泉的地位。

作为叔本华的早期崇拜者，尼采认为文本是一个自治王国，不应该把作品与其作者相混淆。作者只要发表了文本，他就自动弃绝了主宰文本意义的一切权利。他不仅从理论上嘲讽并取消作者在批评领域里的特殊地位，还将其付之行动，自我瓦解自己作为作者的权威性："我个人是一回事,我的著作又是一回事。"① 福柯则不厌其烦地问着尼采式的问题:"谁在说话?"然后自言自语地说:"是谁说的,那有什么关系?"②

非理性主义的兴盛使得西方文化界逐渐形成一种在创作实践和理论批评中都排除作为个体存在的作者的思潮。在诗人马拉美那儿,言语活动能够代替言语活动的主人从而成为最终的作者;这一点在瓦莱里那儿得到发展,他质疑和嘲弄经验性的作者,凸显文学的语言学本性;在普鲁斯特的著名小说中,作家与其人物的关系被打乱了,读者发觉并不是作者创作了他的书、塑造了众多角色,相反,是他的创作行为创造了一个叫普鲁斯特的作者;此外,鼓吹自动写作的超现实主义者们也抛弃了主宰一切的作者旨意,在他们提倡多人共同创作的情况下,作者形象的神圣性被更进一步地瓦解了。除此之外,语言学作为一种有用的工具常被运用,以加强取消作者存在的必要性,因为语言学家们认为陈述需要的不是作者而是一个主语。③ 而且,在文学实践中,比如新小说,似乎也正符合巴特(又译为巴尔特)所提倡的"零度写作",即"毫不动心的"、"中性的"、"直陈式"写作,作者好像归于纯粹的沉默,最后只剩下"物"以客观而自主的姿态自言自语。新小说的重要领袖人物罗布-格里耶认为,在新小说理论体系中,是读者而不是作者处于创造者的地位:"新小说家……宣称他没有什么要说的,一切都发生在作品里面",④在试图褫夺深度意义的"后现代的"文本那里,所有的东西都被认为是语言的嬉戏,更难说有作者意旨存在。卡夫卡,这位被奉为现代小说鼻祖的著名作家,不再对写作的超越作用抱有任何希望,他在写作观念上再也不具备什么崇高的信念,而这种信念在雨果和巴尔扎克他们那里却是一刻也不能少的。作为20世纪荒诞戏剧的代表人物,尤奈斯库不承认文学能表现出什么精神价值,在他眼中文学至少在很大程度上只是一种

---

① 尼采:《看哪这人》,张念东、凌素心译,中央编译出版社2000年版,第40页。

② 福柯:《什么是作者?》,载赵毅衡编《符号学文学论文集》,百花文艺出版社2004年版,第524页。

③ Barthes, Roland, "The death of the author", *The Norton Anthology of Theory and Criticism*, ed. by Leitch, Vincent, B. New York: W. W. Norton & Company, 2001, p.1466.

④ 阿兰·罗布-格里耶:《新小说》,载黄道怡编《"冰山"理论:对话与潜对话》(下),工人出版社1987年版,第536页。

虚构和欺骗。唯有当一个人忘掉自己是作家的时候，这时文学也许才能变成对精神性的某种补偿。[①] 在福柯看来，这种颇具当代特征的写作观念，注定卡夫卡和尤奈斯库从故事的开局之后便不断消失。

在这种背景下，罗兰·巴特开始创作《作者之死》，福柯、德里达这些法国思想界的巨擘纷纷响应，"作者之死"思潮开始横扫欧陆，并经北美而影响世界。正如有学者指出的那样子，"作者之死"像宣言一样开创了一个新的时代，"一场思想领域的革命开始了"。[②]

与传统的"去作者"观念相比，这种"作者之死"思潮不再诉诸神意，而是凸显了语言的作用，具有反神学的革命意义。该思潮使得读者的作用凸显，并且使得新型的作者主体得以出现。不过他们的"去作者"思想仍然存在诸多缺点，这些缺点将会在新的文化条件下被逐步克服。

---

① 王诜编：《世界著名作家访谈录》，江苏文艺出版社 1991 年版，第 234 页。

② Biriotti, Maurice, "Introduction：authorship, authority, authorization", *What is an author?* eds. by Maurice Biriotti and Nicola Miller, Manchester University Press 1993, p. 1.

第 一 章

驱逐诗人的柏拉图

作为西方文化的源头性人物之一，柏拉图对作者主体性抱有一种什么样的态度？他是否认作者解释自己作品的能力，还是肯定这种能力？他是肯定作者独立创造自己的作品呢，还是否认这种能力，认为完全是被一种外在的异己之力所控制而不由自主？

《柏拉图全集》第一卷《申辩篇》有这么一段："我去访问诗人，这其中有悲剧体诗人、酒神赞美体诗人，还有其他各种体裁的诗人，比起他们来我原本相信我在这种场合应更加无知。我挑出在我眼中最完美的一些作品，向这些作品的作者询问他们写的到底是什么意思，满心希望这些作者们能告诉我答案。我很犹豫应不应该告诉你们事实真相，各位先生，可我还是得说：任何一位路过的人都能够比这些诗歌的真正作者对他们的这些诗歌作出更好的解释。这样我马上就有了对他们的看法。我坚信不是才智让诗人能够写诗，应该有一种天才或灵感在驱动他们，我们常常在占卜者和先知那里可以发觉这种情况，他们可以宣示精微的启示，但宣示者自己却并不知道那些宣示意味着什么。"（《申辩篇》22b - c）[1]

这里所表达的基本意思是很清楚的，后来在柏拉图其他的作品中又进一步发展，成为众所周知的"灵感说"（也称"迷狂说"）。不过这一段中所提到的"诗歌的真正作家"那一句却让人感到难解：究竟这真正

---

[1]　在本书中，如非特别注明，所有柏拉图的观点均引自《柏拉图全集》英译本。（*Plato：Complete Works*，edited by John M. Cooper，Hackett Publishing House，1997）译文为笔者参照各家中文译本所译，引文后标明所引文字的斯特方页码。

作家指的是谁？为什么他不能够解释自己的作品？既然诗人的诗歌有赖于神灵的凭附，根据神是善的这个前提，诗人就应该是有益的，何以又会出现亵渎神灵，扩大贪恋这些罪行呢？"'迷狂'中的诗人是否有自己发挥的空间？除了诗人的凭附，是否加进了诗人的自我？如果是这样，神的依附和人性的表露关系是怎样的？"①

应该说柏拉图的这种矛盾性早就为人所注意了，他的这种矛盾并不是他一个人的矛盾，千百年来无数的诗人与学者为之困惑，也为之着迷。

第一节　诗与哲学之争

在各民族文化大家庭中，古代希腊文明无疑是其中最璀璨、最夺目的之一，某种意义上可以说，正是希腊古代文明塑造了现代世界精神。众所周知，希腊是最富有哲学思维的民族之一，可是如果回溯到早期希腊文化，希腊神话才是最早、影响最为深远的。神话是古希腊文学的土壤，也是希腊哲学的渊薮。正如维柯所指出的，就像各个原始民族的口述历史中都有神话的因素一样，"在希腊人之中，最初的哲人们都是些神学诗人……希腊哲学家们也把希腊的神话故事性的历史都译成哲学"②。他们就是最早的诗人，富有想象力和创造力，他们创造出了天神的世界。著名的荷马史诗就取材于神话，盲诗人在赞颂人类的力与美的时候，也将人类的命运托付给奥林匹斯山上的诸神，诸神其实就是人类世界的投影。

在古代希腊，由于书写技术的不发达，所以一开始都是采取口耳相传的方式。这样子，对韵律、节奏的把握就成为关键，因为只有朗朗上口、便于背诵，才能传播久远，因此诗歌便很自然地成为最盛行的文体。在古希腊时期也经常会举行各种诗歌竞赛，获胜者会成为众人眼中的英雄。荷马、赫西奥德等人之所以能够拔出侪辈，很大程度上也是因为他们对于诗歌艺术的运用和把握臻于纯熟。早期的哲学家们比如色诺芬尼

---

① 刁克利：《柏拉图诗人论的矛盾及其启示》，《中国人民大学学报》2005年第1期，第153页。

② 维柯：《新科学》，朱光潜译，商务印书馆1989年版，第171页。

和赫拉克利特也是采用诗歌文体阐述他们的学说,即使在散文文体兴起之后,他们本可以采用这种新兴的文体来写作,而不是采用对音步、韵律非常考究的诗歌,这样在论述起来会更加方便,也会更加细致。可是,事实上不是如此,原因其实非常简单,只有采用诗歌文体,才能更好地被大众接受和理解。

哲学家虽然很喜欢采用诗人最擅长的韵律、格式,在这一点上可以说是诗人的学生,但是他们显然不满足于像诗人那样仅仅停留在想象阶段,他们要超出感官的束缚,去寻求现象之上的本质,寻求那高于个体的永恒。"诗人们可以说就是人类的感官,而哲学家们就是人类的理智",① 不过从人们认识事物的普遍情况来看,感官认识先于理智认识,但理智认识又高于感官认识,因此偏于理智的哲学应该比偏于感官的诗歌的层面要高,虽然算起来他们都是从神话那里吸取了养料。如果我们采取维柯的说法,早期的哲学家就是神话诗人,那是因为他们还不能自觉地、自如地思考世界和表达观点,等到他们逐渐成熟起来之后,他们就力图摆脱对诗歌的依赖,并且逐渐形成了高傲的性格。

哲学家在和大众打交道的时候带有强烈的优越感,这种优越感来自于他们的理性,他们发现大众的经验无法脱离现象界,而现象是反复无常和转瞬即逝的,必须运用智慧和理性超越它们才能获得真正的知识,而哲学家正是这方面的行家里手。在一座岛(Samos)上学者们发掘到一块古希腊时代的钱币,上面印有哲学家毕达哥拉斯的雕像,雕像一只手拿着象征权力的权杖,另一只手则指着放置在他前方的地球,这个造像显然是凸显哲学的崇高地位。哲学家是大众的统治者和立法者,至少他们自己是这么认为的。

可是对于普通的希腊人来说,诗人更为可亲和可信。荷马史诗生动的叙述比起哲学家的说教要更加有吸引力,普通希腊人从诗人那里不仅可以听到动人的故事,也可以走进神的世界,了解神的行为,分享神的快乐,感受神的苦恼。荷马们不仅是诗人,更是导师,在古希腊社会中占据着一个极为重要的地位,他们就像先知一样,通晓过去、把握现在、预知未来。他们弹着乐器,在各种场合里吟唱,从公众集会到私人庆典,

---

① 维柯:《新科学》,朱光潜译,商务印书馆 1989 年版,第 172 页。

在这些活动中创造、确立并传播社会价值，塑造社会规范。这些价值与诗人的吟唱一起传承久远，一代一代地流传下来。

在哲学家看来，诗人为了增加故事的效果，迎合普通希腊人的猎奇心理，把神塑造成了感情脆弱、满身缺点的形象，这是他们不能容忍的。公元前6世纪色诺芬尼就攻击了荷马，他使用诗人最擅长的史诗文体，指责荷马他们"把人类身上最让人羞愧和责备的东西分派给了神——偷盗、通奸以及互相欺骗"。随后赫拉克利特也严厉地批评荷马，他认为应该把诗人们扔出竞赛场并且对其施以鞭刑。当然在诗人看来，哲学家也是可笑而又无用的人，在阿里斯托芬的笔下，苏格拉底和他的学生们整天研究的只是"跳蚤跳的距离是它们脚的若干倍"之类无聊的问题。他们争论的焦点是：在诗歌和哲学两者中，究竟谁更接近于真理？在当时，真理就是神意，因此，这个问题同时也就是：谁更多地受到神的青睐，从而更多地反映了神意。这就是著名的"诗与哲学之争"。

在这场旷日持久的聚讼纷争中，柏拉图对诗人的态度是最有影响的。他借苏格拉底之口，反复宣称诗人写作靠的不是技艺，不是知识，而是灵感，是神意，一个诗人只有失去他自己，诗神才会光顾他。他这么说："阳光和生长着羽翼的东西都是有神性的，而诗歌如同它们一样，一个人要想作出诗歌，就只有放弃自己的理智，接受灵感的感召，否则他永远与诗歌绝缘。只有当诸神依附在他们身上的时候，一个人才会成为诗人，可以写出诗歌或是发出预示，……因此我们所热爱的那些作品其实不是某个凡人的作品，其实是诸神写就的，诗神只是作为诸神的代言人而存在，神灵以他们为依附，并主宰着他们。"（《伊安篇》534b－e）有时诸神为了展示自己，甚至故意要让最差的诗人能写出一首最美妙的抒情诗出来。

在诗与哲学之争中，柏拉图无疑是站在哲学一边。诗人可以反映真理，但是他不是依靠自己独立的力量认识真理，他只是神的表达工具而已。哲学家则不然，哲学家是所有人中最智慧的人，所以在一个理性的城邦中，柏拉图所能够设想的最后的王便是哲学王。不过，对于本书的论题而言，真正重要的问题在于：柏拉图为什么要驱逐诗人？本章试图联系其"造物者"观念对这些问题加以探讨。

第二节 柏拉图的"造物者"观念

古希腊神话中的泛神观念渗透到希腊文明的方方面面，比如仪式、庆典、祭祀等，无不体现其影响，哲学也不例外。早期的哲学家大部分是朴素的唯物主义者，主要是从物质元素的角度来解释世界的起源，他们在观察自然界的时候发现了一种神秘的周期性活动，比如白天黑夜交替、四季不断轮回、草木随之荣枯等，他们将这些现象与人生相联系，发现人生也如此，荣辱相递、生死相继，自然与人生之间存在着一以贯之的东西。哲学家们开始思考主宰这一切的原因，他们认为也许存在一种至高无上的本原，它主宰着一切现象的发展变化。这种泛神观到了柏拉图的笔下，就成为"造物者"。

"造物者"（δημιουργός）这个词是个常见的希腊词，它的拉丁化表达是 dēmiourgos，英文对应词是 demiurge。这个希腊词本义是指手艺人、工匠，后来又引申出来生产者、创造者等意义。在柏拉图思想成熟以后的《高尔吉亚》和《理想国》中就已经出现，但并没有详细展开①，而在晚期著作《蒂迈欧》中则指创造宇宙的神，并对其予以长篇论述。

《蒂迈欧》中出现了四位人物，除了苏格拉底之外，还有蒂迈欧、赫莫克拉底和克里提亚。和柏拉图的其他对话迥然不同的是，苏格拉底在这篇对话中大部分时间保持沉默，对话开始之后不久就进入了"蒂迈欧"的长篇独白，他阐明了"造物者"的作用，指出"造物者"创造出了宇宙、灵魂以及理性，是宇宙发展变化的原因。

在蒂迈欧看来，"造物者"是很难找出来的，甚至可以这么认为，"造物者"是从逻辑上推理出来的存在。他在这篇文章的开头就问了两个

---

① 比如在《理想国》中，当苏格拉底将天文学研究局限在对数学问题的研究，并且由于天体运动的不规律性而排除了对它们的观测时，他提到了"那位造天的工匠"："你难道不认为天文学家在观察天体运动时也会有同样的感觉吗？他会愿意承认，那位造天的工匠已经以可能有的最佳方式建构了天穹和上面的各种星体。但若有人说日夜的长短、日夜与月份的关系、月份和年份的关系、其他星辰与年月的关系，以及星辰之间的关系，有一种恒常不变的比例，那么他也会认为这些想法是荒谬的，因为这些东西都和物体有关，是可见的，而他不可抑制的想要探寻的是这些事物的实在，不是吗？"（《理想国》530a-b）由于这一怀疑，"那位造天的工匠"的工作被认为是不完美的，因此是不值得研究的，不再被考虑。

与存在的本质有关的问题：哪一种存在是？哪一种存在是不断变化的并且根本无真实面目可言？他自问自答：那些通过思考得来的东西是永远真实的并且不会有任何变化，那些经过感觉而获得的东西则是不断变化的并且根本无真实面目可言。虽然研究者们一再警告不要把柏拉图和对话中的人物相混淆，但是在这里蒂迈欧所强调的的确就是柏拉图本人的思想：观念或形式是永恒的，是本原，而具体事物则是摹本，是本原的影像。① 正因为如此，整个天体或宇宙才是被造物，因为它是有形物体，是可以感知的存在。既然是被造物，那当然就存在"造物者"，尽管我们无法发现它。

在蒂迈欧的描述中，"造物者"是依照模式或范型来造物的，把所造物当做是范型的影像。造物者是最善的，因此它在创造的时候肯定选择永恒的观念作为模型，而不是选择那不断变动的感觉对象。它发现有理智的造物要比无理智的生物更完美，而理智只能在灵魂中出现，因此它赋予造物以灵魂。(《蒂迈欧》30b) 灵魂处于被造物的中心，是身体的主宰。造物者最先创造了宇宙，然后是星辰，星辰是"可见的神"，这些由造物主创造的生命体是不朽的，由它们再按照造物主创造它们的方式造出鸟类、水族和陆地上的生物，这些造物中有神圣的东西，因为它们也分有灵魂，造物者把这些灵魂造好了再分配给众神，然后众神负责各自给分配给自己的这些灵魂创造身体。在创造这些灵魂时，造物者同样是按照较好的原则一视同仁地来创造它们的，这样的话它们就都具有两个很显著的特质："第一，它们毫无例外地都具有一种同样的感知力；第二，它们毫无例外地都具有种种感情，这种种感情之间的关系非常错综复杂，例如爱这种感情并不是单纯的，里面掺杂着愉快和苦痛，甚至还可能有害怕和愤恨。"(《蒂迈欧》42a－b) 人如果能够掌控这些情感就可以过上非常适意的生活，否则的话他如果被这些情感所控制，那就不是合适的生活。如果一个男人在他的有生之年过着得体的生活，死后他就可以回到当初他的灵魂被分配的那个星体，过上安详惬意的生活；而如果他不能够得体的生活，他就会第二次投生并变成女人。如果这个女

---

① "形式"的希腊文是 εἶδος 或 ἰδέα，英语一般翻译为 idea 或 form，汉语则习惯翻译为"理念"或"理式"，但近来更多的翻译者将其译为"形式"。

人的灵魂仍然不能抵制那些情感，她就会再次投胎，变成与他恶性相近的野兽，而且这种转化会一直持续下去，一直要到灵魂终于甩开由四大元素混合而成的那些东西才算结束。

从《蒂迈欧》我们可以看出，在柏拉图看来，宇宙和星体都是造物主用最好的材料创造出来的，这些受造物拥有高贵的灵魂，这些灵魂掌控着它们的身体，它们其实就是神。而普通的造物则分为两部分，造物主创造了他们的灵魂，但是这些灵魂是有缺陷的，造物主将它们作为种子分配给各个星体，星体则再造出与这些造物相应的身体。人是普通造物之一种，人具有灵魂，因此可以认识真理，但是必须要克服自己灵魂中的缺陷，也就是恐惧、愤怒等情感。

第三节　柏拉图的理想国

《蒂迈欧》与《理想国》在内容上有诸多衔接之处，比如柏拉图笔下的苏格拉底在这两篇对话之中都划分了不同的阶层，都做了劳动分工，每个人都要从事一种最适合其本性的工作等。尽管很多研究柏拉图的专家认为《蒂迈欧》并非是《理想国》的续篇，但是就本书的论述重点而言，明白了柏拉图在《蒂迈欧》中对于普通凡人的灵魂的观点，无疑有助于进一步了解《理想国》中探讨的主题：作为个体的人如何生活才是正义的？进一步来说，城邦是作为集体存在的，应该如何管理它才符合正义原则？在希腊语言中，"正义"指的是存在于世界上的永远不变的定理和法则。只有正义地生活灵魂才可以得救。在柏拉图的思想体系中，从《斐多》开始，灵魂不仅成了心灵的载体，而且还是生命的本原（《斐多》105c－d）。但柏拉图还没有解释灵魂是如何将这两种功能结合起来的。在《斐德罗》中柏拉图增加了自我运动，作为灵魂的主要属性，可是也没有明确表示出这种自我运动的性质是属于理智的还是物理的（《斐德罗》245c－246a）。在《理想国》中柏拉图认为要谈个人灵魂中的正义不容易，而如果通过观察一个理想的城邦，从中查看城邦的正义对发现个人的正义很有帮助，此外，对城邦组成成分的研究对发现人的灵魂的各个部分也非常有用。这种将灵魂与城邦进行类比来讨论正义的方法所依据的是柏拉图的"形式论"，前文已经提到"造物者"是依照模式或范型来造物的，把所造物当做是范型的影像。被当做模范的乃是"形式"，世界上的万事万物为什么有那么密切的联系呢，原因在于彼此最终都是模仿同一形式而来，例如美的事物为什么都是美的，原因就在于它们都模仿了那个美的形式。因此，正义，不管这种正义是在个人灵魂中，抑或是城邦里，或者是军队中，为什么不管在哪里都是正义的，乃是由于全都模仿了正义的"形式"。

在柏拉图所设想的城邦里，公民根据自身的能力和职责可以被分为农工、勇士和王，与之对应公民的灵魂也可以有三个部分：欲念、激情和理性。和农工相对的是欲念，它的可贵之处在于节制，即要有控制自己的能力，抑制贪欲，并且要能对自己有清晰的认知，懂得什么是适合自己的东西，不能有非分之想。和勇士相对的是激情，它的宝贵之处是勇敢，这里勇敢不仅是指不怕痛苦和无所畏惧，还包括抵制快乐和贪欲的诱惑，和农工的节制相仿，另外它还指敬畏诸神、不恣意妄为。和王相对的是理性，它的可贵之处是智慧。运用智慧可以知道什么对灵魂是有益的，并热爱真理、寻求真理。在《理想国》中柏拉图把欲望比作一只多头多形式的野兽，把激情比作狮子，把理性比作人。（558c – d）正如王者统治整个城邦一样，理性应该驾驭和管理欲望和激情。正义就是灵魂的各个部分在理性的管控下和谐统一。与之相应，在《蒂迈欧》中，柏拉图认为理性控制人的头脑，激情占据胸腔，而欲念则作乱于肚腹。

在《蒂迈欧》中，对话的一开始苏格拉底就谈到了城邦的政治体制，认为依照 τεχνη（此词在英文中翻译为 art 或 technique，中文则对应技艺）安排的城邦是最好的城邦，在这种城邦中人们根据各自被分配的 τεχνη 的不同而从事不同的职业，分配者就是神，而神又是"造物者"创造出来的。每个人都只从事合乎其本性的职业，这点是带有强制性的，以至于人们不会分心去从事其他的事情。柏拉图是这么说的："所有人一视同仁，对于任何人来说，应该根据个人最适合于做哪些事的天性，分配给他们相应的工作，如果能够做到每个人都做自己该做的事，每一个公民就是一个公民而不是多个公民，如此一来城邦就会固若金汤，绝不会分裂成多个城邦。"（《理想国》423d）并且认为这就是正义："那些木匠就做木匠的活，那些鞋匠就做鞋匠的活，与之类似，所有人都如此，每个人都起到自己该起的作用，而不会去代替其他人，如此分工就是正确的，就是正义。"（《理想国》443d）所有技艺都导向 ποιειν（生产或创造），即使是城邦的勇士，看起来他们似乎不生产任何东西，但是他们是"城邦自由的工匠"（《理想国》，395b－c）。

在《理想国》中，有一种人的处境非常不妙，柏拉图把他们驱逐了出去，他们正是诗人。为什么要拒斥诗人呢？

在《理想国》中柏拉图多次论及诗人的作用和地位。最著名的例子当属用三种床来论述理念的例子。这里虽然举的是画家的例子，但是在作为表现艺术这一点上，画家与诗人是相同的，区别仅在于画家的形象更直观罢了。艺术家的作品因为远离真理，没有价值。这一点在柏拉图的哲学中是比较关键的一点，我们可以通过他的"线段隐喻"更好地理解。柏拉图在《理想国》中将世界分为感性世界和理智世界，在此基础上又进一步把感性世界分为影像和可感物，将理智世界分为数理对象和形式，它们分别对应四种心智状态：想象和影像相对，信念和可感物相对，思想和数理对象相对，理智则与形式相对，而这四种状态又对应于线段的相应部分，影像和想象部分处于线段的第一部分，形式和理智部分处于线段的第四部分，也是最高的部分，即真理部分。第一部分影像阶段包括各种事物的影子，其相应的心智状态是想象。想象不能区分影子和本质，搞不清楚真实和虚构的差别。这一部分其实就是指诗人的作品和认知方式，它离形式最远，可以说就是柏拉图批判艺术的认识论根源。

不仅和真理相距太远，更为不妙的是，"该艺术会败坏那些不理解诗歌艺术真正本质的人的心灵"。（《理想国》595b）一般人无法像苏格拉底那样可以自觉地"选择对善的模仿"，相反，他们更容易做出与之相反的选择。《理想国》中苏格拉底在和格劳孔、阿狄曼图他们讨论各种类型的模仿的时候，即使是阿狄曼图也承认混合的类型（不是纯粹的对善的模仿）更讨他的喜欢，而阿狄曼图算是很有修养的人了，从理性上来说他是认识到对善之模仿的重要性的。

在早期的《申辩篇》和后来的《伊安篇》中，柏拉图都表达了他对诗人的看法。在《申辩篇》中他笔下的苏格拉底认为："我坚信不是才智让诗人能够写诗，应该有一种天才或灵感在驱动他们，我们常常在占卜者和先知那里可以发觉这种情况，他们可以宣示精微的启示，但宣示者自己却并不知道那些宣示意味着什么。"（《申辩篇》22c）到了《伊安篇》中这种观点得到了进一步延伸，苏格拉底指出："一个人要想作出诗歌，就只有放弃自己的理智，接受灵感的感召，否则他永远与诗歌绝缘。只有当诸神依附在他们身上的时候，一个人才会成为诗人，可以写出诗歌或是发出预示，……因此我们所热爱的那些作品其实不是某个凡人的作品，其实是诸神写就的，诗人只是作为诸神的代言人而存在，神灵以他们为依附，并主宰着他们。"（《伊安篇》534b－e）在这两篇中都还承认诗人可以反映、表达神意，即使是在他们自己失去理智或者自己也不了解的情况下。在《理想国》中，诗人则已经成了拒斥的对象。虽然《蒂迈欧》并没有直接论述诗人和作品，这一点与《伊安篇》《智者》《会饮》《理想国》等篇不同，但是要想深刻地了解柏拉图在以上各篇中的相关论述，我们离不开《蒂迈欧》。

　　在柏拉图的设想中，不同的工匠各自做自己分内的事，大家各有分工，互不干扰，井水不犯河水，这就是正确的分工，也就是正义之所在。但诗人似乎不同，你无法将他分类。ποιειν 是希腊语"生产"或"制造"的意思，也是 ποιητής（诗人）词源，现代英语中的 poet 即来源于此。①工匠是制作者，诗人也是制作者，两者是相通的，那么为什么要驱逐诗人呢？因为在柏拉图的设想中，各人只做自己分内的事，但是诗人明显不同，他在自己的作品中好像什么都懂，无所不能，兼通一切事务。这让他看起来好像是神，甚至是造物者自身。但根据蒂迈欧的描述，尘世间的一切都是有限的被造物，怎么可能充当神呢？这是一种僭越，也违反了正义的原则。

　　可是难道没有一种可能性，就是诗人的技艺正在于诉说别人的事务吗？即使是这样，柏拉图认为像荷马这样的诗人仍然应该被驱逐，因为他们鼓吹物质性的东西、放大负面的欲望，致使灵魂不能回归。他们的作品模仿的不是灵魂中的理性部分，而是诉诸灵魂中的低等部分，观众

---

　　①　在柏拉图对话中，ποιειν 的含义是非常广泛的：当先前不存在的某事物随后被带入存在时，我们就说这带入者生产（ποιειν），而被带入者被生产。（《智者》，219b）它的名词形式是 ποιηοιδ。只要任何事物从非存在进到存在，整个过程就是 ποιηοιδ。（《会饮》，205c）因此，诗人的创作，也是 ποιηοιδ。

或者读者阅读这样的作品，很容易同情那些被欲望和激情控制从而丧失理智的人物，从而鼓励人们放纵自己的情感。悲剧如此，喜剧也是这样，同样的情况出现在一切伴随我们行为的感情、欲望、快乐、痛苦及其他情形中。诗歌培育它们，将它们确立为我们的统治者，而不是让它们枯萎或接受理性的统治。（《理想国》606d）只有把一切模仿诗人从城邦中驱逐出去，才能免于让快乐或痛苦获得过度的影响力。（《理想国》606c－607a）如果城邦中必须要有诗人的话，这种诗人必须经过严格的审查，他们只能赞美神、称颂好人。（《理想国》607a）这样，他培育的就是灵魂中最好的理性部分，从而把我们的思想指向神与善。

在《蒂迈欧》中，蒂迈欧告诉我们，"对于神来说，所有的事物都应该是好的，不应该存在恶，因此，要是神发觉这个宇宙不是静止的，而是由于混乱而总是运动的时候，神就会觉得秩序要比无序更好，这样神就会让世界变得有序……神在进行自己的工作时运用了自己尽善尽美的本性。这样的话，整个不断变化的宇宙就很可能被当做是一个生物，它的灵魂和智慧乃是来自于神的旨意"。（《蒂迈欧》30a－c）这里提出了目的论，造物者将整个宇宙造成一个合乎目的的系统，这个目的就是善。在《理想国》中，柏拉图也用了很多篇幅强调它："善的型是人们要学习的最伟大的东西，与之相关的是正义的事物以及其他所有有用的和有益的事物。"（《理想国》505a）他鄙弃把善等同为快乐的人，认为这样的人犯了思想混乱的毛病，他指出："每个灵魂都在追求善，把善作为自己全部行动的目标。"（《理想国》505e）善不等同于其他的各个具体的形式，甚至可以说善不是一个独立的形式，或者说善是一个超越的形式，居于各种其他形式之上。善是目的，是终极目标，只有其他的各种具体形式被安排得恰如其分，善才可能出现，而其他的具体形式也只有在被安排得恰如其分的情况下，它们才是自身。总之，善是目的，同时也是原因。这一点对后代哲学影响深远。诗人因为不符合善的原则，所以只有一个命运等待着他们：被驱逐出去。

第 二 章

亚里士多德论诗艺

提到古希腊的哲学和文化，有两个人是无法绕开的，这就是柏拉图和亚里士多德，他们是西方文化的源头性人物，对他们的贡献及其影响的肯定怎么说都不为过。怀特海说："欧洲哲学传统的最稳定的一般特征，只不过是对柏拉图哲学的一系列注脚。"① 这句话说得有点夸张，但如果我们将这句话略微修改一下：整个西方文化都可以看做是建立在柏拉图和亚里士多德两人学说的基础之上的，这么说应该是没有问题的。作为浪漫主义运动的最早代表人物之一，施莱格尔认为：如果一个人天生不是柏拉图主义者，那他肯定就是亚里士多德主义者。两者的影响在历史上交叉相递，绵延不绝，一直到达现代。不了解柏拉图、亚里士多德的哲学，就无法了解现代哲学；同样不了解他们的诗学观点，也就不会把握或领会现代西方文论。

亚里士多德是柏拉图最出色的学生，这位学生在很多方面与他的老师见解不同，他的那句著名的"我爱我的老师，但我更爱真理"广为流传。相比于柏拉图认为艺术家模仿的是影子的影子，亚里士多德则承认感觉的第一性，承认文艺可以模仿现实，而且不是间接模仿，不需要任何中介，所以文艺可以反映真理。因此他可以说恢复了诗歌与诗人的地位和荣誉。

不过，尽管有诸多不同，亚里士多德仍然受到了老师的深刻影响。他虽然不同意柏拉图"造物者"的观念，但他主张有"不动的动者"，为神保留了地盘。因此在亚氏的体系里，从终极的意义上说，只有神才是

---

① 转引自张秉真等《西方文艺理论史》，中国人民大学出版社 1994 年版，第 36 页。

真正的作者。

第一节 诗艺属于创制科学

柏拉图在《蒂迈欧》中的创世模式受到了他的学生亚里士多德的批评，亚氏认为世界是永恒的，而不是被造出来的。他在《论天》中说："我们认为不仅要强调只存在着一个天，而且要强调存在多个天的不可能。除此之外，我们还要指出这个存在的天是永恒的，它不生也不灭。"（《论天》277 b28－30）① 这样，他就否定了柏拉图的"造物者"观念。他认为艺术直接模仿现实，而且这种模仿不是随心所欲的，而是依照可然律或者必然律来的，因此，诗歌比起历史来说，要更高，更接近哲学。在亚里士多德那里，诗艺属于科学的一种。

在开始讨论亚里士多德之前，我们要略微回顾一下他的老师柏拉图的一些主要观点，后者在自己的作品中设定了造物者这个观念，探讨了灵魂和神，造物者按照善的观念创造出了宇宙，善是终极的原则，是超越的形式。学生亚里士多德承认善应该成为讨论问题的出发点，他在《尼各马可伦理学》一开始就说："所有的人都有个美好的想法，即世界上所有的事物都是向善的。"但他很快就表明了自己与老师柏拉图的不同：

> 来探讨一下普遍的善这个问题吧，看看争议究竟是出现在哪里。必须承认这是个困难的探讨，尤其是因为这个学说是由大家都敬重的人所提出来的。不过要作出抉择其实并不困难，尤其是对哲学家来说，因为大家知道如果你要保卫真理你就必须得放弃私人的一些东西。大家固然珍惜感情，同时也尊重真理，但站在责任的角度，我们必须得说大家必须得更尊重真理。（《尼各马可伦理学》，1096a12－16）

----

① 本书中所引亚里士多德文字均参照 Aristotle：Complete Works，ed. by Barnes，Princeton，1984 以及中国人民大学出版社苗力田主编《亚里士多德全集》十卷本，译文有改动，其后标注贝克尔码。

亚氏在这里似乎否定了作为超越形式的善，至少是存而不论，退一步说，亚里士多德认为即使有这么一个超越的善的形式，可是这样一种关于善本身的知识不是他所关注的，他要讨论的是具体的善，或者说是属人之善，这种善对某个纺织工、医生、匠人或将官都会起到帮助作用。

柏拉图的核心理论是将世界区分为两个部分：可感的部分和可知的部分。可知的部分最高的是形式，是普遍的；可感的部分最低的是影像，是个体、特殊。形式是独立存在的，个体和特殊存在物因为分享了形式而得以存在。亚里士多德对此不以为然，他认为这种形式观念是完全空洞的表达，只不过是诗性的隐喻而已。他在《形而上学》一开篇就划分了技艺与经验的区别，他认为人和动物都会从事情中获得经验，但人的优越之处在于人还能超越具体的生活情景进行推理。人能够从经验出发，总结经验，最终从中抽象出符合某一类对象的普遍概念，这时，就出现了技艺。亚里士多德和他的老师一样也企图把握普遍，可是和他的老师的区别之处在于，他不离开特殊去说普遍，普遍来自于特殊而不是相反。在《形而上学》中亚氏所处理的最主要的主题之一——"作为存在的存在"，是一个最普遍的命题，但同时又离不开具体的存在物。离开了存在者就没有存在，同时也没有不存在的存在者。①

亚里士多德是一位非常注重分析对象的明晰性的哲学家。这一点我们可以从他对科学的不断分类上看出。在亚里士多德之前，古希腊的科学是没有明晰的界限的，亚氏第一个对其加以分类，即理论科学、实践科学和创制科学，其划分依据是这些科学的着眼点和目的。理论科学的目的在于把握实在世界的各个方面以及各种各样的现象，包括物理、数学以及形而上学。实践科学的着眼点在实践行为上，有伦理学、政治学和家政学。那些模仿性的艺术，比如说诗学，和实用性的艺术——建筑

---

①　当然我们要注意到亚里士多德思想的复杂性和矛盾性。亚里士多德在《范畴篇》中认为具体事物是"这一个"，可是到《形而上学》（第五卷第八章）中又认为只有"形式"才是"这一个"。亚里士多德批评过柏拉图，认为柏拉图的"形式"是和具体事物分离的，但亚氏本人却有时候认为"形式"可以分离存在。因此他又说："柏拉图说有与自然物一样多的形式，他的确是不错的。"（《形而上学》1070a20）

学、造船学以及农学一样，它们都是使本不存在的事物开始存在的科学。在亚里士多德看来，它们之间并不是同等重要的，一些科学相对于其他科学来说，可能更加需要智慧。他说："只有探究那第一本原的科学才能称得上智慧。如前所言，具有经验者要比仅仅有些感觉者更加拥有智慧，具有技术的人和具有经验者比起来，技师与工匠比起来，理论科学和创制科学比起来都是这样。"（《形而上学》981b28—982b3）理论科学是科学的女王，是至高无上的，统领着其他的科学。和创制科学比起来实践科学同样和人的活动及事务息息相关，但实践科学要比创制科学更具有智慧，因为实践科学的目的更复杂，可以指向实践本身，关注于活动自身的内在目的，也可以指向外在世界，与人类道德或政治都有关，是关于人能够实践、能够获得的善的研究，而创制科学的目的外在于自身，包括各种技艺（诗艺是其中之一）与修辞学，只是一个手段。虽然那些被制作的东西和被实践的东西都可以变化，但两者并不相同，因为各自逻各斯的品质不一样。此外也不能说两者之间存在领属关系，也就是说实践不是某种制作，同理，制作也不是某种实践。比如建筑术，它乃是一种技艺，属于创制科学，它的活动的直接结果是某种建筑物的出现，但是该建筑物并不是必然存在的物体，它的存在取决于其制作者——建筑师，而不是出于它自身不得不存在的某种原因。亚里士多德指出："任一种技艺都可以产生相应的东西，因此，大家掌握一项技艺便是掌握了一种方法，这种方法能产生一种可能存在也可能不存在的某个事物。技艺的根源是制作它的人，不是在被制作的物体那儿。因为，技艺同存在的事物无关，同必然要生成的事物无关，同出于自然而生成的事物也无关，因为那些事物的始因在它们自身之中。"（《尼各马可伦理学》1140a1—15）

诗艺是一种技艺，其产品当然是诗，作为技艺，作为创制科学的产品，它的原因或它的本源在其他的事物中，也就是在其作者那里。他指出一个事物的产生要么是出于技艺，要么是出于自然，要么是由于机遇，要么是出于自发性。"在这些情况当中，出于技艺的是在其他事物中产生本源，出于自然的则是在主体自身中的存在本源（因为人生人），而其余的原因则是这些的缺失。"（《形而上学》1070a6—9）凡是存在的事物都是有原因的，有的出于自然，有的却出于其他原因。比如说像动物以及它们身上的器官、植物，以及那些简单的元素比如土、火、气、水等都是出于自然的。亚里士多德在《物理学》中这么说："一切的由于自然而存在的事物都在自身内明显地有一个运动和静止的根源。……人工产物（比如说房屋和其他一切手工产物）的根源则存在于该事物以外的别的事物内。"（《物理学》192b8—b30）所谓"由于自然而存在"，也就是这些事物的始因是在它们自身之中。在亚里士多德的体系里这些事物是不可变的，是实体，其他的可变的事物则是由它们组成或构成的，受它们的影响和决定。"由于自然"而存在就是由于其本性而在自身内有运动与静止的冲动，比如火向上运动。人工制造出来的物品除了在质料和形式之外，其存在还有另外两个原因：动力因和目的因。诗歌艺术属于创制科学，当然要具有这四种原因。"就像一间房屋，它所存在的动力因是掌握了建房技术的工匠，目的因则是遮风挡雨等实际功能，质料是泥块和石头，定义则是其形式。"（《形而上学》，996b5—6）对于诗歌来说作者属于动力因，没有作者当然就不会存在诗歌。

第二节　神是终极的作者

亚氏自己也分析了艺术作品的四因，他是以悲剧为例的。在关于悲剧的著名定义中他将其视为是对行动的模仿，媒介是语言，主要模仿的方式是依靠剧中人的动作来表达情感或推动剧情，其效果是净化人的心灵或陶冶人的情操。剧中人的行动，以及他们的性格和思想构成了悲剧的质料。在悲剧中最重要的是情节，这关系到悲剧的目的、效果。模仿方式固然是形式的一部分，比如史诗是用叙述法，悲剧则依靠人物的动作，因此就包括了形象（演员的装扮等），这些都造成了悲剧与史诗的不同，可是这一些都是诗歌艺术之下的亚类上的形式区分，比如言辞与歌曲采用的韵律，那些非诗歌作品、非诗人同样可以采用。这些是形式，但不构成诗歌成为诗歌的本质性原因。构成诗歌本质的乃是情节，在亚氏看来，情节是悲剧的基础，是灵魂。意大利文论家卡斯忒尔维特洛在《诗学》疏证中指出："如果情节是悲剧的目的，自然也就是一切诗歌形式的目的，因为在一切诗歌形式中，情节占据的地位和在悲剧中一样。"① 情节是经过选择、取舍之后安排的事件序列，其选择的依据是可然律或必然律，情节并不一定真的在现实中发生，不过它比起历史中的真实事件可能更真实、更可信、更符合规律，因为那些事件虽然真实地发生了，但有很多是由于偶然的原因。这便是"诗与历史之辨"。

在亚氏看来，和记述历史的学者相比，诗人的工作不在于去描绘或记录成为过去了的但却是真实的历史事件，他的工作是依照规律来描写那些虽然并没有真正发生却是有可能的事情。诗与历史的差异不在于所用的文体，一个用韵文来描述，另一个则是用散文来记述，它们的差异是诗歌刻绘有可能发生的事情，历史则限于记述过去的已经发生的事情。"这样一来，写诗这种活动比写历史更富于哲学意味，更被严肃地看待；因为诗所描述的事带有普遍性，历史则叙述个别的事。"（《诗学》1451a36－1451b5）希罗多德往往记述一些零碎的事情，有的甚至是道听途说，有一些他自己也不相信的事他也照样记录。比如他说涅乌里司人每年都有一次会变成狼，过一阶段之后再重新变成人。还有波斯王在沙漠中饲养一种蚂蚁，这种蚂蚁比狐狸还要大，比狗略小，它们专门捕获在沙漠中偷金沙的人。相比较起来，荷马虽然也描述虚构的事情，但荷马笔下的人和事物却似乎比真实的人和事物还要可信。因为诗人并不只是简单地罗列事件，他们笔下的人和事物之间有着严密的逻辑，遵循着可然律或必然律。这就是诗歌的形式因，因为这是诗歌成为诗歌的原因。

像希罗多德这样的历史学家仅仅满足于记录事件，而在亚里士多德看来诗人们则要力图在一系列事件中找到因果关系。情节就是因果关系的体现，它表明诗人不是被动地接受外在材料，而是致力于探索其深层原因和逻辑关系，正是因为这个原因，诗人的作品才被看成是具有哲学意义的，当然，并没有说诗歌就是哲学，只是比起纯粹记事的历史来讲，要更接近哲学。和一系列杂乱无章、没有头绪、单纯被罗列在一起的事件比起来，情节具有严谨的布局：开端、发展、高潮和结局，这充分体现了人类行为的目的性。

明白了诗歌的质料与形式因之后，我们也自然会理解它的动力因。

---

① 古典文艺理论译丛编辑委员会编：《古典文艺理论译丛》（第6卷），人民文学出版社1963年版，第5页。

正如房屋的动力因是建筑者，诗歌的动力因就是诗人。但是，这只是就具体的诗歌而言，至于那最终极的、普遍意义上的动力因，或者说终极的作者，则与终极目的因相联系。亚里士多德虽然与他的老师柏拉图在观点上有诸多不一致的地方，但在最核心的观点上，他仍然受到其老师的深刻影响。柏拉图提出存在超越感官认识的理念，亚里士多德在认为存在一个"不动的动者"，也就是神。在超越感官这一点上来说，两者是相同的。

柏拉图在《会饮》中借第俄提玛的口说出了诗歌的含义，他认为创作的真正含义就是使从前不存在的东西产生出来，这样来说的话，创作的种类会是多种多样的，但人们为什么并不把鞋匠、木匠或是建筑师都称作诗人呢？这是因为虽然诗歌这名称应该是所有技艺的总称，但现在人们只是将那些和音律相关的技艺称为诗，"只有一种技艺现在称作诗歌，而那些从事这门技艺的人就是所谓的诗人"（《会饮》205c6）。

在这里柏拉图将诗人从一般的制作者的行列中区分了出来，可是在亚里士多德看来这还不够。毕竟，从音律等技艺方面考虑似乎并没有涉及诗歌和诗人的最内在的本质，事实上，有些诗人也并不严于音律，另外，有些非常遵守诗律的人却并不能被当做是诗人。亚里士多德说："荷马和恩培多克勒这两个人都使用韵律，可是他们除了在这一点上相同之外，再也没有什么共同的地方了，所以可以说荷马是诗人，但不能把后者当做诗人，因为他只能被当做自然哲学家，这更符合实际情况。"（《诗学》，1447b20—22）为什么呢？这是因为，虽然恩培多克勒也运用了韵律，但他是研究和思考自然现象的，他的研究属于理论科学。诗人的任务并不在于对这个世界的存在提供原理性解释，他的任务是创制出一个虚拟世界来，而他所遵循的原则是模仿和必然律或可然律。大家一定会记得柏拉图的模仿说，柏拉图认为画家远离真理，但是在亚里士多德这里，情况并不相同，艺术家的作品不再远离真理，相反，它具有相当高的哲学性。

提到诗歌的目的因，我们很快就想到亚里士多德认为悲剧的作用是让读者或观众的情感得到陶冶或净化。多少个世纪以来人们对其作了无数的论述，似乎仍然没有取得完全一致的意见，这主要是因为亚氏的作品经过了漫长岁月的尘封被重新发现之后已经有了残缺所致。不过在现有的亚氏作品中，只要联系其他的著作，我们仍然可以把握住净化说最本质的内涵。在《政治学》中亚里士多德引用诗人缪赛奥的话说：歌声是有死者的最大的快慰。（《政治学》1339b21）人们不仅从音乐中可以得到彼此共同的快乐感受，而且可以觉察到音乐对性情和灵魂的陶冶作用。拿诗歌来说，人们可以从中获得愉悦、享受，与此同时可以提升自己、改善自己，达到某种善境。某种存在、某种活动是由于它的善才完成的，存在着一个最高的善，这就是"不动的动者"。作为所有事物的目的因，它本身是不动的；但是因为每个事物都要达到它，所以才产生了运动。其他的存在都带有偶然性，只有这个"不动的动者"才是必然的。这个"不动的动者"就是神，亚氏说："神被认为是在所有事物的原因中间，并且是一个第一原理，而且这样一门科学或者只有神能具有，或者是在所有事物中神首先具有。"（《尼各马可伦理学》983a9）当然，在亚里士多德这里，他的神是哲学意义上的，也是科学和伦理意义上的神，但是，理论的发展是无法预先画定航线的，数百年后的思想家们却确确实实从他和柏拉图那里，当然还有在犹太教的强大影响下，发展出了高踞于一切之上，超越一切存在的人格化的上帝。在全知全能的上帝出现之后，一切荣耀归于上帝，作者观念自然也就发生了相应的变化。

第 三 章

基督教文化中的作者观

不管从哪一个角度来说，基督教的出现都是人类历史上的一件大事。

公元前后，由于长期战乱，希腊理性思想衰微，各种巫术迷信流行。到了罗马帝国初期，各种宗教和迷信在帝国内存在。这里面有埃及的伊希斯崇拜，它将希腊和埃及的神灵观念结合在一起；有密特拉崇拜，这是一种波斯宗教，它们的主神是太阳神；有大神母祭祀、狄奥尼索斯教等，此外还有罗马固有的神灵崇拜，这些神灵包括受希腊神话影响而产生的朱诺、邱庇特、密涅瓦等，并且由于对皇帝奥古斯都的尊崇，罗马百姓也把他当成了神灵形成了皇帝崇拜。随着罗马帝国疆域的扩大，地中海成为罗马的内湖，海陆交通空前便利，这就产生了两种需要：语言的一致和宗教的整合。统一的罗马帝国需要一种维系各民族的文化形式，传统的罗马多神崇拜和希腊众神日益坠落，不能起到应起的作用。在这些纷杂的信仰中，后来居上者是基督教，其经过长期的斗争之后成为罗马帝国的国教。当然其发展过程极其曲折，历经艰辛，中间充满了牺牲和血腥的镇压。

基督教起初是从犹太教中发展出来的，但是基督教却带有明显世界性宗教的特色。由于基督教相信一神，将其他的诸神都视为异端，反对偶像崇拜，因此与其母教一样都受到罗马当局的迫害。但是一次次的大清洗却无法肃清基督教徒，到了公元 4 世纪，基督教徒越来越多，君士坦丁大帝承认其合法地位，甚至连大帝的母亲也成了信徒，从那以后基督教发展极快，到了罗马帝国末期，狄奥多西一世将异教判为非法，使得基督教成为罗马的国教。

公元 5 世纪，西罗马帝国因蛮族入侵最终灭亡，从此西欧进入了一个政权林立、四分五裂的状态。而教权却在这一段时期不断得到巩固和抬升。教皇们逐渐取得了独立于国家控制的权威，建立了一个强盛的教皇制度，西欧进入了一个被称为"中世纪"的时代。由于教会对文学艺术和理性的压制，人们一般将这个时代看做是黑暗时代，但是，如果我们进入历史细节，并且联系西方思想之后的发展与中世纪的关系来看，马上会意识到这是非常表面化的认识。

基督教宣扬太初有道，道即神，即语言，是上帝的语言，因此随着基督教教义的发展，上帝成了最终的、唯一的作者。

第一节　太初有道

基督教的信仰主要反映在《圣经》中，"圣经"来自于希腊文 bibilia，意思是"一组书卷"，在古代书写工具极其原始，经文抄写在羊皮或是布片上，分成很多部分，就称为"书卷"，因而得名。大家都知道《圣经》由《旧约》与《新约》两个部分组成，"约"的意思是指"约定""盟约"，就是指人与上帝立约。《旧约》主要是耶和华与古代以色列人订下的，也是犹太教的圣书。以色列人是耶和华的选民，但以色列人不断背约，耶和华派耶稣降临人间救赎他们，耶稣与人类订立了一个新的约定，使上帝与人类重新和好，这就是"新约"，在这个约定里，基督并没有特选以色列人作为立约的对象，而是选择了全体人类，这也是基督教与犹太教的重大区别，也是基督教最终成为世界最大宗教的重要原因。

《新约》出现以后，并没有否定《旧约》，在基督教看来两者是统一的。《新约》大量援引《旧约》，用奥古斯丁的话就是："新约隐藏在旧约内，旧约成全在新约中。"《新约》一开始是由跟随过耶稣的门徒以口传的方式在各处宣扬耶稣的事迹和教训的，这些门徒逝世后，人们觉得有必要把这些材料记录下来，这就是最早的福音书。其中最早出现的是《马可福音》，是耶稣大弟子彼得的助手马可于公元 65 年左右写就，接着是《路加福音》和《马太福音》，这三者所叙述耶稣的事迹大同小异。四本福音书中最晚的《约翰福音》成书约在公元 95 年，它特别强调了耶稣的"道成肉身"以及耶稣所行神迹的属灵含义，在基督教教义上有着特别意义。使徒时代结束之后，口传的方式不能适应形势的需要，就陆续出现了许多据称是使徒或其门人所写的各种著作，其中以保罗的传教和书信为主。到公元4世纪，《新约》已经基本成形。①

《新约》是在吸收犹太民族以外的文化的基础上产生的，其中主要是希腊古典文化，早期的使徒，尤其是保罗都是精通希腊文化的人物。这其中最主要和最明显的，就是吸收了希腊哲学中的"逻各斯"概念，不过这是在与希伯来文化中固有的观念相通的情况下接受的。而这一概念一旦被《新约》作者所采用，便立即为信仰上帝服务，并成为基督教信仰中最关键的概念之一，尤其是在早期的基督教信仰体系中。

无论是在《旧约》还是在《新约》中，圣经的作者们都特别强调言辞的力量。在《旧约》里："神说'要有光'，就有了光。"然后耶和华创造了万物，而他所运用的神力不是别的，正是言辞。《约翰福音》是这么开篇的："太初有道，道与神同在，道就是神。这道太初与神同在。万物是借着他造的；凡被造的，没有一样不是借着他造的。"② "道"在希腊文中是 λόγος，也就是 logos，汉译也常直接音译为"逻各斯"。这在希腊哲学中是个常见而又重要的概念，最早出现在赫拉克利特的作品中。在残篇第一中赫拉克利特说："万物都是按照这个逻各斯产生的。"③

格思里在《希腊哲学史》第一卷中，对于古代希腊文化中逻各斯一词的用法，总结出十种含义：

1. 像虚构的故事和真实的历史这样的被讲出来或书写下来的东西；

2. 名声这些和价值有关的东西；

3. 巴门尼德认为逻各斯就是思想或推理，是和感觉相对立而言的；

4. 原因、理性或论证；

5. 指事物的真理；

6. 尺度，或尺寸；

---

① 参阅陈泽民《基督教常识答问》，江苏古籍出版社1994年版，第3章。

② 本书所引《圣经》语句，若非特别说明，均引自中文和合本圣经。

③ 转引自汪子嵩等《希腊哲学史》（第一卷），人民出版社1997年版，第455页。

7. 指严格的数学上的比例；

8. 一般的原则或规律；

9. 理性的力量；

10. 定义或公式，表面事物的本质。①

在逻各斯这么多的含义里，《约翰福音》中的逻各斯为什么一定是言辞呢？这就要将《旧约》与《新约》联系在一起来看了。在基督教看来，圣父、圣子、圣灵一而三，三而一，《约翰福音》中的逻各斯与耶和华神创世时发出的话语是一致的，因此逻各斯就是耶和华，也就是耶稣，而他们的活动都是建立在说话这个活动上的，因此逻各斯同时也就是神的言辞。但是，千万不要以为神的言辞只能听见，事实上，它也可以被看见。《旧约·出埃及记》第20章记载耶和华对摩西说："你要向以色列人这样说：'你们自己看见我从天上和你们说话了……'"关于这一点，斐罗是这样解读的："人的声音是耳朵听的，但神的声音却实在是眼睛看见的。为什么呢？因为神所说的，不是话语，而是作为，那是靠眼睛，而不是耳朵来判断的。所说的声音从火中出来，这话也令人敬佩，与神性相配。因为神的圣言是经过提炼和化验的，就像金子在火里炼过。"这就是说逻各斯是神的言辞，也是神的作为，同时也是宇宙的规则，也就是"道"。普通凡生如何可以知道上帝的言辞和作为呢？基督教思想家们认为只能通过启示，而不是向希腊哲学家们那样，以为人类可以通过思考获得真理。

第二节　哲学与启示

基督教早期的思想家们，包括保罗、殉道者查斯丁等，也包括对基督教思想起到了重要作用但本人是犹太教徒的斐罗，他们都从希腊文化中吸收了很多养分。亚历山大征服了地中海地区，同时给这些地方带去了希腊文化。亚历山大崩逝之后，大帝国虽然瓦解，但是统治原征服地区的仍然是希腊统治者。罗马帝国征服这些地区之后，由于拉丁民族景

---

① 转引自汪子嵩等《希腊哲学史》（第一卷），人民出版社1997年版，第456—457页。

仰希腊文化，自觉向其学习，因此帝国的这些地区在文化上仍然保持希腊传统。基督教早期的思想家们虽然从希腊文化中吸取了养分，但很快，他们就把希腊文化作为自己首先要攻击的目标。这其中的原因主要在于，前者坚持理性的思考，后者则强调信仰。

根据《新约》中的记载，保罗是犹太人，出生在地中海边希腊化的城市大数，他年轻时是一名正统的犹太教徒，曾参与迫害基督教徒。据说有一次在去大马色（今大马士革）的途中，复活的耶稣向他显现真身，他幡然悔悟，皈依了基督教。在潜修三年之后，他开始宣扬耶稣福音，在各地布道，他布道所使用的语言是希腊语，对象是罗马帝国治下各民族的人，当然也包括犹太民族和拉丁民族。他所写的书信成为基督教的经典，很多成为《新约》的主要构成部分。

与保罗大概同时的斐罗，也是一位犹太教徒，他虽然没有皈依基督教，但他的思想却对后世的基督教神学产生了重要的影响。斐罗所生活的亚历山大里亚，是当时仅次于罗马的第二大城市，在文化上的影响力甚至超过罗马。亚历山大征服时期，为了更好地统治，他对所征服地区实行民族平等和民族融合政策，并积极推行希腊文化，这些政策都被后来的统治者继承。亚历山大里亚由于具有优越的地理位置，罗马帝国治下各个民族纷纷过来淘金或寻找机会，在这个城市中犹太人占据一定的位置。犹太人享有一定程度的自治权，可以在统治者允许的情况下执行犹太律法。斐罗的父亲家境富裕，又有公民权，因此斐罗在年轻时接受了良好的教育。他对哲学深感兴趣，他在一篇文章中这么说自己："曾有一段时间，我有闲暇思考哲学，沉思宇宙和它的各个部分，浸淫于它的种种壮美、可爱和真正幸福，使它的灵成为我自己的灵；在这段时间里，不断浮现在我脑海的是神圣的主题和真理，我在里面快乐徜徉，永不生腻烦。"[1] 他对希腊哲学与印度哲学都很了解，尤其是柏拉图和他的《蒂迈欧》篇，他称其为"我们神圣的泰斗"，[2] 不过虽然他很尊崇这些哲学家，但是他认为和这些哲学家比起来，摩西才是"最圣洁的"。[3] 哲

---

[1] 斐洛：《论律法》，石敏敏译，中国社会科学出版社2007年版，第168页。

[2] 斐洛：《论凝思的生活》，石敏敏译，中国社会科学出版社2004年版，第235页。

[3] 斐洛：《论律法》，石敏敏译，中国社会科学出版社2007年版，第235页。

学家的理论固然令人钦佩，可是他们却无法与摩西相比。比如他认为芝诺一直按着美德生活，并且已登峰造极，可是芝诺思想的源泉是犹太人的律法书。① 为什么会这样呢，因为摩西是"神的至爱者"，他向神恳求，神则向他显现。② 也就是说，如果说哲学家是通过自己的艰苦思考而对真理有一点了解的话，摩西则是直接从上帝那里获得启示。摩西是"神圣的向导"，哲学家是他的学生。哲学家再伟大也是我们普通众生中的一员，摩西因为得到神的召唤，所以他就是神的代表。宇宙是包括哲学家在内的普通众生的老师，可是宇宙却是神的儿子，是神的作品。③

在保罗和斐罗两人的例子中我们可以注意到，两位虽然都有很高的文化素养，但是他们与希腊哲学家不同的地方是非常明显的，就是他们都很强调启示的重要性，在保罗那里，耶稣直接向他显灵，他皈依了基督教。虽然保罗是位博学的人物，对希腊哲学有精深的了解，但是他成为基督徒之后极力贬低哲学，认为哲学是空洞的欺骗，只是人的传统，与圣灵的智慧相对立。在斐罗这里则是凸显摩西的作用，摩西之所以地位如此尊崇，也是因为他直接聆听了上帝的教训。哲学虽然很崇高，可是揭示这个世界终极秘密的，是上帝的启示。到了拉丁护教士德尔图良那里更是干脆利落，当有人把基督教也看成是一种哲学的时候，德尔图良尖锐地批评这种看法，他这么说："雅典与耶路撒冷到底有什么关系？……让那些创造所谓斯多亚学派的基督教、柏拉图学派的基督教、辩证法的基督教的企图统统见鬼去吧！"④

第三节　对异教作者的攻击

在《旧约》中，上帝与以色列人立约，传谕了"摩西十诫"，其中第二条是"不可为自己雕刻偶像"，这个戒条不仅是禁止偶像崇拜，同时也可以被视为禁止一切艺术。

---

① 斐洛：《论凝思的生活》，石敏敏译，中国社会科学出版社 2004 年版，第 243—244 页。

② 斐洛：《论律法》，石敏敏译，中国社会科学出版社 2007 年版，第 42 页。

③ 同上。

④ 德尔图良：《护教篇》，涂世华译，商务印书馆 2012 年版，"中译本导言"第 27 页。

斐罗在崇拜偶像的人那儿发现了一个奇怪的逻辑，那就是他们虽然对偶像顶礼膜拜，却无视这些偶像的制作者。那些塑造偶像的人按照各自的想象，在各种各样的材料上塑造偶像，有木雕、石雕、壁画等，对这些偶像加以崇拜，这种行为在斐罗看来"割断了最卓越的灵魂的支持，切除了关于永生的神的正确观念"①。他们如此崇拜偶像，那么他们也就应该给予创造这些偶像的作者以尊荣。在斐罗看来，作者是他所创作的作品的父亲，作者无论在时间上还是在价值上都要优先于作品，这应该是最明显的真理，可是事实却远非如此，"艺术家们往往在穷困和受人轻视中老去，不幸一个接着一个伴随他们走进坟墓，而他们创作的作品却被加上紫袍、金银和其他由财富提供的昂贵饰物，不仅得到普通公民的侍奉，就是出身高贵、形体极其俊美的人也屈身下拜"②。斐罗将这些崇拜偶像的人视为"精神错乱的人"。

斐罗将批判的矛头指向崇拜偶像的人，德尔图良则更进一步，对创造这些偶像的作者加以猛烈抨击。

基督教出现之后，在很长时间里成为罗马帝国当局迫害的对象。这时就出现了许多著名的护教士，他们训练有素，知识丰富，担负起捍卫基督教的任务。德尔图良就是他们当中杰出的一位。德尔图良大约于155年生于北非的迦太基，年轻时在罗马学习法律，受过良好的教育。作为律师，他参与了很多审理基督徒的案件，发现很多对于基督徒的指控都是子虚乌有，而他也得以看到经受迫害的基督徒所表现出来的坚韧与勇气，并被其折服，他在快40岁时皈依了基督教，返回迦太基传教，成为一名神父。虽然德尔图良在年轻时接受了非常良好的异教教育，但是在皈依基督教之后他表现出了对自己所接受的文化的异常憎恨，不遗余力地抨击希腊罗马哲学。他著文反对偶像崇拜，并进一步指出上帝既然禁止制作也禁止崇拜偶像，而制作所崇拜之物是第一个行动，崇拜如果非法，那么禁止制作就应该是第一个禁令——这就把矛头直接指向作者了。他说："凡偶像崇拜所有的罪名，都必然要加到每一个偶像的每一制作者

---

① 斐洛:《论律法》，石敏敏译，中国社会科学出版社2007年版，第13页。
② 同上书，第14页。

身上。"① 戏剧在起源、名称、场面、演出地点及其艺术表现上与崇拜邪神密切相关，因为神戏从一开始就分为敬神和丧礼两种，前者是为敬拜邪神，后者是为纪念死者，而这两者情况都是同样的偶像崇拜。此外戏剧与上帝事业是根本对立的，因为上帝教导子民与圣灵宁静、从容、安详、和蔼，而不可以狂乱、暴躁、愤怒和悲伤。但是戏剧总会引起心情激动，所以要禁止情欲冲动，就不能看任何戏剧，而要完全禁绝戏剧，则要从其源头——作者那里入手。德尔图良在《论戏剧》一文的末尾用他特有的笔调大声预言那"决定永久命运的最后审判之日"，在那一天到来时，"诗人们不是在阴间的判官或冥神的审判座前，而是在他们意料之外的基督台前战战兢兢！"②

　　德尔图良的这种观点虽然比较极端，但是并不是个别现象。一直到杰罗姆，对于异教文学的批判仍然非常激烈。杰罗姆在他的一封致友人的书信中说："基督和撒旦之间有何一致之处？贺拉斯与祈祷诗篇之间有什么共同点？（此外还有）维吉尔与福音？西塞罗和使徒？"他接着讲了自己的一个梦境，在一次斋戒期间他阅读了大量的异教作品尤其是西塞罗的，然后他被带到了一个审判席前，那里光明四射，他匍匐在尘埃之中不敢抬一下眼皮。这时他被问及身份，他回答说是基督徒，有个庄严的声音说："你是一个西塞罗信徒，不是一个基督徒，因为你的珍宝是他们。"杰罗姆大受震撼，他幡然醒悟，从此弃绝异教作品，投入圣经的研读。③

第四节　奥古斯丁的作者观

　　上帝是终极的作者，人们只有按照上帝的启示行事才可以获得真理和幸福。人间的作者只有一个任务就是讴歌上帝、赞美上帝、阐释启示，不然的话便没有任何价值，甚至是邪恶的。早期的基督教思想家们在面

---

　　①　德尔图良：《护教篇》，涂世华译，商务印书馆 2012 年版，第 121 页。
　　②　同上书，第 193 页。
　　③　Arthur Stanley Pease, "The Attitude of Jerome towards Pagan Literature", in *Transactions and Proceedings of the American Philological Association*, Vol. 50, 1919, pp. 154 – 155.

对希腊传统的文化资源的时候产生了极大的焦虑，因为这些思想来自于思考而不是上帝的启示。但是当这些思想家们的思想逐渐成熟，他们开始从另外的角度看待这个巨大的思想宝藏。在梦中得到启示，从而弃绝异教作品的杰罗姆当时还年轻，并且正处于苦修时期，他对基督的信仰正处于从萌发到坚定时期，他采用一种决绝的态度来对待异教文化是可以理解的。在他思想成熟、信仰完全坚定之后，他对希腊思想采取了更为宽容、更为公允也可以说是更为自信的态度，在他看来，基督教信仰是世间可能出现的最完善的信仰，而异教文化中也会包含有价值的部分，但是，它们总是被基督教所包含。所以思想成熟之后的杰罗姆才会说："如果你阅读哲学家们的书你自然就会发现里面有上帝的信息。比如说在柏拉图那里，上帝就是那位形成世界的工匠；在斯多葛的领袖芝诺那里，上帝就是不朽的灵魂。"[1] 杰罗姆最终决定利用他的古典文学素养来为上帝效劳，他从希伯来语和希腊语原文翻译出了《圣经》的拉丁文定本，被称为《拉丁文圣经》（Vulgate Bible）。中世纪之后的天主教会一直将这部《圣经》定为标准文本，如果他不具备那些异教文化素养，这是不可想象的。

　　与广见博识的杰罗姆比起来，同时代的奥古斯丁更可谓是真正意义上的思想家，正是他开创了基督教的思想体系。和杰罗姆一样，奥古斯丁早年热爱异教文化尤其是希腊文化，成年后发生了重大转变，他也和杰罗姆一样决定用这种杰出的素养为上帝服务，不过他走得更远。借助于对柏拉图哲学以及新柏拉图主义的吸收，他成功地将基督教神学体系化，而站在他的体系的最顶端或者说最终极之处的，便是至善至美的作者——上帝。

　　青年时代的奥古斯丁博识多才，却纵情声色。他的母亲是个虔诚的基督徒，一直想让他皈依上帝，却未能如愿。当他到迦太基读书时接触到了西塞罗的著作，这些著作激发起他探索哲学的热情。他对自己年轻时的放纵感到悔恨，同时也被一个问题所折磨：世间的恶从何而来？为什么会存在恶？这时他被摩尼教的教义所吸引，摩尼教持二元论，认为

① Arthur Stanley Pease, "The Attitude of Jerome towards Pagan Literature", in *Transactions and Proceedings of the American Philological Association*, Vol. 50, 1919, p. 163.

"光明、善"和"黑暗、恶"是并存的两种原则，二者都是永恒的并且永远处于互相冲突之中。这些也体现在我们人类的生活中，因此人生永远充满灵与肉的冲突。根据摩尼教这种教义，人是没有自由意志的，人之所以会犯罪乃是由于宇宙中固存的恶，所以人完全不必负道德责任。这种说法对于年轻时血气未定的奥古斯丁来说有着相当大的诱惑力，却并不能让苦闷而又爱思考的他心悦诚服地接受。他要追究恶的本源问题，摩尼教并没有让他得到满意的答案。这些问题不断折磨着他，直到他接触到了柏拉图以及新柏拉图主义的著作才终于缓解，这些学说让他服膺。根据新柏拉图主义的观点，柏拉图的"造物者"按照至善的原则创造了这个世界，恶并不是实在的东西，只是善的缺乏。这些都与基督教的教义暗相契合，他的内心受到巨大触动，从而皈依了基督教，并对摩尼教展开了激烈的批判。奥古斯丁皈依基督教之后，吸收希腊哲学尤其是新柏拉图主义的学说来构建基督教神学观念。上帝，就是柏拉图"造物者"和普洛丁"太一"的发展，但是在奥古斯丁这里，上帝是"三位一体"的现实存在，而不再仅仅是抽象的体系。在《论自由意志》一书中，奥古斯丁指出恶不是上帝造的，因为上帝是至善的本原，不可能造出恶来，恶也根本不是与善并列的本原，事实上恶是由于那些有理性的受造者——人——错用善的自由意志而来："我不能找着一点理由来将我们的罪归于我们的创造主上帝，并且我敢说，这种理由是无法找着的，它根本就不存在。我发现他恰因这些罪而应得荣耀……"① 人的自由意志是上帝所赋予的，并且在上帝的控制之下。如果人滥用自己的自由意志作恶的话，他也必将得到其应得的惩罚。那些合乎理性的善人能正确运用自己的自由意志，他们知道自己的任务是赞美上帝、获得上帝的恩典。

艺术创造者的工作也是如此，他在上帝的恩典下创造出作品，目的是让欣赏者通过他的作品更加崇敬上帝。"艺术家借着创作之美，似乎向它的景仰者暗示，不要完全被它吸引，（不能在）看到创作时，联想到艺术家本身。"人们在欣赏艺术的时候，不应该过多地去想到艺术家本身，如果那样的话，这些人就是买椟还珠，根本分不清事物的真正价值，就像有些庸人一样，他们在听演说家的演说时，只注意演说家悦耳的声音

① 奥古斯丁：《奥古斯丁选集》，汤清等译，宗教文化出版社 2010 年版，第 238 页。

和清楚的字句，却忽略了最重要的事，即他用字句所表达的意义。对于这些人，奥古斯丁说："你这作纯洁心智最可爱光明的智慧啊，那些弃绝你作领袖而只循你的脚印，爱你所显明的象征而不爱你本身，并忘记你意义的人们，有祸了。"①那些人忘记了，只有上帝才是那终极的、唯一的作者，所有意义的本源。其他的一切如果有价值，那只是因为它们是上帝的作品，人们可以凭借这些作品认识到上帝的至高存在。

第五节　托马斯·阿奎那：艺术家模仿上帝

奥古斯丁在新柏拉图主义的影响下，开创了一条以不断反省和反思作为理解信仰方式的道路，在欧洲教会史上产生了深远的影响。这条道路重视的是信仰，重视直觉的体验方式。强调信仰先于理解。

在中世纪早期，与柏拉图比较起来，亚里士多德的学说要暗淡许多。在11世纪之前，欧洲的基督教世界对作为哲学家的亚里士多德几乎全然不知，在他们的认知中，只有一个名叫亚里士多德的逻辑学家。一直到11世纪初有阿拉伯学者把亚里士多德的著作翻译成拉丁文介绍到西欧之后，西方人才重新认识到亚氏的哲学、伦理学以及自然科学。不过这个时期亚氏的学说因为其现实性和科学性对基督教信仰造成了严重的冲击，尤其是这些学说经过阿拉伯学者的理解和阐释之后，这种冲击还带有了强烈的伊斯兰教的色彩。可以想象的是，这些冲击引起了基督教教会的强烈反弹。1209年巴黎宗教会议严禁以任何方式阅读和保存亚里士多德的著作，后来又分别把《物理学》和《形而上学》列为禁书，亚里士多德被视为基督教"最危险的敌人"。但是亚里士多德的学说对学者的诱惑力和影响力是如此之大，以致教会的禁令成了一纸空言，事实上在12世纪之后，无论是教士还是学者，谈论亚里士多德成了一种时尚。这时就又产生了一个新的思潮，利用亚里士多德的哲学为基督教信仰辩护。13世纪时，大阿尔伯特成为这种思潮的代表人物，而他的学生托马斯·阿奎那则成为集大成者。他成功地找到了在亚里士多德学说与基督教信仰之间的通融道路，并最终获得了教廷的承认，打破了传统的柏拉图主义

---

① 奥古斯丁：《奥古斯丁选集》，汤清等译，宗教文化出版社2010年版，第206页。

的一统天下，使得亚里士多德"皈依"了基督教。阿奎那的著作总是以逻辑形式化的方式阐释与论证诸如上帝的存在及其性质、人生的意义与目的、基督降世与三位一体等基督教的基本教义，自此以后，亚里士多德在西方文化中占据了最权威的位置，而阿奎那本人也因此成为在基督教神学历史上与奥古斯丁比肩的重要思想家。与奥古斯丁的信仰先于理解比较起来，阿奎那则过于突出理智，要用逻辑的方式证明上帝的存在。当然，神学的理智化会导致上帝的概念化与对象化，因此这种方式也引起了很多批评。

不过如果一味强调阿奎那与奥古斯丁的区别，会让人们以为两者绝无联系，这并不是事实。阿奎那在作品中常常引用奥古斯丁，尤其是在论述艺术的时候，他明显接受了奥古斯丁的诸多观念。从这个角度来讲，阿奎那可以说是柏拉图和亚里士多德传统的合流，虽然在他的思想中亚里士多德占主导地位。

阿奎那重申了自柏拉图以来的一个普遍原则——每一种行为的目的都是为了某种善，所有创造物都模仿最高的善，所有的行为也都是为了追求善。和普洛丁、奥古斯丁一样，阿奎那认为恶不是与善并立的原则，恶是善的缺乏。但他运用了更严密的亚里士多德的方式论证了这一点。阿奎那指出上帝是创造物的首要的、根本的原因，为每一种创造物的完美提供了模式。这些观念作为对上帝本质的分享而体现在每一个创造物之上。一种原因导致一种结果，上帝的存在构成了每一种被创造物的模式，同时上帝也在创造物产生的过程中发挥作用，神的印记体现在所有的创造物之上。这里明显有柏拉图的影子。

阿奎那对于艺术的看法与亚里士多德保持一致，他认为上帝创造了世间万物，并将形式赋予艺术家的心灵，艺术家在创作的时候，受到神的启发，获得事物的形式，再模仿自然物品，这样才能创造出自己的作品，艺术家创作是对上帝创世的模仿。比起否定艺术的早期基督教，尤其是奥古斯丁，阿奎那在一定程度上肯定了艺术与艺术家的作用和地位，在肯定上帝是终极的作者的前提下，为人间的艺术家留下了一定的余地。

第六节　解经的原则:唯有圣经

上帝乃是最终的作者,可是上帝并不直接对信徒说话,那么上帝的意思如何能够传达到信徒那里呢? 在《圣经》成书之后,阐释《圣经》就成了一个重要问题,这里就牵涉到了方法和意义的问题。《圣经》包括多种文类,有史传体,有诗歌,有书信,也有寓言。运用了多种表现手法,多种修辞手段,这些在加强《圣经》表现力的同时,也带来了阐释的烦恼。最可靠的办法也许应该是字面解释,通过对其历史语境与文化语境的把握,力图发现《圣经》作者的原意。但是这种阐释方式有很大的局限性,因为在把握诗篇和寓言时,继续使用这种方法就显得力不从心了,因此便出现了寓意解经的方法。这种方法在保罗阐释圣经的时候就已经开始使用了,他在阐释圣经中一些明确的真理时往往采用这种隐喻的方式,这样让信众更好理解,从而更好接受。和保罗比起来,亚历山大里亚的斐罗等人则走得似乎远了一些。斐罗在《论亚伯拉罕》中多用寓意解经的方法,比如他在阐释亚伯拉罕接待上帝和他的两位使者的时候,对"三一"现象作了多重解释。[1] 斐罗深通希腊文化,当他作为犹太教信徒向希腊人介绍、传播旧约观念和犹太信仰时,往往使用希腊理性主义来阐释,例如他在向希腊人说明逾越节的正当性时,认为这主要是一种德性实践,为了将情欲从德性中消除,这事实上已经远离了逾越节的具体文化含义了。这种寓意解经的方法被基督教徒继承下来,他们声称可以在旧约里找到基督,这种方法成为他们的一个有力的手段,强调应用古老经文来适应时代的需要。由于这种方法有这种便利,因此被早期很多基督教思想家认为要比字面解经高尚得多。公元 3 世纪的欧丽根就认为:"注重心灵的解释家虽然不会拒绝字句,但却以禁欲的态度对待它,就像虔诚的信教者如何对待自己的肉体,好使自己能够全心全意地投身于心灵层面。"[2] 对于他来说,字面解经就好比生吃羊肉,而当使

---

[1] 斐洛:《论摩西的生平》,石敏敏译,中国社会科学出版社 2007 年版,第 25 页。

[2] Beryl Smalley, *The Study of the Bible in the Middle Ages*, 3rd ed., Oxford: Basil Blackwell, 1983, p. 2.

用寓意解经法时，便可以从圣经中得到更多的启示。比如利百佳在打水时遇见亚伯拉罕仆人的故事，便有着更深的含义：信徒必须每天到圣经这口井边，这样才能遇见基督。

不过这种超出字面去寻找寓意的方法带来了危险：如果文本可以意指字面之外的东西，那么它为什么非得是这样而不是那样呢？最终的标准又是什么？解构主义者所质疑的问题在中世纪之前就已经出现了。这种对失去标准的担忧在早期基督教思想家那里没有演变成德里达他们那样的极端口号，而是产生了许多反弹。公元4—5世纪的安提阿学派就强调解经者要依照上下文来进行说明和解释，因此要注重字面意义。当然当耶稣说"我就是门"的时候，没有人会以为耶稣就是一扇什么门，所以他们强调字面含义也并不是拘泥的，而是"包含作者所有的含义，当然也包括他所使用的隐喻和象征"①。这里的隐喻和象征是在一种大家都能直接把握的情况下被解释的。这虽然是强调字面解释的重要性，却使得情况进一步复杂，因为字面解经同样会产生象征性意义。

寓意解经愈演愈烈，直接导致各教派的纷争，使得教会出现分裂。到了16世纪，马丁·路德已经完全无法忍受，发动并领导了意义深远的"宗教改革"。在马丁·路德时代，教会已经高度体制化和官僚化，教皇处于这种体制的最顶端，高度集权，为了达到自己的利益任意解释《圣经》，其腐败已经到了让人无法忍受的地步。比如在灵魂得救的问题上，在16世纪，教会中流行推销赎罪券，很多主教、大主教甚至教皇都积极参与，这其中充满了肮脏的交易。很多信徒相信购买赎罪券可以使人得到永生和救恩，甚至可以使已经离世的亲人从炼狱的痛苦中得到释放。而这些人一旦买了赎罪券就不再担心他们和上帝之间的关系了。路德对此非常震惊，这也动摇了他对教会的信任。这种购买赎罪券的行为的理论依据来自12—13世纪时期的神学家的理论，他们承认人的自由意志，但人需要神的恩惠才能得救。人要遵守一些必要的仪式才能得到这些恩惠，比如受洗、领圣餐或忏悔，这些都要教会来主持，由此奠定了教会的权威。教会成为上帝与人之间的中介，在教会体制中阶层越高，就离

① Beryl Smalley, *The Study of the Bible in the Middle Ages*, 3rd ed., Oxford: Basil Blackwell, 1983, p.14.

上帝越近，越能够代表上帝的意思。路德对腐败的教会发动了攻击，他认识到教会已经高度体制化，教会的人利用手中的特权，以自己的理解来解释圣经，解释上帝的话，而就寓意解经而言，其实这是解经人的话，并不是上帝的意思。路德则重新强调字面解经的重要性："无论在天上或地上，圣灵是最单纯的作者；所以他的话只会有一个意义，即我们所称的圣经或字面意义。"① 这也就是路德改教中的核心理念之一：唯有圣经。一切从圣经文本出发，上帝是真正的作者，得救的办法只有一个，就是信仰上帝。通过信仰，人可以得救，而人和上帝之间除了唯一的文本——《圣经》之外没有任何其他中介，无论是教士还是教皇都不行。这里的重要意义在于，人可以和上帝直接交流，个人的因素被凸显了出来。

---

① Farrar, Frederic W., *History of Interpretation*, Grand Rapids: Baker, 1961, p. 329.

第四章

文艺复兴与主体中心的确立

文艺复兴得名始自 15 世纪意大利画家瓦萨里（Giorgio Vasari），他在一部艺术家传记中解释古希腊、罗马文化艺术在中世纪衰亡，到 14—15 世纪才重新在佛罗伦萨得以再生，他用的是意大利语 rinascita，意思就是"再生"。到了 18 世纪末，法国历史学家米歇莱（Jules Michelet）在他的历史著作中首次使用了 Renaissance 这个法语词，随后在 19 世纪瑞士著名艺术史家布克哈特的著作中得到发扬，布克哈特所著的《意大利文艺复兴时期的文化》是一部影响深远的名著，Renaissance 一词因此随之广为传播。实际上，文艺复兴运动大概从 14 世纪就已经开始了，最早始于意大利，随后向整个欧洲扩展开去。而古典文化的复兴更是早在 13 世纪时就开始了，源于古希腊、罗马的文化典籍在阿拉伯人的译介下传入欧洲，到了 15 世纪，东罗马帝国遭到土耳其人的侵扰，拜占庭的希腊学者纷纷逃往罗马，他们同时带来了在东方保存较完整的希腊、罗马古典文化，这也成为在意大利最新掀起新的文化运动的重要原因。但丁在他的《神曲》中为古罗马诗人维吉尔所引领，无疑是把古典文化视为其精神资源。

文艺复兴的内涵并不仅仅局限于文艺，而是扩大到所有文化，包括文学、艺术、科学、哲学、宗教等诸多方面。它的出现绝不是突然从天而降的，而是有着深刻的社会、历史和政治的根源。文艺复兴最主要的成果是确立了个人的地位，在文学批评领域，艺术家的地位不断得到提高，作者中心论成为主导性的批评模式。

第一节　反对教会及其烦琐哲学

反对教会成为文艺复兴时期的时代主潮，即使在教会内部也同样如此，宗教改革的矛头所指的就是教会。布克哈特在《意大利文艺复兴时期的文化》最后一部分《道德与宗教》中引用了马基雅维利的一句名言作为出发点："我们意大利人较其他国家的人更不信奉宗教，更腐败，因为教会和它的代表给我们树立了最坏的榜样。"教会的腐败在但丁的《神曲》中受到了辛辣的讽刺与嘲笑。但丁在古罗马诗人维吉尔的引领下，遍历诸界。他在地狱的第八圈中碰见了一位已经去世的教皇，因为他出卖良心，以圣职买卖来牟利，这位教皇倒栽在石窟窿里，脚底着火，从脚跟烧到脚尖，痛苦万分。他正在焦急地等待着现任教皇离世来这里接替他，好使他能移换一处地方，得以和那些以前的教皇一样，倒栽在石窟窿下面的石缝里面被烧，虽然同样受煎熬，但那里火会稍小些。

在反对教会这一点上，很多杰出的知识精英与各国的君王们站在了一起，但丁是其中一个。他在《神曲》中对历代教皇作了辛辣的讽刺之后，调转笔锋为古罗马帝国皇帝君士坦丁感到惋惜，他写道："君士坦丁呀！从你生出许多的罪恶，并非因为你的改变信仰，实在是因为那第一个富有的教父接受你的赠品太大了！"但丁在这里是指在中世纪人普遍相信的一件事情：君士坦丁皇帝为了感谢西尔维斯特教皇给他治好了癫病，就自愿迁都到君士坦丁堡，把罗马治权让给了教皇。这个传说与史实是不相符的，但丁暗用此事是为了说明君王不应该将治权拱手让与教皇，这是他一贯的主张：他坚决反对教权，主张政教分离，拥护君主制，认为王权不应该低于或听命于教权，相反，王权应该高于教权。宗教应该关注人们的灵性生活，不应该具有强权，更不应该插手世俗事务。

教会之所以会取得那么大的世俗威权，原因在于西罗马帝国灭亡之后，欧洲分为诸多独立的王国，彼此之间互相争战，缺乏一个强有力的凝聚性的统一政权。但各个王国都信服基督教，这就使得教会取得了独特的地位。随着时间的推移，教会逐渐取得了高于世俗政权的权力，各国君王必须得到教会的承认才能享有统治权，也就是"君权神授"，教会的这种权力到了9世纪左右达到顶点：公元800年，法兰克国王查理曼接受教皇的加冕，神圣罗马帝国诞生，教皇可以插手干预世俗各项事务，帝国皇帝却不能干预教会事务。上面所提到的那个君士坦丁让权的传说，来自9世纪教会颁布的《伊西多尔教令集》，其实是教会伪造的文献，以此来加强和维护教皇的地位及权威。查理曼大帝的父亲丕平帮助教皇平定了意大利的许多地方，并且宣布教皇为这些地方的最高统治者，这样就产生了一个问题：教皇的统治区域是国王所赠予的，那么教皇是不是应该成为世俗政权的附庸？正因为有这个顾虑，教会才伪造了有关君士坦丁让权的一份文献，以求从法理上杜绝法兰克后任世俗君主以献土之功而要挟或控制教会的企图。不过随着法兰克王国的分裂，这种担心几乎不可能再成为现实。教会权力前所未有的巨大，随之而来的就是让人触目惊心的腐败，买卖圣职、贩卖赎罪券等不一而足，所以必然引起强烈的反弹。不过值得注意的是，当时的知识精英反对教会，抨击教会，并不是因为他们仇恨教义或反对基督教思想，恰恰相反，他们一般认为教会败坏了基督教思想才批判教会。托克维尔说："基督教之所以激起这样强烈的仇恨，并非因为它是一种宗教教义，而是因为它是一种政治制度；并非因为教士们自命要治理来世的事务，而是因为他们是尘世的地主、领主、什一税征收者、行政官吏；并非因为教会不能在行将建立的新社会中占有位置，而是因为在正被粉碎的旧社会中，它占据了最享有特权、最有势力的地位。"[1] 比如被称为意大利文艺复兴第一个人文主义者的彼特拉克在《歌集》中也愤怒地抨击教会，他写道：

> 以前是伟大的罗马城，
>
> 现在是万恶的巴比伦，
>
> 这里是数不清的悲伤，野蛮凶狠的庙堂，
>
> 这里是邪教徒的寺院，引入邪徒的学堂，
>
> 这里是眼泪的发源地，
>
> 是黑暗的监狱，是充满欺骗的场所，
>
> 在这里，善良被扼杀，
>
> 凶恶却在成长，

---

[1]　托克维尔：《旧制度与大革命》，冯棠译，商务印书馆1997年版，第46页。

　　　　这儿是人们死前的黑夜和地狱，

　　　　——难道上帝不将惩治你？①

　　在诗中彼特拉克旗帜鲜明地将教会指为万恶之源，原因在于他们已经不是真正的基督徒，而是"邪教徒"。他在诗中预言这些教会的恶徒最终必将受到上帝的惩处，这与但丁把教皇下到地狱中的出发点是一致的。宗教信仰和宗教虔诚在彼特拉克的思想和著作中始终占据核心地位，他说："我的心灵的最深处是与基督在一起的。"② 不仅但丁、彼特拉克，其他文艺复兴时期的巨人基本上也都是如此，但基督教作为信仰从根本上受到怀疑，还要等到尼采的到来。

　　除了对教会的腐败深恶痛绝之外，烦琐哲学也是教会被反对的一个重要原因。13 世纪时托马斯·阿奎那采用亚里士多德的哲学和逻辑学方法将经院哲学推到了极盛时期，对于基督教的教义做了逻辑严密的论述。他们总是先以一个基本的信仰为前提，经过一番严谨的逻辑证明后又回到最初的出发点，环环相扣，步骤严密，可是内容枯燥，所以又被称为烦琐哲学。即使在基督教体系内部，这种方法也引起了许多人的反感，因为它试图证明上帝的存在，企图通过逻辑分析的方式认识上帝，这与重启示的传统教义不符。物极必反，对亚里士多德的过分强调，引起很多基督教思想家的不满，从而引发他们对柏拉图的重新关注，在基督教内部形成了两种经院哲学体系，以阿奎那为代表的承继亚里士多德哲学的多明我会为一方，注重启示，承继新柏拉图主义的信仰和神秘方法的方济各会为另一方。库萨的尼古拉提出了博学的无知，他认为上帝是不能用任何特殊的概念和名词来描述的，在概念和范畴中兜圈子没有意义，柏拉图主义才是通向天启神学的正确路径。在世俗文化中，则燃起了对柏拉图的探索热情。

　　彼特拉克热爱古典文化，他四处游历，搜集希腊、罗马的古籍和文物，并对其诠释和阐述。他把自己的文艺观点称为"人学"或"人文

---

　　① 吴泽义：《文艺复兴时代的巨人》，人民出版社 1988 年版，第 50 页。

　　② 克利斯特勒：《意大利文艺复兴时期八个哲学家》，姚鹏、陶建平译，上海译文出版社 1987 年版，第 12 页。

学"，以此和"神学"相对立。他大声疾呼，要来一个"古代学术——它的语言、文学风格和道德思想的复兴"。① 在他看来，在他所崇拜的古代和寄予希望的新时代之间，存在着一个使人深恶痛绝的时代，这是一个黑暗、愚昧的时代，这说明在彼特拉克的心目中已经有了日后被称为"中世纪"这一概念的萌芽。因此，彼特拉克被称为"文艺复兴之父"。彼特拉克相信柏拉图是最伟大的哲学家，是哲学宗师，比亚里士多德伟大。他的这些观点深刻影响了后来的人文主义者，为佛罗伦萨学园的柏拉图主义作了精神上的准备。柏拉图在文艺复兴运动中地位不断上升，到了 16 世纪，在拉斐尔画《雅典学园》时，柏拉图已经取得与亚里士多德同样的地位。值得注意的是，在这幅画中，柏拉图手指天空，亚里士多德则手掌摊开，掌心向着地面，似乎暗示着柏拉图更关注灵性生活，属于超越的一面；而亚里士多德则更接近现实——这也许直接预示了其后有关天才与理性的争锋。

第二节　自我、自然与上帝

　　文艺复兴是一个需要巨人的时代，也是一个涌现巨人的时代。这些巨人都具有广泛的兴趣和才能，有着强烈的冒险精神，在多方面做出创性的贡献，历史给他们命名为"文艺复兴人"。布克哈特在《意大利文艺复兴时期的文化》中说："在中世纪……人类只是作为一个种族、民族、党派、家族或社团的一员……在意大利，这层纱幕最先烟消云散；对于国家和这个世界上的一切事物做客观的处理和考虑成为可能。同时，主观方面也相应地强调表现了它自己；人成了精神的个体，并且也这样来认识自己。"② 比达·芬奇年轻约二十岁，同为"文艺三杰"的米开朗基罗则在他的诗篇中大声呼号："神哟！神哟！谁还能比我自己更透入我自己？"③

　　除了对上帝的信仰、对教会的反抗与抵制之外，在文艺复兴时期还

① 吴泽义：《文艺复兴时代的巨人》，人民出版社 1988 年版，第 48 页。
② 布克哈特：《意大利文艺复兴时期的文化》，何新译，商务印书馆 1983 年版，第 125 页。
③ 罗曼·罗兰：《名人传》，傅雷译，译林出版社 2012 年版，第 147 页。

有一个普遍的信念，就是对自然的尊崇与热爱。在中世纪，由于反对古代希腊和其他地区的异教神灵崇拜，这些神灵又主要是与自然崇拜联系在一起的，基督教有一个时期将自然万物看做为恶魔所造，但很快这种观念就被放弃了。到了 12 世纪，在意大利人的眼中，大自然已经洗刷掉了罪恶的污染，摆脱了一切恶魔势力的羁绊，诗人们开始赞美上帝创造了天体和自然，但丁就是他们中最杰出的一位。彼特拉克则从奥古斯丁那里得到了启发，在奥古斯丁所著《忏悔录》第 10 章中有这么一段话："人们到外边，欣赏高山、大海、汹涌的河流和广阔的重洋，以及日月星辰的运行，这时他们会忘掉了自己。"彼特拉克受其激发而登上了阿维尼翁附近的文图克斯山峰，这在当时算是惊世骇俗的壮举。[1]

桑迪拉纳认为有充分的理由把佛罗伦萨的一位人文主义者在大约 1390 年写的一封书信作为文艺复兴哲学上的起点。在这封信中，这位人文主义者说："真理不在于所有这些区别、问题和假设。剥去这些华丽的外衣，还我们的关于现实的知识……由上述的这些东西转向诗，诗的位置高于那些逻辑的知识，诗本身就是要谈论上帝。"[2] 这封信明确向人们传达了一个信息：诗歌不仅不远离上帝，不是邪恶的，不应该被排斥，相反，诗歌的任务正是宣示上帝的意旨。这在客观上将有助于提高诗人的地位。

前文已经说过，在文艺复兴时代，精英们只是反对教会的腐败，但并没有抛弃基督信仰，神学的地位远未被根本撼动。在达·芬奇为画家争取地位之先，薄伽丘尚在为诗人争取地位，因为在中世纪时期，诗人是骗子的观点是很盛行的。薄伽丘在他的《但丁传》中说："诗是神学，而神学也就是诗……《圣经》里基督时而叫做狮，时而叫做羊，时而叫做虫，时而叫做龙，时而叫做岩石，这不是诗的虚构又是什么呢？"[3] 他的出发点只是在捍卫并提高诗歌艺术的地位，反驳关于诗人是骗子的说法，绝没有贬低神学的意义。在《异教诸神谱系》中，他还认为，诗出

---

① 布克哈特：《意大利文艺复兴时期的文化》，何新译，商务印书馆 1983 年版，第 295 页。
② 桑迪拉纳编著：《冒险的时代》，周建漳、陈墀成译，光明日报出版社 1989 年版，第 5 页。
③ 伍蠡甫主编：《西方文论选》（上卷），上海译文出版社 1979 年版，第 176 页。

于神的启示，"导源于上帝的胸怀"①。薄伽丘描述了哲学的尊崇，哲学是所有知识的女王，高踞于上帝在尘世所建立的王座上，哲学是上帝的信使，"她操着一种清新而流畅的语言向着那些愿意聆听她的话语的人们讲述着人类值得赞美的天性，讲述着我们自然母亲的神力……"② 艺术家在薄伽丘看来是哲学家中的一员，只不过"哲学家的工作是在讲堂里争辩，而诗人的工作则是孤独的吟咏"③。这里值得注意的是薄伽丘所提到的上帝、自然与哲学家或艺术家之间的关系，这种关系在达·芬奇那里被明确的阐述出来。

　　对于达·芬奇而言，他最主要的关注点是要提升画家的地位。从古希腊时代开始，绘画和雕刻是一种与修理马具等同的技艺，只是一种手艺活，其地位低于诗歌和音乐，这种观点在中世纪被继承。即使到了文艺复兴初期，诗人可以成为宫廷中的上宾，彼特拉克就被尊崇为"桂冠诗人"，声名卓著，画家和手工业者也一样被组织在行会里，被认为只是一个工匠。达·芬奇反对这种观念，他认为绘画不但与音乐和诗歌有许多相同之处，而且有很多胜过诗歌和音乐的地方，事实上绘画是最有价值的艺术。谈到画家，他说："画家是所有人和万物的主人：——假如画家想见到能使他迷恋的美人，他有能力创造他们。假如他想看骇人的怪物，滑稽可笑的东西，或者动人恻隐之心的事物，他是他们的主宰与创造主。"将画家视为事物的主宰与创造主，这在神学一统天下的时代是不可想象的。他之所以如此认为，是因为："事实上，由于本质、由于实在、由于想象力而存在于宇宙间的一切，画家都可先存之于心中，然后表之于手。"④ 值得注意的是，达·芬奇致力于提高画家的地位，要将其至少提高到与诗人、音乐家比肩的高度，在具体的论述中，他却抬高画家而贬低诗人和诗歌，这应该是"矫枉必须过正"的意思。他只是在争取画家应有的地位而已，他说："诗人说，他能用文句美妙的诗描写一件事象征另一件事。画家回答他也能，并且在这一方面他也是一位真正的

① 伍蠡甫主编：《西方文论选》（上卷），上海译文出版社 1979 年版，第 177 页。
② Leitch, Vincent, B., ed., *The Norton Anthology of Theory and Criticism*, New York: W. W. Norton & Company, 2001, p. 256.
③ 吉尔伯特、库恩：《美学史》，夏乾丰译，上海译文出版社 1989 年版，第 227—228 页。
④ 达·芬奇：《芬奇论绘画》，戴勉编译，人民美术出版社 1981 年版，第 24 页。

诗人。"① 又说："你们既然将音乐归入自由艺术之中，那你们就必须将绘画也一同列入，否则应取消音乐。"②

在达·芬奇那里，上帝作为信仰，这是一条至高的原则，他说，"由于我们的艺术，我们可被称为上帝的孙儿"③。为什么是上帝的孙子呢？因为在他看来艺术家应该是"自然的儿子"。他说："我告诉画家们，谁也不应该抄袭他人的风格，否则他在艺术上只配当自然的徒孙，不配作自然的儿子。自然事物无穷无尽，我们应当依靠自然，而不应该抄袭那些也是向自然学习的画家。"④ 艺术家作为上帝的孙子这种说法在结构上很近似于柏拉图的有关画是影子的影子，与真理隔着三层的说法，可是实质上却截然相反，柏拉图否认艺术的功能，达·芬奇则是为艺术正名：艺术可以传达真理。而且他的这句话中隐含的意思是：艺术与上帝一样伟大，上帝创造了自然，艺术家则创造艺术。值得注意的是，这里的上帝已经不是教会组织里那位仪式化的上帝了，而是接近于泛神论的上帝。当然在达·芬奇那里这种观点还处于萌芽阶段，还要经过漫长的岁月才能发展成为时代主潮。

到了莎士比亚时期，艺术应该以自然为模仿对象的观念仍然盛行。莎士比亚在《哈姆雷特》里通过哈姆雷特的口表达了自己的观点："你们切不可越出自然的分寸，因为无论哪一点这样子做过了分，就是违背了演剧的目的，该知道演戏的目的，从前也好，现在也好，都是仿佛要给自然照一面镜子……"虽然说的是演戏，但对于艺术家而言也是同样的。

第三节　为虚构与创造正名

早期的文艺复兴巨人主要精力是在创作方面，到了英国诗人锡德尼的时代，理论总结的机会成熟了。这一阶段的理论家主要的任务是调和柏拉图和亚里士多德的理论，他们从各自的角度出发，响应时代的要求，

---

① 达·芬奇：《芬奇论绘画》，戴勉编译，人民美术出版社1981年版，第23页。
② 同上书，第27页。
③ 同上书，第22页。
④ 同上书，第47页。

对希腊古典理论作了批判性的吸收和改造，其中比较突出的是卡斯忒尔维特洛、锡德尼和塔索。

和锡德尼与塔索比起来，卡斯忒尔维特洛在更大程度上是一位亚里士多德专家。在文论史上，他更多地被看做是"三一律"的创始者，他在比较史诗和悲剧的区别时，根据两者的特点说道："叙事体可以在几小时里讲述许多小时里发生的许多事件，也可以用许多小时来讲述几小时里发生的少数事件。这都是戏剧体做不到的，因为戏剧应该是原来的行动需要多少小时，就应该用多少小时来表现。"[1] 他的出发点是考虑到戏剧的舞台演出效果，因此就必须考虑观众的感受，这些都是受到时间、地点等因素限制的。至于后来他的这种考虑被新古典主义者发展为"三一律"，那完全是对具体理论的无限放大所致，这种理论与实践恶果不应该由卡斯忒尔维特洛来承担。事实上由于罗马帝国沦于蛮族之手，后来基督教教会又控制文化传播，亚里士多德的哲学、伦理学等著作虽然在11世纪之后尤其是13世纪又普遍受到重视，但他的《诗学》却长期被埋没，而贺拉斯的《诗艺》则影响甚大。《诗学》直到15世纪末文艺复兴时才开始被重视，卡斯忒尔维特洛是最早用意大利语撰写亚里士多德《诗学》评论的人，更可贵的是他并不迷信权威，能够创造性地发挥《诗学》中的观点。根据亚里士多德"诗比历史更具有哲学性"的观点，他加以阐释："由于他（诗人）可以创造一切，用不着乞援于事实和历史，他也就可以随意给人物起名字，而且这样做，不受任何拘束，但求合情合理。"他进一步指出："'诗人'这个名词的本义是'创造者'，如果他希望担当这个称号的真正意义，他就应当创造一切，因为普通材料使他易于创造，他有可能做到。"[2] 历史事实是无法更改的，而且事件为大众所熟知，因而诗人再遇到与历史相关的事件时，就应该遵守历史真实，可是历史并不记载广大的普通人物，他们默默无闻，他们的遭遇无人知晓，这就给诗人留下了巨大的创作空间。在这里卡斯忒尔维特洛已经在强调虚构与创造的重要性了。诗人不再仅仅是一个亦步亦趋、小心谨慎

---

[1] 古典文艺理论译丛编辑委员会编：《古典文艺理论译丛》（第6册），人民文学出版社1963年版，第2页。

[2] 同上书，第8—9页。

的记述者，他有创造的特权。

英国诗人和理论家锡德尼的《为诗辩护》的写作缘起是斯蒂芬·高森在《骗人学校》中对文艺的斥责。高森认为"诗人、笛手、演员"等都属于"小丑之流"，是"国家的蛀虫"，哀叹现代诗歌已经丧失了过去赞美"杰出领袖的丰功伟绩"的作用，对世道人心起着可悲的影响。锡德尼在《为诗辩护》中对现代诗人以及剧作家的多种问题也作了严肃的批评，但他反对"诗歌是谎言之母"的观点，对诗歌的地位与功能作了总结。他在书中首先回顾了历史，指出诗歌和诗人在古代文明中的重要地位。罗马人把诗人称为凡底士，也就是神意的忖度者，未卜先知的人，《圣经》里的《诗篇》可以说就是大卫王所创作的神圣的诗歌。他又从词源的角度谈及希腊词"诗人"就是创造者的意思，而英语中的"诗人"一词就来源于它。对于其他的人类技艺来说，无论是天文学、数学还是音乐或是医术，它们都需要依靠自然，没有大自然它们就不存在，可是诗人却是独立的。他说："只有诗人，不屑为这种服从所束缚，为自己的创新气魄所鼓舞，在其造出比自然所产生的更好的事物中，或者完全崭新的、自然中所从来没有的形象中，如那些英雄、半神、独眼巨人、怪兽、复仇神等等，实际上，升入了另一种自然，因而他与自然携手并进，不局限于它的赐予所许可的狭窄范围……"[1] 诗人不再像文艺复兴早期那样是自然的儿子、"上帝的孙子"，他可以再造自然，其创造性至少比自然要伟大了。锡德尼多次强调他认为柏拉图是"最值得尊崇"的哲学家，但他并不排斥亚里士多德，事实上他从亚氏那里吸收了"可然性""必然性"的说法，但又保持了柏拉图对于超自然的灵性世界的向往。关于柏拉图要把诗人驱逐出理想国的做法，锡德尼认为柏拉图的目的在于清除对于诗歌的滥用，而不是要驱逐诗歌本身。

和锡德尼一样，塔索也将两位大师尽量调和到一起。他承认诗人的主题是实然的，或可然的，或想当然的，或据传说的事物，总之是依照亚里士多德的看法。但是他又强调诗人就好像是神学家。诗人创造形象和偶像，用以感动读者，他更像神秘神学家而不是引经据典的烦琐哲学系统的神学家，因为"神秘的神学家和诗人比其他任何的人物都高贵得

---

① 锡德尼：《为诗辩护》，钱学熙译，人民文学出版社 1964 年版，第 9 页。

多了"。尽管诗人主要应该描写真实的东西，但是他毕竟可以描述虚构的东西。两百年之后，雪莱在他的《为诗辩护》中引用了塔索的一句话："没有人配称为创造者，除了上帝和诗人"，不过这句话并不见于塔索的文章，我们可以将其视为雪莱本人的主张，但从某种意义上来说，这个观点在文艺复兴末期，的确是呼之欲出了。

与此相对应的是，在莎士比亚的十四行诗中，有许多首都表现了诗人借助诗歌获得不朽，诗人的创造物也可以凭借诗歌而战胜时间与死神，被万世颂扬的观点。在第107首的末尾莎士比亚饱含激情地歌唱："你，将在这诗中树立起纪念碑，暴君的饰章和铜墓却将变成灰。"这可以说是文艺复兴精神的集中体现。

第四节　主体中心的确立

从文艺复兴开始，艺术家们不断地强调创造主体的作用，这种倾向在哲学中得到了总结，并最终确立了主体的地位。近代哲学从笛卡尔提出"我思故我在"开始，就主要围绕主体问题展开了讨论。笛卡尔认为在所有知识中，那些常识性的，甚至常常被认为是天经地义的知识，由于没有接受过理性的拷问，所以有很多都是站不住脚的。但无论人们怎样去质疑，"我思"作为任何思考的出发点这一点是非常坚实的。基于此，笛卡尔建立了理性的恢宏大厦，其中心便是"我思"，更进一步地说就是自我，自我乃是所有认识的源头，自我拥有天赋观念，所有可信的认识都是从自我出发而得来的。笛卡尔的观点深刻地影响了艺术领域，艺术同样要受到理性规则的衡量和检验，理性是一把精准而又无情的手术刀，经过其严格的剖析，艺术才能获得自身存在的合法性。在艺术领域中，"我思"主体的最佳代表即作者。

紧随笛卡尔的是康德，他着力于研究人的认知结构中的"先天综合判断"能力，认为认识的质料和形式是构成认识的两个重要要素。由于外在事物不断刺激人的感觉器官，这些刺激在人的认知中形成了纷乱复杂的表象，彼此间无一丝一毫的联系，这些表象就构成了认识质料，但对于人来说这些质料还不能成为有意义的对象，要想有意义，人就必须赋予这些质料以形式，这种形式是人所固有的，它整合这些质料，使其井然有序。人的认识的形式主要有两种，一是先验的感性直观形式，一是先验的知性思维形式。前者整合那些纷乱复杂的表象，使其具有时间和空间的确定性；后者则在此基础上进一步整合它们，让这些纷乱的表象之间具有逻辑的联系，经过这种整合，表象就成为人认识的对象。可以看到在康德的体系中表象是外在的，也是被动的，而认识的形式则是内在的、主动的。是人赋予了表象以内在联系，使其成为对象。所以是主体决定了对象，而不是相反。

当康德在回答"什么是启蒙运动"这个问题时，他说："启蒙运动就是人类脱离自己所加之于自己的不成熟状态。不成熟状态就是不经别人的引导，就对运用自己的理智无能为力。当其原因不在于缺乏理智，而在于不经别人的引导就缺乏勇气与决心去加以运用时，那么这种不成熟状态就是自己所加之于自己的了。Sapere aude! 要有勇气运用你自己的理智！这就是启蒙运动的口号。"① 卡西勒（又译卡西尔）在《启蒙哲学》一书中说："当18世纪想用一个词来表述这种力量的特征时，就称之为'理性'。理性成了18世纪的汇聚点和中心，它表达了该世纪所追求并为之奋斗的一切，表达了该世纪所取得的一切成就。"② 文艺复兴时期的巨人们虽然用自己杰出的才能给中世纪的经院哲学带来了巨大的冲击，但是经院哲学的理论根基还未发生根本动摇，要最终将其完全抛弃还需要经历漫长的历史过程，而且过程会出现反复。康德呼吁运用自己的理性，就是要摆脱经院哲学对人们思想的束缚。可以说经过笛卡尔的沉思，经过培根的观察实验，经过牛顿的力学发现，到了18世纪，人自身及其主体性得到了极大的肯定，即使是教皇也不得不承认："人类应当研究的是人。"③

牛顿的重要性值得特别提及，只要想一想他对休谟的影响，再考虑到休谟对康德的冲击，最终带来了康德三大批判，我们对于牛顿思想的影响就会有个初步的印象了。牛顿继承了培根所开辟的观察、实验、总结的办法，也就是分析的方法，反对亚里士多德以来，一直到笛卡尔仍

---

① 康德：《历史理性批判文集》，何兆武译，商务印书馆1990年版，第22页。
② 卡西勒：《启蒙哲学》，顾伟铭等译，山东人民出版社1988年版，第3—4页。
③ 同上书，第3页。

然盛行的演绎方法，后者预先提出一般性的原理和概念，通过抽象演绎而获得普遍知识。牛顿运用观察实验的材料经过严密的分析发现了万有引力定律，这种方法对于启蒙思想家以及其后的哲学的影响是极其深远的。卡西勒指出 18 世纪哲学家从牛顿那里获得启发，但他们更进一步认为牛顿的方法并不只限于数学与物理领域，而是一般思维所不可或缺的工具。伏尔泰说："决不要制造假设；决不要说：让我们先创造一些原理，然后用这些原理去解释一切。应该说，让我们精确地分析事物。……没有数学的指南或经验和物理学的火炬引路，我们就绝不可能前进一步。"①

哲学家们发愿要像牛顿发现了自然界的规律那样，找出人类各种活动的规律，尤其是思维和道德的规律以及社会发展的规律。1784 年第 12 期的《哥达学报》简讯中有这么一则报道："康德教授先生所爱好的一个观念是：人类终极的目的乃是要达到最完美的国家制度，并且他希望哲学的历史家能从这个观点着手为我们写出一部人类史，揭示人类在各个不同的时代里曾经接近这个终极的目的或者是脱离这个终极的目的各到什么地步，以及要达到这个终极的目的还应该做些什么事情。"② 这条简讯的消息来源于一位旅行访问过康德的学者，康德和他闲聊过上述观念，而他就把康德的这些想法透露给了新闻界，康德为此专门写了一篇论文《世界公民观点之下的普遍历史观念》，以兑现自己的诺言。

不过就康德而言，他最重要的代表作无疑是他的三大批判。在 1787 年《纯粹理性批判》第二版序言中康德一开始就说："对属于理性的工作的那些知识的探讨是否在一门科学的可靠道路上进行，这可以马上从它的后果中作出评判。"③ 他认为，与自然科学尤其是数学和物理学比较而言，哲学并没有"在一门可靠的科学的道路上进行"。他明确提出要以取得高度成就的数学和物理学作为范例来建立科学的形而上学，当然这并不是说要机械地模仿，事实上他多次揭示出理性派哲学家把数学方法运用于哲学中的不恰当，对企图从经验世界中按照自然科学原理来推出形

---

① 卡西勒：《启蒙哲学》，顾伟铭等译，山东人民出版社 1988 年版，第 10 页。

② 康德：《历史理性批判文集》，何兆武译，商务印书馆 1990 年版，第 1 页。

③ 康德：《纯粹理性批判》，邓晓芒译，人民出版社 2004 年版，第二版序。

而上学命题的做法也予以批判。他在第二版序言中挑明了自己的思路，就是按照已有的成功的数学和自然科学的榜样，分析其中的认识结构，对传统的认识论进行一场"哥白尼式的革命"，他提出的一个原理就是："不是知识依照对象，而是对象依照知识。"康德说："我们关于物先天地认识到的只是我们自己放进它里面去的东西。"在康德看来，只有人类自己主观能动地建立起来的对象才是真正客观的认识对象，不经过主观能动作用的便不能成为认识对象。这样的话，就不是主观符合客观，而是反过来客观要符合主观，从而主观观念如何能够必然具有客观效力就是非解决不可的问题。也就是"先天综合判断如何可能"的问题，也就是人的主体性，即先验的自我意识的统觉的问题，这也是《纯粹理性批判》全书的最终目的。

比康德要早大约半个世纪，维柯在他的《新科学》中也提出了相似的观点。维柯的"科学"是关于人类社会的科学，其典范也是培根、牛顿等人的自然科学，维柯要仿照他们建立有关"人的物理学"。霍克斯指出，根据维柯的理论，"当人感知世界时，他并不知道他感知的是强加给世界的他自己的思想形式，存在之所以有意义（或'真实的'）只是因为它在那种形式中找到了自己的位置"。[①] 维柯认为"人的物理学"表明人"创造了自身"，表明"文明社会也已确实无误地由人创造出来了，这个社会的各项原则可以在我们人类自身心灵的变化中发现"。人是独特的、杰出的创造者，因此，维柯的"新科学"着重研究"创造"或"诗化"的过程。

和维柯比起来，康德更注重探讨更抽象的或者说更具普遍性的理论问题。自笛卡尔开始，"我"的独立性或者说主体的独立性便成了一个值得深究的问题。笛卡尔反思一切现象，最终找到了所有知识的一个确凿无疑的基点——"我思"，既然"我思"，则必然有一个"我"存在，这在逻辑上是毋庸置疑的，但这个"我"只是"我思"的逻辑前提，而不是可以认识的一个实体。在笛卡尔那里，"我思"成为认识论上的出发点，到了康德，"我思"本身则成为他所关注的话题。邓晓芒指出，在康

---

① 特伦斯·霍克斯：《结构主义和符号学》，瞿铁鹏译，上海译文出版社1997年版，第3—4页。

德那里，"'我思'不仅仅是一个表象，而且是一种活动"，① 各个表象不是被动地"装到""我思"的框架里面，而是由"我思"本身能动的综合统一活动而聚集起来。康德说："就一个直观中被给予我的诸表象的杂多而言，我意识到同一的自己，因为我把这些表象全都称作我的表象，它们构成一个直观。"所有的表象都是我的表象，我并不仅仅是一个被动的接受者，我是一个创造者。在《纯粹理性批判》中康德肯定了现象与物自体两个世界的二分，也正是因为有了这种分别，人在自己的认识中才不只是服从于必然的因果性，而是有了"自由"。

康德的《纯粹理性批判》讲认识，讲的是自然的形而上学，谈人在现象界中如何认识的问题；《实践理性批判》谈道德，是实践的批判，讲的是在人的实践行为中，人的道德何以可能，道德的形而上学何以可能的问题。人的行为规律和意志自由有关，意志自由属于物自体，是不能用因果性来加以规范的。现象是可知的，物自体则不可知，两者之间存在深深的鸿沟。当人只知道理性，只知道增加知识，甚至唯技术至上的时候，就成了一种理性的动物，不再是人。人要真正成为人，就要讲道德，要遵守实践理性。怎么样从认识过渡到道德呢？康德认为可以通过审美活动，也就是鉴赏。《判断力批判》是人类鉴赏力的批判，但并不是什么形而上学，它的作用是沟通和联系前两种形而上学，在它们之间建立一座桥梁。这三大批判对应的是人类的三种能力：知识、欲望和情感。情感与审美相关，通过审美可以把科学认识与道德素质联系在一起。人们把认识能力运用到审美上面，其目标则指向道德。这里就突出了艺术的功能与作用。

虽然在康德晚年法国爆发了大革命，革命的风潮也深深影响了德国，但是对康德本人却没有产生多大的影响。康德三大批判中第三批判《判断力批判》出版于1790年，不可能是出于对革命的反思而著述的。康德更多是在思辨的意义上探讨人类的"知、情、意"之间的关系，和他相比，席勒则更多地联系了当时的社会现实。从1790年到1794年，席勒沉潜于哲学研究中。针对轰轰烈烈的法国大革命，作为邻国的德国的哲学家、思想家和作家都密切关注着革命的进程，也常常直接或间接地表达

---

① 邓晓芒：《思辨的张力——黑格尔辩证法新探》，商务印书馆2008年版，第391页。

自己的态度。席勒和大部分德国知识分子一样，在法国大革命爆发初期对其充满了向往和期待，希望理想中的"理性的王国"可以实现。但是随着革命的发展和演变，雅各宾派专政时的血腥的恐怖行动，让他们对法国革命产生了恐惧，也多了反思。在《美育书简》（又译为《审美教育书简》）中，康勒认为通向自由的道路不应该是政治革命，而应该是审美教育。他以康德理论为基础，把人性分为感性和理性两个部分，认为人身上有两种对立的因素，一是人格，一是状态，人格是人身上固定不变的东西，即自我或理性，状态则是不断变化的，也就是自我的诸规定或感性。由于人格是人的基础，而固定不变的东西不可能从不断变化的东西之中产生，所以人格有一个绝对的，以其自身为根据的存在的观念，这个观念就是自由。状态的基础是时间，有如花开花落，花总是花，人格持久不变，而状态（花开花落）则随时改变。这就是说，人既有超越时间的一面，又有受制于时间的一面，人既是有限存在又是绝对存在，既有感性本性又有理性本性，由此也就有了两种对应的冲动：感性冲动和形式冲动。这两种冲动一个要求变化，另一个要求不变，所以人如果只是单独地满足这两种冲动中的一种，或者只是一个接一个地满足这两种冲动，都不可能成为完全意义上的人，"因为，只要人仅仅在感觉，他的人格或他的绝对存在对于他就永远是个秘密；而且，只要人仅仅在思维，他在时间中的存在或他的状态对于他也就永远是个秘密"[1]。只有游戏才能把两种冲动的作用结合起来，排除一切强制，使人在物质和精神方面都达到自由。这也是游戏冲动能使人性归于完整的根本原因。所以，美或活的形象是感性与形式（理性），主观与客观在审美主体（人）的意识中的统一，或者说是对象与主体的统一，美对我们是一种对象，同时又是我们主体的一种状态，集中表现为对审美外观的喜爱、对装饰和游戏的爱好。"以外观为快乐的游戏冲动一发生，模仿的造型冲动就随之而来，这种冲动把外观作为某种独立自主的东西来对待。"在外观的艺术中，在想象力的王国里，人从自己的本质之中取回外观并按照自己的法则来处置外观，也就是说他行使着自己人的支配权，他给予形象的独立性越多，他就越扩大了美的王国。"只要外观是坦诚的（公开放弃对现实

---

① 席勒：《审美教育书简》，张玉能译，译林出版社 2009 年版，第 43 页。

的一切要求），而且只要它是自主的（不需要实在的任何帮助），外观就是审美的。一旦外观是虚假的，并伪装成实在，一旦它是不纯粹的，并需要实在的帮助才能够发挥它的作用，外观就只不过是达到质料目的的一个低劣工具，并且丝毫证明不了精神的自由。"①

　　黑格尔在《精神现象学》中同样强调主体的创造性。黑格尔从主观精神、自我意识出发，建立了他的宏大的体系，这个体系无所不包，宏大至极，可是这一切都是在主体的意识之中，他是以主观精神为基础建立起客观精神、客观理性的。黑格尔好像是在谈世界，实际上是在谈关于世界的意识，谈宗教实际上是谈宗教意识，谈政治是谈政治意识、谈国家意识，他并没有谈到现实的国家、现实的历史，这是黑格尔的局限，但同时也是他的价值所在。黑格尔提出"是什么需要使得人要创造艺术作品呢？"他指出，人类对艺术的需要不是偶然的而是绝对的，问题在于这种需要的根源是什么。黑格尔回答说："这就是人的自由理性，它就是艺术以及一切行为和知识的根本和必然的起源。"他据此提出了著名的艺术是人的自我创造或自我复现的学说。他认为，人是一种能思考的意识，人能以认识和实践两种方式达到对自己的意识。

---

① 席勒：《审美教育书简》，张玉能译，译林出版社 2009 年版，第 88 页。

第 五 章

理性与天才的分野和融合

文艺复兴反对教会的威权，凸显个体的地位，给后世留下了两个直接的遗产：一方面，是理性主义的兴起，在这里，理性取代了信仰，理性成为至高无上的法则；另一方面则是个人天才的高扬。两者都与人的主体性的确立有关，但前者更强调的是规则，后者恰恰是针对前者而言的，处处强调对规则的突破。有关"天才"的论述总是带有一点神秘主义的色彩，最终走向非理性主义，走向对一切权威和固定观念的否定，走向后来更为彻底的道路，即在否认规则的同时，也最终否定了主体和自身。从文论的角度来说，"去作者"思潮的出现已经越来越近了。

第一节 理性与感性的对立

马丁·路德等人的宗教改革运动是在宗教内部产生的，而在宗教外部，随着商业的发展，世俗政权逐渐摆脱教会的控制，君主和教会之间的矛盾凸显，有一段时间教皇甚至被法国国王劫持至阿维尼翁，导致教会的大分裂，这些都动摇了教会统治的基础。

世俗政权与教会的矛盾，新兴资产阶级市民社会的崛起，这些都使得文学到资助的渠道变多了，文学从教会的统治下解放出来。有一些资助来自于个人，但更多的来自于市场，无论是在经济的层面还是在思想的层面，作为个体的人的地位得以上升，为巨人时代准备了条件。这些情况在文学上的反映便是文学自律观的出现，理性的观念逐渐在文学中取得了支配性地位。

17 世纪时期的西方精神继承了文艺复兴精神，以求新为宗旨。大陆理性主义的代表笛卡尔的重要作品有《方法论》，英国经验主义的代表人物培根的作品有《新工具》，如果再算上稍后的维柯，其代表作品是《新科学》，这中间有一个一以贯之的东西："求新"，这就是当时的时代精神。尽管笛卡尔本人并没有形成自己专门的文艺思想，但是他的理性主义思想却为其后的文艺理论奠定了基础。对于笛卡尔来说，他要为人类有关世界的所有认识找到一个可靠的根基，他提出"我思故我在"，通过感知把握我思，通过我思把握主体"我"自身。他认为我们关于可感世界的知识是通过描述外在物体的运动来表达的，颜色、声音、气味等仅仅是有关这些外在物体的信息源。既然艺术与美是与可感物相关的，那么艺术活动也就是客观的，它与科学活动、伦理行为一样遵循着统一的原则，这就是"理性"。这种看法在法国新古典主义者那里被强化，同时也被简单化，"三一律"成为新古典主义的不易法则。它们以古希腊、罗马为模仿对象，无论是在创作实践上还是在理论上都达到了相当的高度。早在文艺复兴时期，被发掘出来的古代的哲学、文学等已经为人文主义者推崇，15 世纪时意大利一些学者着重研究亚里士多德和贺拉斯，初步提出了"三一律"问题。16 世纪，"三一律"在法国引起热烈的讨论，产生了布瓦洛的《诗的艺术》，《诗的艺术》成为新古典主义的纲领性作品。布瓦洛的理论建立在理性之上，他宣称："（诗人）首先要爱理性：愿你的一切文章，永远只凭着理性获得价值和光芒。"[①] 他认为相比于天才来说，理性对诗人更为重要。理性乃是文学的基础，也是文学的目的，艺术必须在理性的指引下，才可能达到完美。他力图为文艺创作制定出一套合乎理性，万古不变的规则。布瓦洛强调理性，贬斥感性，甚至反对写抒情诗，认为抒情诗只是以个人感受为基础，表现的是偶然、个别的东西，与理性相背离。

　　与大陆理性主义相对立的英国经验主义则强调感性经验才是认识的唯一源泉，其代表人物培根也有一句广为人知的名言："知识就是力量。"当然在培根这里，只有那些经过严格检验了的知识才是真正的知识，而不是那些只存在于书本上的教条。感性认识虽然是知识的基础，但往往带有欺骗性，并不完全可靠，这就要通过不断地观察和实验去证实或纠

---

　　① 布瓦洛:《诗的艺术》，任典译，人民文学出版社 1959 年版，第 37—38 页。

正感性认识。这里同样强调了理性的作用。不过这个时期的人性与神性是统一的：无论是在笛卡尔那里，还是在斯宾诺莎或是莱布尼兹的理论中，理性都是人和神的头脑里所共有的，是人所分享的神性。人通过理性所认识的，是人在上帝身上直接看到的东西。在培根那里，虽然他提倡知识和科学，强调理性，但他又提出了"二重真理论"，主张真理有两个来源：感觉和经验是其一，启示和信仰则是另一个来源。在培根看来，诗歌兼具理性与神性，就语言的韵律而言，诗歌是学问的一部分，是合乎理性的，但是诗歌在能虚构出比历史事实更伟大的行动和事迹这方面，比起历史要在描写上更奇特和丰富多彩，同时在奖惩上更公平，这时诗歌体现的是神性。他认为读者受益于诗人比受益于历史学家和哲学家更多，他说："诗一向被人认为是参与神明的，因为，由于它能使事物的外貌服从人的愿望，它可以使人提高、使人向上；而理智则使人服从事物的本性。我们看出，由于诗对人性及人的快乐的这些巧妙的逢迎，再加以它具有与音乐的一致与和谐，在不文明的时代与野蛮的地区，别的学问都被拒绝，唯有诗可以进门并得到尊重。"①

　　总之，文艺复兴尊崇人性，可以说是人的主体性的高扬时期。但神性的影响仍然相当强大，仍然有"去作者"的观念存在，这集中体现在理性原则与天才观念的分野之中。前者是属人的，后者则是通神的。遵循理性主义原则的新古典主义产生了几个代表性的卓越作家，最主要的是高乃依、拉辛和莫里哀。他们的作品语言典雅、矛盾集中，他们在遵守严格规范的同时创造了优秀的作品。因此法国的新古典主义很快成为欧洲文学的标杆，在各国尤其是在上流社会引起了强烈的反响，但是"天才"观念的出现却强烈冲击了新古典主义的理论根基。

第二节　"天才"观念

　　在康德之前，舍夫茨别利和赫尔德等人都论述了"天才"观念，赫尔德强调天才是自然的神力在人的身上的汇集和体现，天才来自于天赐，是崇高的，但得遵循自然的规律才行。他着重于从民族性和社会性角度

---

① 伍蠡甫主编：《西方文论选》（上卷），上海译文出版社 1979 年版，第 248 页。

论述，认为艺术产生于社会生产，因此必然与功用有着密切的关系。在这些方面，康德与他观点不同。

康德认为对于那些可以被称为美的艺术的作品而言，它们的合目的性虽然是有意为之的，但却不让人觉察其是有意的；也就是说，虽然大家都意识到这类艺术的确就是艺术，但它们也可以被看作就是自然。康德强调过规则在艺术中的作用，有时候他会觉得某件艺术作品只有在遵循规则的情况下才可以变成艺术品，那么为什么他又会说一个美的艺术产品应该显得是自然的呢？在他看来这与遵循规则并不矛盾，艺术家必须得遵从艺术规则，这种遵从是马虎不得的，可是却又不是亦步亦趋、不敢越雷池一步的那种，不是强自遵守，而是完全融入他自己的内在尺度之中，也就是说"没有表现出这规则悬浮在艺术家眼前并给他的心灵力量加上桎梏的痕迹"①。从文学史的实例上来说，莎士比亚便是最好的例证了。至于那些高喊规则，以"三一律"为创作准绳的新古典主义者，在康德看来根本就是违反了创作的根本规则，因为他们完全违反了自然，只知道单纯地、消极地模仿自然，这种模仿导致的结果是非常恶劣的，使得艺术趋于停滞，没有活力与动力。因此艺术的确存在规则，不过你不要指望从死板的概念中去获得它，它其实只存在于伟大艺术家的推陈出新之中。基于此康德对"天才"作出了非常著名的界定：第一，"天才"是原创性的，是创造出新东西、新作品的能力，而不是模仿的才能，任何人无法为这种作品作出任何限定。第二，"天才"的作品是典范性的，它是高度原创性的作品，为后来者树立了标杆，是后来者学习、揣摩与模仿的对象，同时也是批评家遵守的准绳。第三，"天才"带有一定的神秘性。因为甚至天才自己也不知道这些作品是如何创作出来的，但是他却的的确确地创造出来了，而且是自自然然地创造出来了这些伟大作品。第四，"天才"是就艺术而言，不是对科学而言的。他说："自然通过天才不是为科学，而是为艺术颁布规则，而且就连这也只是就艺术应当是美的艺术而言的。"②

康德在某种意义上可以被认为是文艺复兴之后的柏拉图。在康德那

---

① 《康德著作全集》（第5卷），李秋零主编，中国人民大学出版社2007年版，第320页。
② 同上书，第321页。

里，在艺术生产与艺术接受中存在着审美判断的二律背反。康德基本上肯定艺术是一种理性的和自觉的行为，他指出尽管人们喜欢把蜜蜂合规则地建造的蜂巢称为艺术作品，但这并不意味着蜂巢就是真正的艺术品，因为这样的说法只是出于一种类比。事实上，真正的艺术只有通过自由创造才能产生出来，也就是只有将这种艺术生产行为建立在理性之上，通过自由而生产，人们才将其称为艺术。这样的话，蜜蜂出于本能而建造出来的蜂巢就不能被当做是艺术品。一件艺术品能被称为艺术品，就必然有创造者。不过，这个创造者尽管创作出了作品，但在很多情况下，他自己也不明白自己怎么就创作出来了艺术品。而那些人们明白地知道应当做什么，知道应该怎么做，并且可以手把手地传授规则的东西，是不能被称为艺术的。"惟有人们即使最完备地了解也并不因此就马上拥有去作的技巧的事情，才就此而言属于艺术。"① 什么人才从事艺术活动呢？就是"天才"。天才是作为自然来提供规则的，他自己并不知道作品是如何在他心中出现的，他似乎只是随心所欲地顺意而为，作品就出现了，所以这种作品只能归因于他的天才，但是要想"把这些理念传达给别人，这也不是他所能控制的。"②

康德的这种认识在席勒、谢林那里得到了发挥。席勒受康德的影响最直接，他坚持认为艺术的起点是无意识。席勒曾在和歌德的通信中谈到过他的一个观点，他认为对于普通人来说，他们完全可以体会到诗意，也会被这种诗意打动，可是他们却无法将这种诗意客观地体现出来，普通人不像艺术家那样有着表达的强烈愿望，但在艺术家那里这种愿望就像如鲠在喉，不吐不快。不过对于一个诗人来说，他的创作是从无意识开始的，他并不能很清楚地意识到他自己的意匠运思，一般情况下在作品刚开始创作时期他的那些模模糊糊的总体思想也不会原封不动地被体现在完成的作品之中，不过要是在开始创作之前没有这种模模糊糊的思想，艺术家当然也不可能完成什么作品。艺术家和普通人毕竟是不同的，普通人固然也可以表现、创作，但他们的创作自始至终是在自己清醒的意识指导下进行的，因此他们不能成为艺术家，"但是无意识和意识统一

---

① 《康德著作全集》（第5卷），李秋零主编，中国人民大学出版社2007年版，第316页。
② 同上书，第321页。

起来便造就出诗的艺术家"①。能够将两者统一起来才是真正富有独创性的作者，他们不依据规则，但他们自身就是规则的典范。作为一位伟大的诗人，席勒所言自是深谙其中甘苦。席勒可以被称作是德国文学批评的源头性人物，他的思想深深影响了后来者，尤其是浪漫主义文论。

谢林认为艺术的起源是神秘而无法解释的："艺术家并不是把他在自己的艺术作品中看到的矛盾的完全解决［惟独］归功于他自己，而是归功于他的天赋本质的自愿恩赐。"② 对于艺术家来说，这种矛盾是完全无法避免的，这是因为他所具有的那种天才从本质上说就是要无情地使他自相矛盾，但是值得庆幸的是这种天才同样会仁慈地使他摆脱这个矛盾给他带来的痛苦。谢林指出从古以来就有关于 pati Deum［情生于神］的说法，诗人们为一种无法遏制的力量所驱动，他们对摆脱那种力量无能为力，只得顺从它的意志老老实实地创作。而客观事物也同样仿佛是不受艺术家的影响，即纯然客观地进入到他们的笔下。对于文学创作者来说，无意识的、不自知的灵感活动与艰苦思考的自觉努力之间的矛盾是内在的、固有的，普遍存在于美学和艺术的创造性活动中，因为没有哪一部作品真的是可以随随便便完成的，但同时它又的确不是（也不可能是）遵从意志的产物和依照某一特殊意图完成的。做一样东西如果有法则，就可以有样学样，不断重复，可是艺术品尤其是诗歌却与此不同，至少说对于那真正可以被称为诗歌的作品，诗人是无法说出其所以然的，他无法教别人作诗，也无法从别人那里学到如何写诗。就是他自己倘若错过了最佳时机，他也不可能再作出一首来。在谢林看来，根据艺术作品人们可以感觉出诗人有意识的行为和无意识的行为两者间所存在着的同一性，不过两者间更常见的却是那种无限的对立，这种无限的对立体现为无意识的无限性。自然与自由的综合，乃是艺术品之所以为艺术品、艺术家之所以为艺术家的原因。他说："艺术家在自己的作品中除了表现自己以明显的意图置于其中的东西以外，仿佛还合乎本能地表现出一种

---

① 韦勒克：《近代文学批评史》（第一卷），杨启深、杨自武译，上海译文出版社 1987 年版，第 334 页。

② 谢林：《先验唯心论体系》，梁志学等译，商务印书馆 1976 年版，第 266 页。在修订本中这句话是："而是归功于他的天赋本质的自愿恩赐，因此也就是归功于无意识活动和有意识活动的会合。"

无限性。而要完全展现这种无限性，是任何有限的知性都无能为力的。"①

　　谢林同样认为天才是对艺术而言的，在这一点上他继承了康德的观点。他说："能满足我们的无穷渴望和解决关乎我们生死存亡的矛盾的也只有艺术。"② 在哲学中有限与无限的矛盾是哲学思考的出发点，可是在艺术中这种矛盾得以统一，艺术活动正是要泯灭这种对立和分离，而那种泯灭这种对立的才能究竟是在怎样的机制下工作的，却没有人能用理性的方式把握住，哲学家对此也只能赞叹："这种创造性才能就是使艺术做成不可能的事情的才能，即在有限的作品中消除无限的对立的才能。……不直接表现或至少以反映关系表现无限事物的作品，决不是艺术作品。"③ 但谢林并不是康德学说亦步亦趋的跟随者，他不承认现象界与物自体之间的分裂，而是主张存在一个终极的大全，也可以说是神，用上帝来指代也可以，人类所有的认识和实践都源自于它。④ 远的来说，谢林的这些思想更多的来源于柏拉图，尤其是新柏拉图主义者，他在图宾根读书的时候作过非常详细的有关柏拉图《蒂迈欧》的读书笔记，而他在后来的著作中多次提到柏拉图及其学说，这些都是明证。从近的角度来说，早年谢林与其说是追随康德，还不如说他是费希特的门徒。对于康德来说，三大批判是他的体系的基石，是新的知识学让人放心的基础，但在康德之后，德国诸多思想家都对康德的体系持有很大的保留意见甚至质疑。费希特认为康德的三大批判预设了太多的前提，其中"被给予的"的东西，也就是有关物自体的部分难以令人满意。早年谢林在给黑格尔的信中就这么说过："当前我活在哲学里，漂游在哲学里。哲学还没有终结。康德已经给出了结果，但缺乏的是前提。但是没有前提谁又能够理解结果呢？……我们必须与哲学一道继续前进！"⑤ 在康德那里分裂的东西，在谢林这里并不存在。美不是用来弥补裂痕的，事实上美

---

　　① 谢林：《先验唯心论体系》，梁志学等译，商务印书馆1977年版，第269页。

　　② 同上书，第266页。

　　③ 同上书，第274—275页。

　　④ 卢卡奇就曾经指出："谢林关于艺术客观性的论证可能更神秘。我们已经说过，他在这个时期（青年时期），特别是在美学中，总是求助于柏拉图的理念论。他的论证可能常求助于上帝，而且以上帝的名义推演艺术的客观性和真与美的同一性。"见卢卡奇《理性的毁灭》，王玖兴等译，山东人民出版社1997年版，第132页。

　　⑤ 转引自先刚《永恒与时间——谢林哲学研究》，商务印书馆2008年版，第12—13页。

就是本原的直观表现。谢林在《德国唯心主义的最初的体系纲领》一文中认为美的理念是最高的理念，是把一切协调一致的理念，而其他所有的理念都不过是这一个最高理念的从属理念而已。在他的哲学架构中，美与理念并不割裂，相反，美处在理性的制高点上，弥合一切分裂。在美的光辉中，真和善也各得其所。一个哲学家如果没有美感，他就只能是一个书虫，因为审美的哲学是精神哲学的核心。一个公民假如不具有美感的话，就是个精神生活上的可怜虫，甚至连探讨历史的资格也没有。比起康德来，审美在谢林的体系中获得了更为重要的地位，可以说是至高无上的地位。谢林宣称："不管是在人类的开端还是在人类的目的地，诗都是人的女教师；所以，即使哲学、历史都不复存在了，诗也会独与所有余下的科学和艺术存在下去。"① 在他看来，人类也许具有一种直觉的认识能力，这就是审美能力，借助这种能力，人类可以洞察宇宙的奥秘。谢林确信，至少在少数天才那里，他们可以通过艺术来理解和揭示那作为自在之物而存在的宇宙。他固然承认艺术中存在理性无法把握的东西，但是天才却不被外在的力量控制，从而成为一个工具，相反，天才具有一种直观的能力，这使得他们能够主动去把握那种神秘的东西。人的主体性在这里被凸显。

　　叔本华在他的许多作品中都表达了他对于柏拉图和康德的感谢和赞美。与其他的哲学家更注意康德与柏拉图之间的差异不同，他独具慧眼，发现这两位伟大的哲学家之间的相同之处，至少两者在最本质的旨趣上是非常接近的，在他看来甚至可以说是同一的，因为："双方都把可见（闻）的世界认作一种现象，认为该现象本身是虚无的，只是由于把自己表出于现象中的东西（在一方是自在之物，另一方是理念）才有意义和假借而来的实在性。"② 如果说要存在什么不同的话，那就是康德比柏拉图更为彻底地否定了现象的形式的实在性。他们两人的共同的错误在于混淆了直观的认识和抽象的认识，把逻辑和推理等掺入直观。叔氏本人

───────────

　　① 刘小枫编：《德语美学文选》，华东师范大学出版社 2006 年版，第 132—133 页。有关这篇文献的著作权之争是德国哲学史上的一桩公案，迄今没有定论。在本书中刘小枫先生的看法是，将其归于谢林名下，这主要是从其内容上来做的判断，因为其中所提出的审美直观是理性的最高方式等核心观点，都与谢林后来的思想一致。

　　② 叔本华：《作为意志和表象的世界》，石冲白译，商务印书馆 2007 年版，第 241 页。

则力图避免这种错误，他批评康德是从反省思维出发来把握世界，他与之不同，他时刻不脱离直观的认识对象，并以之为自己认识的起点。叔本华作了个非常形象的比喻，他将自己形容为直接用皮尺测量实物长度或高度的人，而康德则试图通过丈量塔影来测知塔的高度。因此，"哲学对于他是（一种）由概念（构成）的科学，对于我却是（一种）在概念中的科学"①。所谓由概念构成的科学就是那充满了术语、符号、推理、论证等理性思维方式的科学，而所谓在概念中的科学则不同，后者也并不排斥理性思维，但将其隐藏在幕后，从直观出发来进行认识，也会运用那些推理方式，但一刻也不脱离直观，而且以直观为最终旨归和手段。应该说比起康德来，叔本华更具有艺术修养，毕竟艺术更多地与直观、个体相关，而不是与概念相关。当然，无须赘言，正是康德为叔本华的理论奠定了讨论的基础，没有康德，也就不会有叔本华的理论。

叔氏认为，所谓科学研究方法，它们的适用对象是有限的。科学在现象界中探究现象的法则、彼此之间的联系和区别，这些讨论固然很重要，但都不是世界的本质一面。世界的本质是意志，它处于科学所能考察的范围之外，科学对其无能为力，而揭开意志的面纱正是艺术的神通，是天才可以大显身手的地方。叔氏说："艺术的唯一源泉就是对理念的认识，它唯一的目标就是传达这一认识。"② 我们发现叔本华对柏拉图也作了修正，因为在柏拉图那里，艺术是不能反映理念的，艺术乃是影子的影子，但叔本华所强调的与此正好相反。叔本华认为艺术与科学是不一样的，科学必须得按照根据律来考察对象，艺术则不然，艺术可以保持自己的独立性，完全能够超越这些规则。普通人往往被局限在世俗功利之内，被生活的沉重负担所压迫，忙碌于各种利害的算计，天才则不必如此，他能够摆脱这些劳役，其特别之处正是他能够从那些鸡零狗碎的陈杂事务和各种纠葛之中超拔出来，能够使自己全神贯注于对事物的直观观照，这种直观观照的方法是遗貌取神，深层次所体现出来的则是最纯粹的客观性。他"完全不在自己的兴趣，意欲和目的上着眼，从而一

---

① 叔本华：《作为意志和表象的世界》，石冲白译，商务印书馆 2007 年版，第 616 页。

② 同上书，第 258 页。

时完全撤销了自己的人格，以便［在撤销人格后］剩了为认识着的纯粹主体，明亮的世界眼"①。在这里仍然可以看到康德理论的影响，康德的审美契机中就明确指出艺术的无功利性，叔本华对此加以发挥。天才可以直接把包括自己在内的世界当做直观的考察对象，不从利害上来考虑，而只关注其直观的显现，也即"表象"的一面，其中也包括意志的客体化表现；而凡夫俗子们只关心当下利益，完全被贪欲控制，只作为意志的工具而存在。他们斤斤计较，遵循根据律，也就是依据因果律和动机律行事，因此在生活中常常表现为精明、审慎。而天才则不把注意力集中在根据律上，指导他们行为的不是概念而是印象，因此他们常常被剧烈的感受和不合理的情欲所控制，有时候行为近乎疯癫。在有关诗人与疯癫的关系上，前人已经多有注意，最早并最有影响的算是柏拉图的"迷狂"说了，亚里士多德也承认没有一个伟大的天才不是带有几分疯癫的。但是叔本华指出这种说法只是强调诗人与疯子表现上的近似而已，实际上两者存在着质的不同。天才人物摆脱了根据律，这与疯子压根不知根据律是两码事。天才人物静观事物，掌握理念在直观中呈现的真正本质，但他因为对具体的事物往往认识不清，并且对牵涉的利益关系不上心，因此在现实生活中往往成为被取笑的对象，甚至常常受欺骗。但正因为如此，他才能摆脱具体的利害关系，得以直观事物的本质，直观美，从而创造美的艺术。

谢林也好，叔本华也好，从康德那里出发，又都不同程度地走出了自己的道路。他们以各自的方式对理性作了否定，但又都强调了人的主体性。他们虽然有突出非理性的一面，但这种非理性从本质上说是属于人的主体性的一方面。这种认识的意义在于，它区分了科学和艺术，理性与直观，将后者提到前所未有的高度。这种努力在浪漫主义者那里得到发展，并最终使得作者的主体性得到空前的提高，作者最终成为凌驾于一切之上的最高存在，连上帝也自愧弗如。

---

① 叔本华：《作为意志和表象的世界》，石冲白译，商务印书馆 2007 年版，第 259—260 页。

第三节　浪漫主义者的"作者观"

在谢林的哲学体系中有非常强烈的宗教倾向，甚至带有点神秘主义，他曾坦率地承认，比起任何其他人的思想和学说，《圣经》给他的影响和激励是最大的，这种激励是一种宁静的激励，他通过《圣经》认识到："我从少年起就抱着极大的热情想要认识的那个东西（绝对），最终必须以人的方式来寻找，那些漂浮着的思想必须回归到人类理解力的自然尺度。"① 人的自我把神性与人性结合在一起。

寻找这种绝对，成为德国浪漫派的一致目标。这种目标发端于早年谢林的导师费希特，在费希特的理论中绝对的自我乃是认识一切的出发点，它包括一切真实，但它通过自身并不能达到认识，这就要求一个与它对立的非我存在，这样一来，认识就体现为无限的奋斗过程，克服非我与绝对自我之间的限制。在勃兰兑斯看来费希特的这种哲学主张宣扬的乃是人的独立，如果说有神的存在的话，也是人主宰着神，而不是人受神的主宰。人是世界的中心，像君主一样君临一切。勃兰兑斯在分析浪漫派的起源的时候说："这种自由狂热在一群非常任性的、嘲讽而又爱幻想的青年天才中发作开来了。"②

费希特的观点在谢林那里得到了发挥，奥·施莱格尔，德国早期浪漫派的旗手，接受了谢林的观点"美就是以有限显现无限"，并将其修改为"美即无限的象征显现"。他的弟弟小施莱格尔则被伯林称为"浪漫主义有史以来最伟大的先驱"，③ 在小施莱格尔看来，人类具有一种无法餍足、不可抑制的狂热念头，这种念头促使人力图挣脱他所受的羁绊，畅游于无垠世界之中，追寻那永恒而又神秘的绝对。

谢林的思想对德国的哲学与美学影响很大，但是，他的影响并不仅仅局限于德国，在英国也深受欢迎。柯勒律治就是受谢林影响的众多英

---

① 转引自先刚《永恒与时间——谢林哲学研究》，商务印书馆 2008 年版，第 352 页。

② 勃兰兑斯：《十九世纪文学主流》（第二分册），刘半九译，人民文学出版社 1997 年版，第 24—25 页。

③ 伯林：《浪漫主义的根源》（修订版），吕梁等译，译林出版社 2011 年版，第 22 页。

国人当中最著名的一位，他在很多方面吸收了谢林的观点，当然除了谢林之外，他还同样吸收了其他诸多德国思想家，包括康德和施莱格尔兄弟的学说，他吸收的实在太多，甚至难以摆脱剽窃之嫌。当然这绝不是说柯勒律治毫无创见，正如韦勒克所指出的，有些人觉得柯勒律治只是德国人的学生或应声虫，鹦鹉学舌而已，事实上并不如此："毋宁说，柯尔律治自有一功，从德国汲取来的各种思想，他能够融会贯通，并且和十八世纪新古典主义，以及英国经验主义的传统成分结合起来。"①

德国浪漫派追求终极的绝对，以艺术作为手段，但是他们更多的是在玄思的哲理中打转。无论是理智的直观还是感知的直观，都显得玄虚和费解。和德国人倾向于诉诸神秘、抽象的事物不同，英国浪漫主义者最主要的特征之一便是把无限与自然联系起来，这要比前者来得真切和鲜明多了。帮助英国浪漫主义者们抵达无限的工具是他们特别强调的想象，柯勒律治对想象作了非常精细的研究和严格的界定，在他看来，想象主要有两种，他说："我将第一位的想象看作是人类知觉的活力与原动力，是无限的'我存在'中的永恒的创造活动在有限的心灵中的重演。"② 另一种想象则是这一种的回声。借助于想象，在德国人那里显得非常遥远，捉摸不定的绝对被柯勒律治拉到了地面上。

在《论诗或艺术》中柯勒律治认为自然也是心灵中的观念，艺术是客观事物和主观世界结合而成的产品，蕴藏在客观事物中的自然意象是散落无序的，诗人可以把这些分散的意象聚集到自己敏感的内心之中，在这些意象中发现自己内心中与其相通的形式，然后将这种形式投射到外在世界的这些分散的意象上，这样一来，诗人"使外在的内化，内在的外化，使自然变成思想，思想变成自然，这就是艺术天才的秘密所在"③。天才在自然当中看到的是自己的映像，如果用费希特的话来说，就是绝对自我在非我中寻找自己，柯勒律治以他自己为例说当他思考之时他总是注视自然界的事物，比如说当他看到远处暗淡的月光照进结满

---

① 韦勒克：《近代文学批评史》（第 2 卷），杨自伍译，上海译文出版社 2009 年版，第 204 页。

② Samuel Coleridge, *Biographia Literaria* (Volume 1), ed. by Shawcross, J, London: Oxford University Press, 1907, p. 202.

③ Ibid., pp. 257 – 258.

露珠的玻璃窗扉时，他所发现的并不是单纯的景象本身，对于他来讲，眼前的景象主要是起到一种触发作用，这景象唤醒了沉睡在他心中的另一事物，然后他再寻找最适当的语言来表达这个事物，很明显这种语言充满了象征的意味。这时候与其说他是在观察什么新事物，不如说他心中的事物找到了外在对应的物象，该物象又寻求，或者说要求一种象征语言，这种语言可以将早已存在于他内心深处的某一事物表达出来。因此他说："即使我是在观察新事物，我也始终只有一种模糊的感觉，仿佛这新的现象朦胧地唤起那蕴藏于我内在的天性之中而早已被忘却了的真理。"①

柯勒律治在回忆《抒情歌谣集》刚开始创作时候的情形时，说他和华兹华斯经常讨论诗的两个基本点：一种诗忠实地坚守着自然的真实，另一种则与之不同，诗人以表现内心观念为主，诗人从自身独特的观察和感受视角出发，运用想象力，让事物带上强烈的主观色彩。他们着手用创作来体现诗的这两个特征，华兹华斯致力于创作前一种诗歌，柯勒律治则致力于后一种，努力把握住"想象的影子"，他从内在的天性中转移给客观物体一种人的情趣和貌似真实的样子，从而使读者"甘愿暂停不相信"。他们的努力取得了巨大的成功。在《抒情歌谣集序言》中，华兹华斯在回答"诗人是什么"这个问题时说："（诗人）高兴观察宇宙现象中的相似的热情和意志，并且习惯于在没有找到它们的地方自己去创造。"②此外，比起普通人来说，诗人还拥有一种特别的气质，他常常会被那些想象中的事物所触动，这些事物给他的印象不亚于那些眼前事物。不管华兹华斯与柯勒律治两人关于想象的具体观点有多少分歧，毋庸置疑，在这些基本的方面两人是相同的。

华兹华斯和柯勒律治的诗学受到了皮科克的嘲笑，后者认为在技术化和机械主导的时代诗歌已经成为遗迹，诗人是文明社会中的半个野人，诗歌是一种不合时宜的毫无用处的东西，"数学家、天文学家、化学家……他们把金字塔筑向智力的高空……居高临下，俯瞰现代的帕尔纳斯山"。华兹华斯们宣称要回到自然，重建黄金时代，可是在皮科克的眼

---

① 伍蠡甫主编：《西方文论选》（下卷），上海译文出版社1979年版，第520—521页。

② 刘若端编：《十九世纪英国诗人论诗》，人民文学出版社1984年版，第13页。

中，他们所处的远不是诗歌的黄金时代，甚至不是白银时代，而仅仅是铜的时代，而且华兹华斯们所向往的自然，连铜的时代也不配，只是复兴铁的时代那种野蛮主义和迷信。这种论调激起了雪莱的反拨，他撰文捍卫诗歌的尊严，为想象力与诗人正名。雪莱在写作《为诗辩护》时显然受到了新柏拉图主义学说的强烈影响，他又与德国浪漫派的思想有高度合拍之处，他同样认为诗歌主要是依靠想象，目的是表现诗人的内心，诗人在诗中神游于永恒、无限与太一，而想象是借以直观"普遍的自然和生存本身所共有的那些形象"的心灵机能。诗人绝不是像皮科克所嘲笑的那样百无一用，相反诗人是无穷无尽的世代都需要的导师。雪莱饱蘸着热情写道：

> 诗人们，或者想象并且表现这万劫不毁的规则的人们，不仅创造了语言、音乐、舞蹈、建筑、雕塑和绘画；他们也是法律的制定者，文明社会的创造者，人生百艺的发明者，他们更是导师，使得所谓宗教这种对灵界神物只有一知半解的东西，多少接近于美与真。①

韦勒克认为在雪莱的诗辩中，真谛所在是将诗歌重新确立为社会组织和历史进程的重要组成部分，即便是在不大被人注意的情况下，也具有强大的作用。②雪莱引用了塔索的诗句说：除了上帝和诗人，谁也配不上创造者的称号。其实这并不是塔索原句，这就是雪莱自己的诗句，也可以看做是浪漫主义者所能发出的最强号角。

相比起紧邻的两个国家而言，法国的浪漫主义形成气候要迟得多，这方面的主要原因也许在于法国存在古典主义的强大传统。但是别忘了，法国是卢梭的故地，并且爆发了震惊世界的法国大革命，即使是那些最著名的新古典主义者，他们的灵魂里其实都流淌着浪漫的基因。因此我们不难理解，当浪漫主义开始登陆法国的时候，就像回到了它们真正的

---

①　《雪莱全集》第五卷，江枫等译，河北教育出版社 2000 年版，第 454 页。

②　韦勒克：《近代文学批评史》（第 2 卷），杨自伍译，上海译文出版社 2009 年版，第 170页。

故乡，并且很快就结出了硕果，其影响可以说一直持续到今天。

作为启蒙作家的重要代表，卢梭思想的理论基点是：人在自然状态下本性是善良的，但是文明的发展却腐化了人性，所以他明确地将人的"自然状态"与"文明状态"对立起来。他提出两套解决方案，一套是从政治上建立一个社会契约，一套则是实施情感教育。他主张人应该到大自然中去陶冶纯朴的感情，成为真正意义上的人。这里面无疑包含了后来浪漫主义思想的因素，因此有人认为卢梭是"浪漫主义之父"。但是，紧接着法国的启蒙时代而起的法国大革命，用血雨腥风洗刷了封建制度，他们所继承的卢梭是那个主张建立社会契约的卢梭，是那个相信普遍的理性可以将人们联系在一起的卢梭。伯林就指出卢梭的学说依旧维系在理性的基础上，根据传统的理性观点，这个世界上总是存在着一些正确的规则、好的人类生活方式以及好的人，但这些人往往会受到各种谬误观点的影响，并且败坏了的社会风气也往往会误导他们。如果他们可以克服这些谬误的影响，再进一步说如果他们不仅能自我完善，而且能进一步改变这个败坏了的社会，就肯定可以和那永恒的法则相契合，从而实现圆满的人生。在伯林看来，卢梭与其他巴黎百科全书派并不存在根本的区别，后者也同样相信普遍的理性和永恒的法则，也希望卢梭的梦想可以实现，但他们所主张的手段是大不相同的。在百科全书派看来，只要接受启蒙的专制君主足够开明，就可以借助他们，在制度上从上而下地确立更好的生活方式。卢梭完全不同意这种观点，从他的立场来看，整个可恶的上层建筑都应该被连根拔起，所有罪恶的人类社会应该全被烧成灰烬，然后在卢梭的狂热信徒手上，一个全新的更加合理更加美好的社会将浴火重生。但是伯林仍然认为虽然有这些不同之处，"总的来说，卢梭和百科全书派的愿望是一致的，尽管他们可能对于具体采用什么样的方法来达成这个愿望各执己见"①。伟大的作家有自我矛盾的特权，即使卢梭向往的是理性的统一，那也是建立在自然人性基础上的统一，并且他特别强调了情感的作用，因此并不妨碍他对浪漫主义产生强大的影响。只是他的思想在法国因大革命而被凸显了其中的暴力的一部分，而其他的部分则被遮蔽，要等到大革命的破坏力完全释放出来之后才可

---

① 伯林：《浪漫主义的根源》（修订版），吕梁等译，译林出版社2011年版，第58—59页。

能重新被发现。他学说的另外一部分,即重视自然和情感的部分,在邻国修成正果,经康德而造就席勒,再通过后者影响德国浪漫派,最后,又通过德国浪漫派回到法国。

这中间一位重要的中介人物,是斯塔尔夫人,她因为反对拿破仑而被放逐,在德国活动了很长时间,直到拿破仑垮台之后才又重新回到法国。这场血腥的大革命的确在很多方面都批判了传统的法国秩序,可是,也许并不出人意料,革命的领导人竟然是古典主义的拥趸,在文化上大规模地复兴古典主义趣味。韦勒克认为:"拿破仑以官方名义保护新古典主义信条。直至拿破仑垮台之后,奥·威·施莱格尔的《戏剧艺术和文学讲演录》,还有斯塔尔夫人的《论德国》,于一八一四年在法国首次刊行时,才出现转折点。"① 斯塔尔夫人受到奥·施莱格尔的影响,并将其思想进一步推进,最有影响的便是她关于"南北文学"的划分,后来她又将其发展为"浪漫文学"与"古典文学"的对立。法国文学属于南方文学,更重视风格和言辞,其最大的特点是文笔清楚,属于古典文学,读者可以从中获得愉悦;德国文学属于北方文学,他们以吟游诗人莪相为渊源,他们的想象"超出他们居住于其边缘的地球,穿透那笼罩着他们的地平线、象是代表着从生命到永恒之间的阴暗路程的云层"②。和法国作者那冷静、高贵、克制却又难免有些造作的文字比起来,德国文学属于浪漫的文学。也许是她本来就反感新古典主义,也许是刻意与拿破仑作对,斯塔尔夫人在推崇浪漫主义的同时对新古典主义提出了尖锐的批评,指责新古典主义用严苛的法则限制文学,带来的是浓重而又陈腐的学究气,也限制了其在广大民众那里的传播。她说:"正是由于法国诗是现代诗当中最古典的诗,所以它是唯一不能在广大人民中间普及的诗",法国文学要想获得发展,就必须向德国学习,抛弃自己的傲慢态度,她认为在这方面卢梭、圣·皮尔、夏多勃里昂等已经取得了成功的经验,因为他们"不自觉地使他们某些作品属于德国学派;也就是说,他们只从灵魂的内在源泉中吸取了他们的才能",所以唯有向德国取经,

---

① 韦勒克:《近代文学批评史》(第2卷),杨自伍译,上海译文出版社2009年版,第282页。

② 伍蠡甫主编:《西方文论选》(下卷),上海译文出版社1979年版,第125页。

学习他们的浪漫主义才是正道，因为"浪漫主义的文学是唯一还有可能充实完美的文学，因为它生根于我们自己的土壤，是唯一可以生长和不断更新的文学"①。无疑，她的观点是有道理的，但是将卢梭说成是向德国学习从而获得自己的风格，这种看法颠倒了主宾，这也许是为了迁就她自己的观点的系统性，或者为了更强调要向德国浪漫主义学习的必要性才有此说，这样的说法有失偏颇。

斯塔尔夫人对德国浪漫主义思想的介绍和赞美使得法国开始认识到新古典主义的不足，但浪漫主义要想真正形成气候还要经过一段时间，直到其代表人物雨果横空出世。雨果的《〈克伦威尔〉序言》在理论上确立了浪漫主义的精神，他的戏剧则标志着浪漫主义对新古典主义的最终胜利。

和斯塔尔夫人注重德国略有不同的是，雨果更倾向于向英国学习，尤其是向莎士比亚学习。当然，无论是英国文学还是德国文学，都属于斯塔尔夫人理论中的"北方文学"，在根子上都与法国的新古典主义大不相同。

雨果固然承认艺术与科学有共同点，但他更关注的是它们彼此的不同。科学家是可以被遗忘的，诗人则不然。科学研究可以站在巨人的肩膀上，诗人则不必。雨果说："狼不会互相吞食，杰作也不会如此。"② 后世的作者向自己的先辈表达自己的尊敬，后世的后世继续如此，一代一代薪火相传，却不彼此倾轧，这其中的原因乃是美并不驱逐美。由于"人类的灵智，是最大的无限。一切杰作都不停地在其中孕育并且永存"③，因此无需到别的地方费神劳力地寻找无限，无限正在艺术家的心灵之中。正因为如此，雨果认为所有的艺术都是一个整体。每个伟大的艺术家的心灵都是一样的，区别的只是智慧，他们都按照各自的意念铸造艺术作品。后代的作者虽然不能超越前代的伟大作家，但是可以和他们并驾齐驱，问题的关键在于"要和他们不一样"。在《莎士比亚论》中，雨果总结了自己的看法，他认为诗人们把自己心中的观念视为至高

---

① 伍蠡甫主编：《西方文论选》（下卷），上海译文出版社1979年版，第144页。
② 雨果：《论文学》，柳鸣九译，上海译文出版社1980年版，第130页。
③ 同上书，第131页。

无上和不可或缺的东西，这种观念来自于那永恒的绝对精神。从这种永恒的精神中艺术破土而出，在艺术中，同时也在他自己的内心中，诗人可以发现那种精神，因此除了他们自己的目的以外没有什么可以限制诗人，诗人只考虑怎样去实现这种精神。雨果特别强调，在艺术王国里存在一种对于世俗的普通法则的违抗，"在艺术中，quid divinum（某种神圣的作用）是最显而易见的。诗人在他的作品里活动就像上帝在他的作品里活动一样……"① 在艺术中上帝的确存在，但他不是别人，正是诗人自己。

第四节　对浪漫主义者的"作者观"的反拨

小施莱格尔被认为是早期浪漫主义运动最杰出的代表之一，他认为："浪漫主义艺术，是……永远无法达到完美的形成过程，没什么能测量它的深度……它本身是无限的，是自由的；它的首要律法就是创造者的意志，不承认任何律法的创造者的意志。"② 这可以被视为浪漫主义的核心要义：世界的无限之所以存在，那是因为人性是无限的。人能够随意地按照自己的需要来塑造事物，事物的存在是人的活动的结果。如果真的有上帝，那也是人创造出来的，因此，人才是真正的上帝。

这种观念在浪漫主义文学中得到了极大的发展，T. E. 休姆说："雨果总是在飞翔着，飞过了深渊，高高飞入永恒的大气之中。他的诗每隔一行就出现'无限'这个词。"③ 但是到了19世纪末，这种诗句，以及其所体现的观念，已经让人越来越无法忍受了。休姆预言将有"另一个古典主义的复兴"，他进而对文学作品中的浪漫派与古典派做了区分——浪漫主义者认为人是无限的，并且总是在诗歌中讨论无限，甚至认为不这样，诗就不为诗。与之相对应，古典主义者认为人在本质上是有限的，其天性并不是深不可测的水井，在里面蕴藏着无穷无尽的可能性，就像

---

①　雨果：《论文学》，柳鸣九译，上海译文出版社1980年版，第148页。

②　伯林：《浪漫主义的根源》（修订版），吕梁等译，译林出版社2011年版，第123页。

③　休姆：《论浪漫主义和古典主义》，载朱立元、李均主编《二十世纪西方文论选》（上），高等教育出版社2002年版，第121页。

浪漫主义者觉得的那样，其实它更像是一只非常普通也非常有限的水桶，能储藏的东西极其有限，因为归根到底人不是无限的，人只是非常有限的生物。浪漫主义者服膺卢梭的理论，主张人性本善，可是人性却被现实中不公正的法规和糟糕的风俗给糟蹋了。如果将这些压抑性的东西消除，人的无限的可能性就可以得到尽情发展。所以浪漫主义者倾向于革命，因为在他们看来，暂时的骚乱可以引导积极的东西出现，那就是人的无限的可能性。与这些高蹈派的浪漫主义者相比，古典主义者从来没有忘记自己是有限的，只是由于法律和传统的训练才变得合乎礼仪。古典主义者可能也会纵身一跃，但他绝不会像浪漫主义者那样，向稀薄的大气层飞过去，凭虚蹈空，他要受地心引力的束缚，要落回到地面上来。

休姆的观点深深地影响了艾略特，在后者那里，"传统"这个观念被特别看重。艾略特认为，一个作家既要意识到什么是超时间的，什么是有时间性的，也要意识到这两者是结合在一起的，这就是对"传统"的历史意识。该意识对作家的要求极高，他们在写作时不仅仅是只了解一些基本规范和写作技巧，只知道一些常识就可以应付，他们的眼光要连接古今，要将整部欧洲文学史内化于心。他接着提出了"非个性"的观点，主张诗人不应该像浪漫主义者说的那样突出自我，相反他要做的是泯灭自己的个性，抹掉自己的面目，让自己成为传统中的一员。对于一个成熟的作家来说，他的头脑里不是各种混杂无序的念头，而应该像是有一个媒介，当然这个媒介应该是完美的，他打了个形象的比方，就像氧气和二氧化硫产生化合作用形成硫酸的试验中的催化剂白金丝那样。浪漫主义者所特别强调的激情，在艾略特看来属于诗人身上的个人性的和经验性的东西，这种东西是一种杂质，诗人必须把它扔掉。他总结说："诗歌不是感情的放纵，而是感情的脱离；诗歌不是个性的表现，而是个性的脱离。"①

同样反对浪漫主义的还有俄国形式主义文论，他们的思想经过雅各布逊等人的介绍而深刻影响了后来的西方文论。他们从语言形式的角度入手，试图创立一种独立的文学科学，运用新的方法，从新的角度界定文学的本质、特点、功用和演进的规律，这就使得他们必然把矛头对准

---

① 艾略特：《艾略特文学论文集》，李赋宁译，百花洲出版社1997年版，第11页。

前一时期的那些主宰 19 世纪的各种流派——基本上都是奉行实证主义的，对它们展开全方位的挑战。正如胡塞尔把真实对象放入括弧以便注意认知对象的活动一样，俄国形式主义者认为诗歌也应该"括起"真实对象，从而把注意力集中于感知对象的存在方式和符号的物质性上。他们关注文学作品的构成，对韵律和诗歌形式进行细致深入的分析，与英美新批评派有异曲同工之处。就其更普遍地关注语言的本质而言，他们对结构主义运动的影响至巨。对于他们而言，作者只是一种运用语言的"工匠"，是没有研究的价值的。最典型、最鲜明表现出这种观点的是布里克，他说："即使没有普希金，也会有人写出《叶·奥涅金》。即使没有哥伦布，也会照样发现新大陆。"①

作为一位俄国形式主义者，雅各布逊是连接形式主义与结构主义的重要人物。俄国革命后，他移居国外，先是在捷克创立了布拉格语言小组，后来又到了美国，并在那里遇到了法国人列维－斯特劳斯，并与其开展了卓有成效的合作，而这一合作则成为结构主义运动的重要事件。列维－斯特劳斯的人类学著作发表之后，法国成为结构主义新的中心。列维－斯特劳斯致力于发现神话的深层结构，他认为神话的基本主题和结构是带有永恒性的，在这些永恒的主题之上可以演化出千千万万、异彩纷呈的神话故事。这样的话，神话的这些主题和结构才是神话"真正的"作者，个体性的主体与作者没有存在的空间。

英国古典主义者包括艾略特批判浪漫主义，但他们最终不可避免地走向宗教，皈依他们的神。艾略特强调"传统"，这是一种超个人的巨大存在，每一个个体都无从逃避，休姆则强调人的有限性，在他们之间有着一以贯之的东西，那就是他们的宗教意识，这种意识很自然地反映在他们的文学理论当中。大家知道，艾略特晚年皈依了英国国教，在那里他找到了自己精神的归宿。受艾略特影响的英美新批评派的批评家们把注意力集中在作品的形式上，研究诗歌语言的含混、反讽、矛盾、张力等。新批评的后期代表人物比尔兹利提出两条著名的批评策略即"意图谬误"和"情感谬误"，否认了作家意图的意义，反对将作者视为文本意

---

① 转引自拉吉斯拉夫·斯托尔《从概括到美学的非人化》，载波利亚科夫编《结构—符号学文艺学——方法论体系和论争》，文化艺术出版社 1994 年版，第 311 页。

义的终极源泉，凸显文本的中心地位，文本成为一种居于其自身之中的客体，这种认识按照伊格尔顿的看法，从本质上来说，也是"宗教性的"。① 在俄国形式主义、英美新批评和结构主义那里，"去作者"观念作为一种策略，更多地是从修辞或是技术的层面来理解问题。比较而言，俄国形式主义更注重文学语言和日常语言的区别，将作者悬搁起来。英美新批评则关注文本的肌质，把文本自身当作意义的源泉。而结构主义去除了作者之后又把结构当作中心，因而都是不彻底的，因为它们只是把个体的、可见的作者排除了，但不知不觉之中却凸显了无形的作者——结构或者作为意义源泉的文本等。在这一点上，它们与法国的思潮有着巨大的区别。从某种角度来说，它们在反对浪漫主义的作者中心说之后，又回到了奥古斯丁时代，又回到了柏拉图，它们反对作为个体而存在的作者的个人作用，却不自觉地设定了一个超个体的神一样的存在，这个神，是源泉，是高踞于秩序顶层的终极存在，是中心，而这种观点，正是法国"作者之死"思潮致力于要反对的东西。

罗兰·巴特他们宣称作者死亡，而不仅仅是暂时将其搁置一旁。他们秉承尼采以来的重估一切价值的传统，在哲学界对笛卡尔以来的先验主体普遍怀疑的大背景下，质疑一切作者存在的合法性，无论他们以什么名义出现。

---

① 伊格尔顿：《二十世纪西方文学理论》，伍晓明译，北京大学出版社 2007 年版，第 46 页。

第 六 章

从"上帝之死"到"作者之死"

"作者之死"思潮在 20 世纪 60 年代的法国蔚然成风，随后影响到欧洲以及美国，这其中有着多重的因素在起作用，该思潮绝不是罗兰·巴特他们一时心血来潮的产物。从文艺复兴开始，西方思想家就将批判矛头指向教会，这种批判是以渐进的方式逐渐加强的，从一开始的向古希腊、罗马古典文化学习，与教会采取不合作并对其冷嘲热讽，到公开、激烈地反对教会并旗帜鲜明地提出自己的口号——启蒙与理性，再到喊出反对宗教的最强音"上帝死了"，这之间有着鲜明的承继关系。后现代哲学对笛卡尔以来的主体性的消解对其影响尤其巨大，而索绪尔带来的语言学转向以及文论界的实践也产生了影响。至于"二战"之后的欧洲尤其是法国的社会、政治环境则提供了其形成的客观环境。

第一节 从"上帝之死"到"人之死"

文艺复兴之后，近代哲学发现了人，人的主体性的建构是其最大的成果。人在宇宙中被重新定位，甚至代替了上帝，成为宇宙的中心。近代哲学重点关注的是人作为主体在主客体关系之中的支配性，修正了以前哲学中混沌不分的含糊性。与之相对应，在美学领域中，也就表现为作者中心地位得以确立的过程。

然而，近现代哲学在张扬人的主体性的同时，其不足之处也充分显露。首先体现在哲人们对于人的认识能力的界定过于局限，只承认理性的作用，将其抬高到无以复加的高度，与此同时完全排斥人类认识中的非理性因素，甚至将人的感情、个性等也视为干扰项，必欲除之而后快。

理性被等同于抽象的运算，等同于逻辑，导致机械化和数量化，最后，现代人似乎成了工具，千人一面，成为机器上的某一个零件，人的创造性被扼杀，人最终将成为非人。

其次，近现代哲学过于夸大人的力量，乐观看待人支配世界的前景，认为人是世界的主人，人可以出于个人目的而任意开发和利用自然，这就必然导致自然生态的恶化，最终也会破坏人的生存环境。个人主义盛行，人无限扩大自己的欲念，片面把对物质的占有视为进步，用多尔迈的话来说就是这种哲学所导致的往往是使现代主体性具有了人类中心论的"自我学的"和"占有性的"内涵。① 个人主义发展到极致，人以傲慢的姿态凌驾于自然之上，人与世界的关系变为单纯的掠夺与占有，体现在经济方面，人成为只知道攫取财富的物种；在政治领域，统治者与其共谋者可以利用技术更有效地控制社会，形成一种看起来非常和谐的局面，实际上人却丧失了自我。在这种哲学的指导下，物极必反的主体性最终将走向自己的反面，这一切也将最终动摇主体性哲学的地基。

最早对理性展开抨击的是叔本华，他将意志从现象的范畴提升到本体的高度，将笛卡尔的"我思故我在"改写成了"我欲故我在"，人就生活于欲望的缺乏与欲望的满足之间，如同钟摆的晃动一样，想得而不能得的时候人当然痛苦，得偿所愿之后人还是痛苦，而且还加上了一层无聊感，紧接着新的欲望又不断产生，所以人生注定是悲剧的。尼采在叔本华的基础上，提出了积极的权力意志，取代了消极的意志，猛烈地抨击柏拉图、亚里士多德以来的西方形而上学传统，宣称"上帝死了"，为当代思想开辟了道路。尼采哲学批判的主要目标就是自柏拉图以来的传统哲学和基督教，两者的基本前提是相近的，都建立在此岸与彼岸相对立的基础上。自文艺复兴以来，基督教就成为被批判的对象，但那些批判往往是针对教会的，是从组织形式上展开的批评，基督教的核心思想不但没从根本被动摇，甚至还被发展。无论是路德还是卢梭甚至康德、黑格尔，最后都给上帝留下了舞台。这种情况到了尼采这里才最终发生根本性的变化。

在处女作《悲剧的诞生》中，尼采用太阳神和酒神来象征地说明艺

---

① 多尔迈：《主体性的黄昏》，万俊人译，上海人民出版社1989年版，第1页。

术的本源和功用,并结合艺术讨论了人生的价值。其后尼采的哲学观点虽然有发展变化,但核心思想基本是保持不变的。太阳神象征的是幻觉,这种幻觉具有光彩夺目的外观;酒神则象征着充盈的生命力,这种生命力的表现是情绪的激发和释放,伴随着如醉如狂的情感状态。从反对理性这一点来说,两者是相同的,但两者之间也存在区别。在《快乐的科学》中他继续对这两种状态加以解释,他认为在这个世界上有两种受苦的人,但使他们受苦的原因却截然不同,可以说是根本对立的。一种人受苦乃是由于其物质过于充裕,另一种人恰恰相反,挣扎在贫困线上。无论对于哪一种人来说,他们要想摆脱痛苦,唯有在文艺或哲思中寻求庇护,让自己能在失去凭借的生活的茫茫大海上找到方向,为不断打拼但又变幻莫定的人生服务。但两者所需要的艺术的类型并不相同,对于前者来说,他们需要的是麻醉,酒神艺术恰可担当此任,他们因为物质过于充盈以致到了无聊的地步,所以看什么都是采取悲观的视角。后者所需要的是沉醉,他们"需要借助艺术和知识以寻求安宁、休憩和自救、或者寻求迷醉、麻木、痉挛和疯狂"[1]。前者是因为过度充盈而起,因此他们身上有不可遏止的破坏性冲动,倾向于表现恶毒而荒诞的事物,这种艺术家聚焦在那些让人惊怖的东西上,并付之以破坏行动,带有强烈的酒神色彩,在他们那里,"描写恐怖和疑惑乃是权力的本能和艺术家的光彩"[2]。与他们相对的是,对于那些挣扎在赤贫线上的人来说,他们沉醉在对美好生活的想象当中,他们渴望得到的是和平和友爱,渴望有一个上帝的存在来引导他们,救治他们,渴望一个"救主"。[3]

值得注意的是,酒神艺术在两本著作中大致相同,但是与之相对的那一种艺术则发生了变化。在《悲剧的诞生》中是太阳神艺术,在《快乐的科学》中则变成了需要"上帝"的艺术,也就是基督教艺术。在《悲剧的诞生》中尼采对两种类型的艺术都给予了高度肯定,两者互相补充,使得生命的每一瞬间都是值得一过的。但是到了《快乐的科学》中

---

① 尼采:《快乐的科学》,黄明嘉译,华东师范大学出版社 2007 年版,第 376 页。
② 尼采:《权力意志——重估一切价值的尝试》,张念东、凌素心译,商务印书馆 1996 年版,第 544 页。
③ 尼采:《快乐的科学》,黄明嘉译,华东师范大学出版社 2007 年版,第 376 页。

笔调就发生了变化。这应该是因为在《悲剧的诞生》中主要论述的是古希腊艺术，这种艺术后来由于形而上学的发展被败坏了；而在《快乐的艺术》中则主要关注现代艺术，也就是 19 世纪的西方艺术。尼采反对当代艺术，呼吁回到柏拉图、亚里士多德之前的古希腊艺术，他敌视基督教在这里也可以找到原因。

古希腊时代是众神的时代，多神的时代。在多神的时代，艺术家可以确立自己的个人理想，找到自己的方向，一句话：个体是独立的。但是到了基督教时代，人们不再信仰多神，一神教取得了绝对的统治地位，对此尼采予以尖锐的批判。和多神信仰相对，一神论严禁人们信仰多神，只允许人们信仰一个独一无二、主宰一切的所谓真神，除他以外所有其他的神灵都是邪神或是压根儿不存在的虚幻。一神的信仰使得人们失去了选择权，头脑越来越僵化，必然会使整个文化处于糟糕的停滞状态，该状态"正在威胁着人类，也就是我们可以看得见的、大多数动物早已达到的过早的停滞状态。这些动物相信类群里只有一个标准和典范，并把这一道德溶化在自己的血肉里"[1]。人们的信仰和心灵的活力被这种糟糕的教条摧毁，个人的权利被践踏。

尼采认为从柏拉图到基督教都不是在追求真理，都是在营造一种信仰体系，某种程度上说都是在营造假象。营造假象本身也许并不太错，但是这种假象被大家奉为唯一真理，对人的天性起到强大的压制作用，使人成为颓废者。要想使人恢复健康，重新振作起来，就得颠覆这些价值，在前苏格拉底时代的希腊艺术中去寻找灵感，回到酒神和太阳神的艺术中去，而要迈出的第一步就是颠覆基督教的信仰。上帝本来就是人发明出来的观念，现在应该让它消失了。于是尼采先是在《快乐的科学》，紧跟着在《查拉图斯特拉如是说》中都宣告了上帝已经死去，这是对基督教的反思，同样也是对整个西方形而上学传统的反思。这种思想注定将深刻影响其后人类的文化和历史。

继"上帝之死"之后，尼采思想上的继承者福柯进一步提出"人之死"。福柯认为，文艺复兴是建立在学院派理论之上的，注重的是相似性；古典知识型则建立在表征和符号体系基础上；而现代则坚持主体性

---

[1]　尼采：《快乐的科学》，黄明嘉译，华东师范大学出版社 2007 年版，第 222 页。

原则。但福柯坚持认为每一个知识型之间是绝对封闭和无法渗透的。各自的知识型在其内部是连贯一致的，彼此之间却是绝缘的。各个知识型内部的同源性反倒导致了知识型彼此之间的异质，或者说正是各个知识型之间的异质导致各自内部的同源性。古典知识型中没有关于人的思想，而在现代却又几乎没有一种不是在根本上与人相关的思想。同样，在文艺复兴时期你不可能在表征的范畴里思考，正如在古典知识型时期所有的与相似性有关的思想完全消失了一样。在福柯的理论中，当一个知识型消失时，相关的一切就全部烟消云散，一点残余物也不会剩下。

在福柯看来，人直到 1800 年才真正作为知识的主体出现，而这一功绩是由康德从人类学领域引入哲学视野的。康德在一封书信中阐述了他所着力研究的几个主要问题，这几个问题的核心就是"人是什么"。但是在福柯看来，这种新的知识型所给予人的作为主体中心的地位所确立的并不是人的统一性，而是人的双重身份问题。因为人同时被理解为表象的源泉（一个主体），又被理解为表象的一个客体。因此，表象如何是可能的问题变成了如何会有这样一个存在——它既是表象的终极主体，又是表象的客体——的问题。在这一意义上，发展一个前后一致的人的概念已是现代哲学（即自康德以来的哲学）的基本规划。

毋庸讳言，福柯所说的"人"当然不是简单地指作为生物物种的人，也不仅是指作为社会意义上的成员。"人"在此处指形成世界之表象的人的能力的某些方面。福柯认为"人"的概念是现代的特征，例如："人"在古典时代并不存在。这当然并不是说在古典时代的人不能够表象世界，或者说他们没有意识到他们自身具有这一能力。与此相反，福柯的观点是：只有在现代，人们才获得这一作为认识之明确客体的表象能力，也就是说应该把表象能力自身作为在思想之内的一个客体表现出来，但这在古典时代是不可能的，因为对于古典时代来说，思想和表象是相同的，也就是说表象是一个过于基本的古典范畴，它不可能拥有认识的一个普通客体的地位。因此，人——被表象的能力所确立——在当时也不能成为认识的一个客体。用福柯式的话语说就是："在 18 世纪以前，人并不存在。"① 然而，在康德之后，人的地位问题成了不可避免的问题：人们

① 福柯：《词与物》，莫伟民译，上海三联书店 2001 年版，第 402 页。

必须要追问人的思想（人）如何能够表象实在。

福柯认为，自康德以来18世纪和19世纪所确立的人类中心论已经走到了尽头。但是问题是新的道路在哪里呢？福柯认为应该从第一个对人类中心论进行批判的尼采那里寻找答案，应该以他为起点进行哲学的思索。尼采指出上帝是人类创造的产物，人类在创造上帝观念的同时也创造了自身，因此当他宣称上帝之死的时候，也就同时预示了近代以来人的观念的消失。福柯指出，我们已经知道作为一个概念，人这个观念包括那些与之相关的观念都属于一种理论的建构，它们既然会出现，也就会消失。因此福柯断言："人将被抹去，像大海边沙地上的一张脸。"①

第二节 主体之死

20世纪哲学发展的一个重要标志就是经历了"语言学的转向"。西方各种人文科学、社会科学流派都把语言学理论尤其是索绪尔的思想视为自身理论的立足点。既然从媒介上来说文学最主要的是语言艺术，那么对于文学理论来说，索绪尔的普通语言学模式是一种非常适用的思想资源。

索绪尔指出："语言符号连接的不是事物和名称，而是概念和音响形象。"② 作为概念的符号被凸显，语言与现实的联系被排除，被视为完全封闭的一个系统，在这个系统中，意义由于符号的差异而得以存在，它不决定于说话的人的目的和想法，只单纯地作为能指和所指的组合，其意义并不根据事实，不是由讲话者施之于言语活动，而是由语言系统所产生。文学研究在索绪尔语言学理论的影响下，批评模式发生了重大转变。作品的意义不再被创作者的目的和想法所决定，而是被能指的运作所决定，能指因为不再指向所指，意义不再确定，因此文学最终成为能指的游戏。

除了能指与所指这一对概念外，索绪尔体系中另外一对重要的概念是语言与言语的对立。语言是普遍性的规则，言语则是这种规则的应用，

---

① 福柯：《词与物》，莫伟民译，上海三联书店2001年版，第506页。
② 索绪尔：《普通语言学教程》，高名凯译，商务印书馆1980年版，第101页。

前者是抽象的，后者则是具体的表达。索绪尔所设立的语言学的研究目标被严格局限于语言，因为语言具有普遍性，所以可以对其进行严格的可信的分析，至于言语，由于说话的人充满了个体性，是很多心理变化的附着体，有许多经验杂质的沉淀，无法作为科学研究的严格对象，所以必须被排除在语言科学的研究对象之外。索绪尔说："语言不是说话者的一种功能，它是个人被动地记录下来的产物……相反，言语却是个人的意志和智能的行为……语言和言语不同，它是人们能够分出来加以研究的对象。"① 索绪尔语言学无疑给"作者之死"理论以巨大的影响。比如巴特曾经明确地表示自己是"从索绪尔走出来的"②。

拉康也深受索绪尔语言学的影响，并试图从语言学的角度重新解读弗洛伊德的精神分析学。有论者指出："拉康是第一个宣布个体主体'我'死亡的人。"③ 他从主体的生成入手，独辟蹊径，将主体的生成溯源至婴儿期心理发展的源头。因为他发现人在婴儿期出现了一个重要的心理裂变，即婴儿对镜中映像的发现和由此而产生的心理变化。这个阶段被称为"镜子阶段"，拉康解释道："我们只需将镜子阶段理解成分析所给予完全意义的那种认同过程即可，也就是说主体在认定一个影像之后自身所起的变化。"④ 为什么镜像的作用会这么大？这是因为婴儿刚刚出生的时候，处于一种物我不分、混沌一片的意识状态中，还没有完整的、独立的对象世界，而恰恰由于我/他尚且不分，这种对象的欠缺又转化为它自身的欠缺——这时的婴儿并不是一个人类主体，它缺乏一种以自我为中心去统观对象的主体意识。而发展到镜子阶段的婴儿具有了一

---

① 索绪尔：《普通语言学教程》，高名凯译，商务印书馆1980年版，第35—36页。至少在现有的《普通语言学教程》一书中是忽视言语的。但我们知道这本书是索绪尔的弟子们根据听课笔记整理而成的。而编者在"第一版序"中说："缺少'言语的语言学'这一部分是比较容易感觉到的。他曾向第三度讲课的听者许过愿。这方面的研究在以后的讲课中无疑会占有一个光荣的地位；但诺言没有能够实现，原因是大家都很清楚的。"我们现在只能根据《普通语言学教程》一书来确认索绪尔的思想，所以在下文，我们都假定索绪尔是不重视有关言语的研究的。而且这也是一个有趣的现象，他的学说开启了结构主义思潮，但他的弟子们在编辑《普通语言学教程》时，却在竭力揣摩老师——作者本人的原意。

② 高宣扬：《当代法国思想五十年》，中国人民大学出版社2005年版，第222页。

③ 张一兵：《拉康哲学的问题式》，《哲学研究》2005年第4期，第64页。

④ 拉康：《拉康选集》，褚孝泉译，上海三联书店2001年版，第90页。

种心理功能，这时他可以通过镜像感知到自己，并进而把这个"镜像自我"误认作是一个完整统一的自我。这个原初形式的"我"还不是最终成形的主体，它仅仅是作为"认同主体"，这时，"自我身份其实是含混不清的，非中心的自我隐含着他性的逻辑，……自我在根源上乃为他者"①。按照拉康对镜像阶段的功能的解说，认同主体只是通往真正的主体的第一步，不过却付出了高昂的代价，因为这个时刻标志着人的自我就此走向分裂与异化：对于婴儿来说，那个镜像，是一个"理想我"（Ideal－I），是一个诱惑，他永远在对面，永远与自己不在一处，但婴儿却把它误认为就是自己，于是知觉者"我"形成了。用拉康的话说："主体依据镜子中的身体的统一形式而在幻想中预见到了他的力量的成熟，但这种身体的统一形式只以格式塔的形式显现给他，也就是说，是一种外在性……"② 所以，唯有将作为知觉主体的我与作为"他"出现在我对面的那个"理想我"认同起来，完整的主体的身份才会出现。因此自我在获得主体身份的第一步时就发生自我分裂，一半是知觉，一半是身体的影像，那个影像又成了理想之我的化身，因此一生都要向外在于我的他者寻求合一。拉康指出，自我身份的基础乃是自我的异化以及与他者认同，我只有首先变成非我（理想我），我才有可能获得身心的合一；但那种合一，充其量不过是一个假定。看来，主体身份的获取整个是在一个幻觉的支配下进行的，充满了感觉的错位与心理的虚构，据此拉康认为："镜子阶段是场悲剧。"③ 可以说，对完整统一、先天具有意识中心地位的"自我"神话的解构，正是拉康对主体的第一个挑战。

不过，拉康没有停留在把主体只单纯地描述为一种心理上的假想，而是赋予它一种介乎心理想象和物质实存之间的性质。他更愿意将其看作是一个"位置"，这个位置在心理学的无意识与语言符号系统的共同观照之下才能定位。因为，一方面，要想真正确立主体的身份，就不能止步于认同主体的出现，还需进一步进入语言系统（象征秩序），在先在于

---

① 严泽胜：《拉康与分裂的主体》，《外国文学评论》2004 年第 4 期，第 130 页。

② Lacan，Jacques，"The mirror stage as Formative of the function of the I as related in Psychoanalytic experience"，*The Norton Anthology of Theory and Criticism*，Leitch，ed. by Vincent，B.，New York：W. W. Norton & Company，2001，p. 1286.

③ 拉康：《拉康选集》，褚孝泉译，上海三联书店 2001 年版，第 93 页。

他的社会秩序中占据一个位置；另一方面，无意识才是主体的关键构成部分。拉康觉得主体性其实是语言运作的结果，这也可以从两个层面加以理解：一方面，由于人的自我意识始于镜子阶段的自我分裂，自我将那非我的东西，某个外在的欲望对象当作自己，这个欲望并不会轻易实现，从而被压抑到无意识当中，因而主体的成长就是不断寻求实现无意识欲望的过程。拉康认为这一过程是同语言相关的。对于弗洛伊德来说，借助于语言理解无意识仅仅是一种解释性的策略，通过这种策略人的言语和行为能够得到理解，不过他没有把无意识当成语言。对于弗氏而言，语言是用以了解无意识的一个重要通道，无意识是第一位的，作为工具的语言可以随时被抛弃。拉康则把弗洛依德与雅各布森联系到了一起，前者用"凝缩"和"置换"描述梦的运作机制，后者用"隐喻"和"换喻"说明语言符号的运作方式，拉康发现了两者之间的共通之处。人的一生都在不断地把不能实现的欲望压抑到无意识中，转移到他者身上，这种替换就好比是一种隐喻；而由于从镜像阶段开始，自我与他者就是分裂的，他者永远不可能获得，因此，"缺失感"导致欲望不断出现，形成一种水平的位移，这种情形就仿佛能指的换喻过程；而欲望永远不能实现就形同于所指因能指的不断滑动而无法确定。语言不再仅仅是认识无意识的一个工具或通道，两者是紧密相通的，在拉康看来无意识就是他者的话语，他指出："精神分析学在无意识中所发现的是语言的整个结构。"① 如果说弗洛伊德探究人的心理结构与人格结构是为了最终能够控制本我，维护自我，那么拉康揭示无意识与语言的相似性则意在说明，由于语言运作机制的参与，自我无法成为一个自身统一的主体。

　　深受拉康思想影响的阿尔都塞②认为："……（主体）这个术语的意

---

　　① 汪民安主编：《后现代的哲学话语：从福柯到赛义德》，浙江人民出版社 2000 年版，第 182 页。

　　② 作为一位承前启后的学者，阿尔都塞在传播拉康的精神分析理论方面起到了不可磨灭的作用，这一点可以参阅他的《精神分析论：弗洛伊德与拉康》。早在 20 世纪 60 年代，阿尔都塞就在著名的巴黎高师开始推介拉康的精神分析理论，从而直接影响到福柯等人，并且举办有关的系列学术讲座。上面引用的这两段话中，他把个体所服从的那个主体标记为大写的 Subject，实际上正是对拉康"大写他者"（the Other）理论的具体应用。而阿氏弟子众多，除福柯外，此后的拉克劳和墨菲（后者是阿尔都塞的嫡传弟子）更是将拉康的"他者"理论应用到社会领域，当然他们已经对拉康的理论作了很大的修改。

义可作多种解释，就其通常意义而言，它实际上意谓着：（1）自由的主体性，主动行动的中心，对其行为负责的行为人；（2）一个俯首称臣的人，屈从于更高的权威，因而除了可以自由地接受他的从属地位外，他被剥夺了一切自由。"① 这两种阐释之间显然有矛盾，这也许就构成了"主体"这个概念的张力。阿尔都塞强调的重点是第二个阐释。当然如果再进一步分析，就会发现第一个阐释被包含在第二个里面了，那个独立的、自由的主体是存在的，但只是作为小写的主体（subject）而存在，他的宿命就是向更高的权威——"他者"屈服。阿尔都塞甚至说："若非被迫或者为了屈从，就根本不存在主体。"② ——"主体"就在这种自身隐含着的张力中自我消解了。

1966 年，拉康的《文集》发行，这是法国读书界的一件盛事。拉康的思想和理论已经全面地渗透到人文社会科学的各个领域；他不仅从根本上改造了精神分析学的理论和方法，而且也是整个新型的人文社会科学理论和方法的奠基人。他的有关主体、语言的思想直接促进和推动了其后一系列重要的学说的发展，"作者之死"思潮便是其中之一。

第三节　"作者之死"思潮形成的社会环境

还有一个不容忽视的因素对"作者之死"思潮有着深刻的影响，那就是 20 世纪以来的社会环境，尤其是两次世界大战特别是"二战"对于西方思想界的影响。第二次世界大战是一场全球性的大灾难，不仅给人们带来物质和人员的破坏和伤亡，更重要的是它所造成的精神上的严重后果。这场战争使得战前已经存在的非理性主义更加有市场，而且进一步引发了人们对自身存在的意义、对现代文明的怀疑。青年人普遍认为自己是被欺骗的一代，传统的伦理道德观念的价值、"人"的意义都遭到了深刻的怀疑。

法国是第二次世界大战的主战场之一。1941 年英法联军大溃败，损

---

① 阿尔都塞：《意识形态与意识形态国家机器》，方杰译，载《图绘意识形态》，南京大学出版社 2002 年版，第 178 页。

② 同上书，第 178 页。

失惨重。德国法西斯占领了法国北部半壁江山，南方成立了维希傀儡政权。法西斯的暴行，特别是对犹太人的种族灭绝，令人发指，法兰西民族也蒙受了空前的屈辱。法兰西是一个富含自由、平等传统的民族，也是文化高度发达的民族，在经历了这样的巨创之后，进行理论上的深度反思也是必然的。

巴特的经历与饱受战争颠沛流离的同时代人相比要略显特殊。他1915年生于外省一个信奉新教的资产阶级家庭，父亲在"一战"中阵亡，他与母亲相依为命。中学毕业后患上了肺结核（在当时是令人恐惧的顽症，1821年著名诗人济慈就死于此症，到了巴特的时代，情况并未发生根本好转，我国作家鲁迅在小说《药》中对该病也有所涉及），不过倒也因祸得福，"二战"爆发时他因病得以免除兵役。1941年肺病再犯，此后几年就一直呆在疗养院中，一直到战争结束。因此他得以在相对意义上远离战争，当然这绝不代表他一点也没有受到战争的影响，因为这场人类有史以来最惨烈的战争不允许有任何世外桃源的存在。巴特在思想上并没有远离进步知识界，他的早期作品《神话学》就揭开了20世纪文明世界小资产阶级那虚伪的意识形态面具。在1968年的5月巴黎学生运动中，尽管巴特没有走上街头，但他的立场应该是站在激进学生这一边的。不然我们也就无法理解他为何紧随其后发表《作者之死》，并且从结构主义转向后结构主义了。

该思潮另一个代表人物福柯1926年出生在法国边境一座小城，尽管因为年龄太小不能参战，但战争给他留下的印象却是非常深刻的。福柯多年以后回忆说，他觉得自己的儿童时期和少年时代的生活，好像全是在黑漆漆的夜里期待着白天的到来一样，并指出："那种对另一个世界的期望是我们那一代人所特有的，而且我们都怀着（也许过头了）一种世界末日般的恐怖之梦。"[①] 纳粹对犹太人的凶残做法，更是激起福柯对犹太人的深切同情。

对于出生在阿尔及利亚的德里达（也译为德希达）来说，由于他是犹太人，第二次世界大战的影响就更加直接和巨大了。1942年，在他的孩提时代，他被法国的反犹太主义者赶出了学校，驱赶事件给他的心灵

①　米勒：《福柯的生死爱欲》，高毅译，上海人民出版社2003年版，第49页。

留下了终生抹不掉的创伤，他感觉到法语并不是属于他的语言，尽管他从牙牙学语时就使用这种优雅的语言。这种感觉让他比起其他孩子来敏感而又多疑，无家可归感抓住了他，也促使他思考归属问题，随着思考的深入，他越来越感觉到自己作为异类的存在，多年以后他回忆说："我们是法国的人质，永远如此；这想法一直在我心中，即使我周游列国已久。"① 在青春期阶段形成的这种精神创伤使他以某种方式排斥犹太文化，他的内心常常受到两种相反力量的扯拽：他知道自己不属于法国人，但却又热切期望自己成为法国的一分子；他知道自己是犹太人，但已经接受了法国文化教育的德里达从内心里排斥犹太文化。这些心灵深处的斗争使他痛苦，使他精疲力竭，他说："每当我感觉到犹太人自己摆出姿态把自己封闭起来时，有时候我对犹太人社区就会产生一种不耐烦的距离感。"② 身份的迷失感、无归属感是如此强烈，深刻地影响到了他的哲学。毫不奇怪，他要寻找自己精神的庇护所，他很自然地在文学世界里找到了自己要找的东西，他说："文学以这样一种独特的方式，同被称为真理、小说、幻觉、科学、哲学、法律、权利、民主的东西相关联。"③ 但是与其说文学给他以心灵的慰藉，不如说他将自己从儿时起就已经强烈感受到的怀疑感和无根感带入了文学。

　　但是对于这一代知识分子而言，对他们影响最大的仍属 1968 年的"五月风暴"。在法国，由于其丰富的革命传统，对资本主义现存秩序及其思想的体现——工具理性主义的反抗，对资本主义现代文明异化作用的警惕，比起其他欧洲国家显得更为突出。战后的法国各殖民地纷纷独立，而法国的进步知识精英则通常是站在殖民地人民一边，支持他们的行动。在国家内部，罢工、集会、游行等各种维护人权的抗议活动此起彼伏。在这些活动中，知识精英也扮演了积极的角色。在戴高乐将军的带领下，法国人民打败了德国法西斯，这无疑是彪炳史册的丰功伟绩。但战后法国所建立的戴高乐政权，具有高度中央集权的特征，对于人民

---

① 德希达：《他者的单语主义——起源的异肢》，（台湾）桂冠图书股份有限公司 2000 年版，第 18 页。

② 包亚明主编：《一种疯狂守护着思想——德里达访谈录》，上海人民出版社 1997 年版，第 161—162 页。

③ 同上书，第 33 页。

的自由思想有所压制，必然会导致进步知识分子的不满与抵制，这种不满首先以学生运动的形式爆发了。在 1968 年 5 月，巴黎的大学生举行反对教育界的威权制度的游行，大学生与军警发生暴力冲突。事态不断扩大，导致戴高乐下野，举世震惊，这就是著名的"五月风暴"。在这场风暴中，福柯、德里达的母校，同时也是他们所工作过的学校——巴黎高师，作为一个培育法兰西思想家的摇篮成为飓风的中心。戴高乐在经过仓促流放后返回法国，开动暴力国家机器，警察和军队走上街头，法兰西在爱国主义和法律的名义下重新恢复了秩序。学生运动从街上消失了，学者们也不得不返回书斋。他们意识到仅凭笔杆来反抗国家权力结构是幼稚的，因此把注意力集中到这种权力结构在文学批评领域的体现者——作者身上。

正是在这一年，罗兰·巴特的《作者之死》问世。也正是在这一年，轰轰烈烈的结构主义运动退潮而同样轰轰烈烈的后结构主义登上舞台。因此，有学者高度评价 1968 年说："有点像黑格尔的《精神现象学》之创作于耶拿战役的枪炮声中，《作者之死》在五月巴黎知识分子动乱中发现了一个极好的背景。"① 知识分子们处于这样的时代，这是一个充满激情和放纵、怀疑与否定、兴奋与幻灭的时代，面对铁板一块的社会，以及维护其运转的国家机器，他们无能为力，但是"他们发现，颠覆语言结构还是可能的，总不会有人因此来打你脑袋"②。由于无法在现实政治中实现自己的愿望，他们转而进入文学和哲学的领域，继尼采宣告"上帝死了"之后宣布"作者死了"，在一个全新的领域构建属于他们的理想国，在话语领域中实现革命愿景。现实世界的权威无法撼动，他们可以将文学世界闹得天翻地覆，他们在文本中恣意而为，在词语间快意地游走着。意义的起源也好，判断的标准也罢——因"作者"而存在的一切都烟消云散了。

---

① Burke, Seán, *The Death and Return of the Author*, Edinburgh：Edinburgh University Press，1992，p. 20.

② 伊格尔顿：《二十世纪西方文学理论》，伍晓明译，陕西师范大学出版社 1986 年版，第 178 页。

第四节　语言的革命

在 20 世纪西方文化中，有两个相对应又彼此独立的主流哲学流派，两者都深深影响了文学理论的建构方式。一个流派主要阵地在欧洲大陆，另一流派主要阵地则在英美两国，以实证—分析哲学为主。这两种哲学流派虽然有诸多相异的旨趣，但是它们都关注语言。这个世纪被称为是语言学的世纪，语言不再仅仅作为表达意义的工具，它达到了一种本体意义的高度。可以说在这个世纪，发生了一场影响深远的语言学的革命。海德格尔说过"语言是存在的家园"，这就意味着语言超越于人，独立于人。

在《解释篇》中，亚里士多德开宗明义地说："口语是内心经验的符号，文字是口语的符号。"人类首先认识世界，形成一些看法（内心经验），然后再用语言（口语和文字）将其表现出来。这种观点确立了语言的工具性，在西方文化中一直持续了两千多年，直到 20 世纪才被打破。语言本身也构成了内容的重要部分。甚至更进一步，不是人在用语言表达，而是语言在表达自身，人只不过是一个媒介而已。这种转变发端于索绪尔，在晚期海德格尔那里达到高峰。

索绪尔指出："语言研究包括两个部分，本质的部分把本质上是社会的和独立于个人的语言系统本身视为研究对象，这是纯粹的心理研究；次要的部分把言语行为中个人的方面即言语也包括发音视为研究对象，这是心理—物理研究。"[①] 他将语言看作是符号系统，认为语言绝不仅仅是人们理解现实的工具，事实上人们对现实的理解依赖于构成语言系统的言语符号在社会中的使用。索绪尔语言学并不重视人们实际上所说的东西，也就是实际的言语，他更关注使这种言语成为可能的客观的符号结构，这就是语言。言语与个体是密切相关的，充满了心理学意义上的诸多冗余物，而语言作为规则则是超个体的，是普遍的。

索绪尔的这种观念一开始在法国并没有受到太大关注，倒是在遥远的俄国产生了回响。俄国形式主义者从索绪尔那里汲取了营养，将其运

---

① 索绪尔：《普通语言学教程》，外语教学与研究出版社 2001 年版，第 19 页。

用于文学研究，悬置起所表现的内容，将注意力集中于符号本身。也就是说他们不关注文学表现的内容，更多地关注文学表现的手法。俄国形式主义者的重要代表之一雅各布森在俄国革命之后移居布拉格，后来又移居美国，在那里他碰到了列维－斯特劳斯，这次相遇碰撞出了思想的火花，结构主义运动的大部分思想由此成熟。在雅各布森看来，语言交流包括6个要素：说话者、听话者、所传递的信息、代码以及接触活动和语境。诗学研究将关注焦点聚焦于信息也就是词语本身，并不去关注什么人在什么情况下出于什么目的表达了这些内容。列维－斯特劳斯则将索绪尔的语言学运用于神话研究上，他认为和语言相应，在各种看似千差万别的神话之下有一个永恒的普遍结构，或者干脆可以说神话就是一种语言。与神话相类似的还有图腾和亲属系统。伊格尔顿指出了这种观点的后果："进行所有这些思维的心灵并不是个别主体：是神话通过人来思维自己，而不是相反。神话既不源于某个特定的意识，也没有任何特定的目的。于是，结构主义的结果之一就是不再被视为意义之来源或目的的个别主体之被'移离中心'。"[①]

最后为这波热潮再添上一把火的是海德格尔思想在法国的传播。海德格尔的老师、现象学运动的开创者胡塞尔在晚年非常重视自己的思想在法国被接受的程度，因为在他看来，西方哲学史上有三位伟大的人物对他的思想的形成起到了至关重要的作用，前两位是古希腊的苏格拉底和柏拉图，第三位就是法国近代哲学的创始人笛卡尔，他把他们称为哲学领域"最伟大的开始者"。他认为他们时代的哲学处于危机之中，原因在于由苏格拉底、柏拉图所开创，并由笛卡尔所复兴的哲学的指导性理念已经被忽视，而他的使命就是重续传统。为此从20世纪20年代末开始，他在法国做了两次报告，后来被结集为《笛卡尔的沉思》出版，他将其视为自己一生最主要的著作之一，是"一部关于方法和哲学探讨的根本著作"。他的思想的确在法国产生了巨大的影响，使得一代法国学人——其代表人物是萨特和梅洛－庞蒂——将自己的哲学聚焦于主体性问题上。最初海德格尔是以塞尔的学生和追随者的面貌出现在法国思想界的，但很快他的魅力就超越了他的老师，更多的人被海德格尔吸引了。

---

① 伊格尔顿：《二十世纪西方文学理论》，北京大学出版社 2007 年版，第 91 页。

在"二战"之前，这主要体现在科耶夫采用了海德格尔的视角重新阐释了黑格尔，在"二战"之后则体现为萨特在海德格尔的影响下发表了巨著《存在与虚无》，萨特还专门向海德格尔致意。当时的萨特声望如日中天，而海德格尔则因为出任过希特勒政权下的大学校长而声名狼藉，正处于人生低谷时期，按说此时受到萨特的鼓吹对于海氏来说是求之不得的事，可是海氏在了解了萨特的思想之后，否认其与自己的相关性，原因在于萨特所持的主体性思想在海氏看来与自己的思想格格不入，而他所持的观点最集中的体现在他有关语言的思想中。

从 1953 年起，海德格尔作过多次有关语言的演讲，在这些演讲中他将批判的矛头直指柏拉图、亚里士多德以来的西方语言传统观念。他认为传统的语言观念都忽略了语言的真正本性，他要打破这种语言观念的禁锢。他思考了词与物的关系，把斯蒂芬·格奥尔格的一句诗改写成为：词语破碎处，无物存在。他指出是词语让事物显示出其本来面目，并因此让它在场。词语成为诗人的财富，始终在诗人之先存在，由某种东西发送给诗人，击中诗人，引发诗人创作的欲望。人能说语言，乃是因为他可以应合语言。这样一来，诗歌的作者是谁这个问题并不重要，"甚至可以说，一首诗的伟大正在于：它能够掩盖诗人这个人和诗人的名字"①。在《艺术作品的本源》中，他更明确地宣布比起作品来作者是微不足道的，为了作品的产生，艺术家就像走上了一条在创作中自我消亡的道路。这就已经完全预示了即将到来的"作者之死"思潮的核心观念了。

---

① 海德格尔：《在通向语言的途中》，孙周兴译，商务印书馆 2008 年版，第 8 页。

第 七 章

法国"作者之死"思潮的形成

1968 年，罗兰·巴特的论文《作者之死》发表，他认为属于"作者"的时代已经过去了，取而代之的是"抄写者"。比起作者来，抄写者不再先于文本，不再是文本的起源。抄写者已经将作者"埋葬"。"作者之死"口号式的宣言开创了一个新的时代，法国思想界另外两位重量级的人物福柯和德里达都对其作出了积极的应和，可以说在法国甚至整个西方形成了一种思潮，其理论影响与意义是非常巨大的。

第一节 罗兰·巴特论"作者之死"

罗兰·巴特的美学思想涉及广泛，巴特在社会文化、符号学、神话学、文学批评等诸多领域都进行了卓有成效的研究和论述。"二战"之后，法国思想界流派众多，精彩纷呈，新锐的学说不断涌现。而巴特的重要才能之一就是吸收哲学界多家所长，然后在文论界发出自己独特的声音。他一生立场虽然多有变化，但却始终坚持排除作者的研究立场。

巴特的文学批评活动开始于其对写作与文学史的反思。从《零度写作》开始，包括稍早一些的《米歇莱》自述、《论纪德和他的日记》等，巴特一直关注写作和文学。在《论纪德和他的日记》中，巴特发现在纪德看来，写作活动本质上就是游戏，写作者娴熟地运用各种技巧，从中得到创作的愉悦。纪德在日记中也谈及自己的创作情况，他认为自己的写作并不涉及世界的具体内容而只是一种动作，要紧的是其过程，因此所有传统写作注重的东西，像筹划、主题、阐释等，都不再需要。纪德的这些看法深深吸引了巴特，他由此推论：传统意义上的作者不存在了，作者不仅不是意义的最终源泉，不是阐释所必须最终诉诸的对象，甚至根本就无关紧要，完全可以忽略，作者只是语言运作下的一个产物而已。

所谓的"零度写作"，是巴特借自于语言学理论的表述。在分析法语语言现象时，语言学家常常设定在对立的两极关系之间建立起第三项，像"零项"就处于单复数之间，直陈式处于虚拟式和命令式之间。在巴特看来写作好像就是语言的零项，可以称之为"零度写作"。巴特十分推崇加缪，将他看成"零度写作"的典范。和传统写作比起来，对于"零度写作"来说，作品之作者的个性和人生经历没有意义，这种写作是中性的，无色的，写作者不受制于任何奥义或理念，也不负载社会、历史的沉重内涵，故此得以在写作中处于"一种中性的状态或无活力状态"。① 加缪在《局外人》中不介入也不评判，用剔透的语言，创造了那个对任何人事皆持无可无不可态度的文学形象——默尔索。加缪体现的就是作者"不在"的写作情形，彰显了"零度写作"。②

如果说《零度写作》是从创作的角度对作者提出要求，希望其不要带有更多的主观色彩的话，那么在1963年出版的《论拉辛》一书中，巴特则从文学批评的角度对自己的"去作者"观念做了进一步的阐述。在这本书中，巴特充分分析了拉辛悲剧人物的复杂性。为了让自己的分析更有说服力，他从多种角度切入。在巴特看来，拉辛可以从精神分析、存在论、悲剧、心理学等角度作多重阐释，③ 但没有一种方法可以居于其

---

① 巴特：《罗兰·巴特随笔选》，怀宇译，百花文艺出版社2005年版，第37页。

② 同上。

③ 克里斯蒂娃在一次采访中说："他（指巴特——引者注）是我认识的惟一的能阅读他人著作的人。对于一个教授而言，这是极其重要的，因为一般来说，教授们只读自己的著作。"见弗朗索瓦·多斯《从结构到解构——法国20世纪思想主潮》，中央编译出版社2004年版，第78页。巴特十分善于吸收其他思想家的成果，这一点在《作者之死》一文中有着最为集中的体现。比如巴特明确地提到了牛津学派的影响："写作再也不能像古典语言学家所说的那样叫做记录、标示、表达、描写的操作，而恰恰像牛津哲学之后的语言学家们所说的'施事的'句式，这是一种罕见的动词形式（永远用第一人称和现在时）。"索绪尔把语言界说成是一个封闭的形式系统，语言学隶属于符号学。乔姆斯基看到的语言是一系列合乎语法的句子，语言学是心理学的一部分。而奥斯汀把语言视为一种行为，这种语言学从属于行为理论和社会心理学，开拓了一条新的研究语言学的道路。奥斯汀及其追随者开创了"言语行为"学说。奥斯汀早在1939年就注意到了施事句，1952年至1954年他每年在牛津大学开设"言语与行为"专题讲座，影响深远。他把注意力集中在语言的使用上，把语言的使用视为一种行为。奥斯汀的"施事句"（performatives）是针对"述谓句"（constatives）而言的。述谓句，例如"小明在教室"，其功能在于陈述

他方法之上，巴特说只有自己才最符合拉辛的原意。也就是说有关拉辛的"真实"是无法被发现的，这个事实体现了：文学是一种物品、规律、技巧和成果的总和，其构成极其复杂，没有哪一种因素压倒其他因素，批评家不得不承认所谓作者的权威是不存在的。巴特宣布了阅读和阐释的多元性和必然性。

在《写作：一个不及物动词》一文中，巴特认为从诗学和修辞学可以看出自古希腊到文艺复兴，西方文化一直都是重视语言理论的。后来随着理性主义的盛行，理性被当作是知识的源泉和艺术的标准，其后果就是人们遗忘了文学的真正本质。这种状况到了实证主义盛行之后更加被加强，文学语言与形式仅仅作为写作的装饰物而存在，要想讨论文学，就得从社会或阶级的某种立场出发，文学被附以太多不属于文学的沉重饰物。19世纪末起由于一些大师的努力，出现了文学向语言的回归。马拉美开始关注文体学及诗作形式美，普鲁斯特、乔伊斯等都是语言运用的大师，雅各布逊等语言学家则聚焦于诗学的语言属性。在前辈学者的基础上巴特把写作看成是符号系统，认为它的本质乃是不及物的活动，这种写作不指向社会、他人，也不是思想、意图的工具，是"零度写作"观念的深入展开。

巴特接受了索绪尔对于"语言"和"言语"的划分，并将其运用到对叙事作品的分析中，叙事结构对应于语言，叙事作品对应于言语。单纯地看叙事作品，往往会把它视为是很多无聊的事件的组合，这时候要想分析它就得依仗"叙述人（作者）的技巧、才能或天才（一切偶然的神话的形式）"[①]。这是巴特嗤之以鼻的陈旧的模式，他遵循索绪尔的思路，试图找出作品间共有的结构，如果发现了该结构，那么就可以以简

（接上注）或描写某一事实；而施事句的功能在于以言行事，例如"我宣布比赛开始"，说这句话时说者在做"宣布"这个行为。述谓句有真假的区分，也就是说小明可能在教室，也可能不在教室。而施事句只有是否"适当"的区分，比如只有特定的人才能宣布比赛开始，一个普通的运动员所做的宣布是不适当的，因而也就是无效的。根据奥斯汀的理论，施事句的典型句式为"我＋施事动词（现在时直陈式主动语态）（＋其他成分）"，诸如"我命令……"，"我请求……"，"我宣布……"等。巴特据此认为写作像说施事句一样，除了写作本身/言语行为本身之外，没有其他的内容，不再像传统观点认为的那样是为了表现或传达一个先在的思想。

① 巴特：《叙事作品结构分析导论》，董学文、王葵译，载《符号学美学》，辽宁人民出版社1987年版，第109—110页。

驭繁，只要揭示结构的特征便可以驾驭不可计数的具体作品了。如果可行的话，批评家就无须去理会作者个人在作品中的作用了。他不同意将作者视为文本必须要依赖的意义来源，所谓叙述者和人物都属于纸上的生命，"一部叙事作品的实际作者在任何方面都不能同这部作品的叙述者混为一谈"①。

那么，究竟是谁在叙述？的确很多作品常常是通过"我"来讲述的，人们常常不假思索地将其等同于作者。鉴于此巴特区分了有关于叙述者的几种误区：第一种看法就是认为叙述者即作者，另一种看法认为叙述者是一种全知全能的上帝式的存在，第三种则主张叙述者是作品中的人物。他在批评了这三种误区之后，借用本维尼斯特的话回答说："在叙事作品里，没有人说话。"② 只有"人称"的运作，是人称体系和非人称体系的运作。③

巴特的这些观点到了《作者之死》一文中得到了全面概括，他的"去作者"思想全面成熟。《作者之死》是一篇非常重要并且有着广泛影响的文章。在这篇文章中巴特首先具体分析了作者的源起和历史命运。他在文章的一开头引用了巴尔扎克小说《萨拉辛》中的一段话，然后提出了他的质疑："谁在说话？"并自问自答地指出读者无法知道究竟是谁在发出声音，因为写作就是抹掉一切发生痕迹的行动，是一个中性的空间，也是否定的场所，主体不断地从这个空间逃离。他最后宣告："作者死亡，写作开始。"④

在巴特看来，作者并不是自然存在的，而是随着资本主义文化的发展而出现的，是现代人物。这就意味着在主体性被确立之前，并不存在真正的作者。很显然，他重新定义了作者，这就意味着在现代之前那些

---

① 巴特：《叙事作品结构分析导论》，董学文、王葵译，载《符号学美学》，辽宁人民出版社1987年版，第134页。

② 同上书，第135页。

③ 这与本维尼斯特的人称理论有关。根据本氏对法语人称的分析："我——你"驾驭着语言系统，属于人称体系，而"他（她、它）"则属于非人称体系，因为法语的il（他或它）既可以指人，也可以指物。"我——你"的参照对象只能根据交流语境确定，"他"参照的则是上下文（语境）。

④ Barthes, Roland, "The death of the author", *The Norton Anthology of Theory and Criticism*, ed. by Leitch, Vincent, B., New York：W. W. Norton & Company, 2001, p.1466.

被称为"作者"的人，不过是神的奴仆和宗教布道的传授者。文艺复兴之后，人被发现，作者的自主意识开始觉醒。随后，科学的实证主义精神使得对作者的关注具有了逻辑的依据。很长一段时间里，文学史、作家的访谈和传记以及人们的回忆都关注作者，作者成了耀眼的明星，其人格与作品内容紧密联系，人们热烈地讨论着有关作者的一切：他的性格，他的爱好，他的私生活等，希望在其中发掘出其作品所蕴藏的全部秘密。比如说要想阐释兰波，文学批评就花大量的笔墨说明兰波的作品是他特异人生状态的写照；与之相对应，正是梵高的疯狂状态使他创作了那么多炫人眼目的杰作；至于巴尔扎克，他的作品离不开他那常人难以接受的怪癖。这种阐释模式表明，批评家们认为要想对作品作出正确的理解和解释，就必须从作品的生产者即作者那儿去寻找答案。作品中再离奇的故事，再模糊的隐喻象征，都可以求助于作者。作者乃终极权威，读者可以完全放心地信任作者，巴特将其称作"上帝—作者"。

那么这种个性化的作者出现在何时，又是如何产生的呢？

回顾文学史之后巴特指出，负责叙述的人在早期种族社会中只被视做是一个中介或一个传述者，从未被看成是一个具体的个人，他们的"工作"也许会受到人们的推崇，但这一切和他个人是没有关系的。文艺复兴之后，伴随个人意识的觉醒才出现个性化的作者。巴特的重点是要指出：随着社会的变迁和人文主义精神的日益衰落，个性化作者，也就是"上帝—作者"的权威地位已经一去不复返了，作者的衰亡已成定局。

不仅仅是从历时性的角度描述作者观念的演变，借助于语言学，巴特还进一步剖析了作者的创作行为。在索绪尔语言学革命的影响下，语言先于"主体"，语言支配个人，而不是相反。作者就如同"我"不外是说"我"的语言的个例，是言语活动的一个标记而已，主体被语言支配，决定言语活动规律的是语言而不是某个被称为作者的个人。他说："只有语言在起作用，在'写作'，而不是我在写作。"[①] 语言是始终先于作为个体的作者而存在的，作者所表达的一切早就存在于语言之中了，作者所做的只不过是重新组织一下而已。要命的是他却自认为是语言的主宰，

---

① Barthes, Roland, "The death of the author". *The Norton Anthology of Theory and Criticism*, ed. by Leitch, Vincent, B., New York: W. W. Norton & Company, 2001, p. 1468.

是作品的主人。巴特认为必须清除这种错误看法,在文学研究中去除作者的影响。他特别提及了小说家所说的客观性,那种客观性只是自以为中立的一种姿态而已。事实上,小说作者的偏见无处不在。巴特要做的不仅仅是像作家自己所坦承的那样客观观察与写作,他把这些客观性称为"经过阉割的",他还要完全否认作为个体的作者的作用,他想让他们明白,他们不过是语言要实现自身的一种工具而已。

在稍后的《S/Z》一书中,巴特继续发挥了"作者之死"思想,他把作者本人称为老朽的神,在旧批评者的眼里这种作者是主体、根基、起源、权威和上帝,这位老朽的神在新批评体系中,并不是不存在,而是能够织成为一篇文,可以将其看作是一个起点,但除他之外还有诸多其他的起点,而这个起点绝不占有先天的优先性,更不能将其看为本源:"只需将他自身看作纸面之存在,将他的生命看作传记(取这词的词源学意义),看作无所指物的写作,看作相互关涉而非源流关系的东西,就可以了……"①

在《S/Z》中巴特对巴尔扎克的短篇小说《萨拉辛》作了详细分析。在文章的一开始他就划分了两种文本:其一是"可读的",另一种是"可写的"。那种"可读的"文本乃是封闭的,读者无法参与,它是可以让人阅读,但无法引人写作的作品,这些作品被他看做是"古典之文",具有一种消极的价值。和它相对的"可写的"文本则是开放的,召唤读者一起创造,即是那种现今能够被写作(重新写作)的东西,也就是能引人写作之文。②

颇为耐人寻味的是,巴特将巴尔扎克的《萨拉辛》处理成了"可写的文本"。这位传统的经典作家的作品本应该是"可读的作品"的典型,所以巴特的分析给人留下的印象是"那些所谓的古典现实主义者的文本意义的多元性而不是其局限性"③。但巴特对小说《萨拉辛》之中符码的探索所做的工作,正是要证明他的"作者之死",从而揭示在表面可读性之下文本的可写性。他揭示出巴尔扎克的文本复杂化的一面,并认为如

① 巴特:《S/Z》,屠友祥译,上海人民出版社 2000 年版,第 332 页。

② 同上书,第 282—283 页。

③ Lodge, David, *Modern Criticism and Theory: A Reader*, Longman, 2000, p. 146.

果把《萨拉辛》的复杂性归因于作者的明确意图，那就是犯了传统的错误。事实上，这些符码被埋置于这部短篇小说之中，作者巴尔扎克的意图无法用来解释它们最深刻的部分，除了巴尔扎克所塑造出来的文本表层的故事和人物之外，还有一个更深层次的故事，这个深层次的《萨拉辛》并不是巴尔扎克创造出来的，而是由其纷纭复杂的符码以及对这些符码作出解码活动的读者共同写就的。通过这种论述逻辑，巴特完全达到了他的目的，我们也就看清楚了巴尔扎克式的作者死去的精细过程。

巴特否认"上帝—作者"身份的统一性，不承认作者可以控制文本的意义，凸显语言功用。所谓"主体性"属于想象，是纯粹虚假的，仅仅是各种符码的印迹罢了："我的主体性说到底是诸类定型的笼统表达。"[1] 而文学则不再是"我"能够找回我自己的场所，"我"更多的是迷失其中，用福柯的话就是："在开局之后，写作的主体便不断消失。"其结果是："作品就获得了杀死作者的权利，或者说变成了作者的谋杀者。"[2]

巴特一生学术立场数次变化，经历了从结构主义到后结构主义的诸多转变。在结构主义阶段，他试图找到一种普遍语法来概括所有叙事；后来巴特的思想发生转变，他不再寻求普遍性，而是关注各种非体系性的表达。不过在有关作者的问题上，从《零度写作》到《论拉辛》、《写作：一个不及物动词》，到《叙事作品结构分析导论》，一直到《作者之死》和《S/Z》，应该说他的观念是逐步发展，始终连贯的。值得注意的是，在早期"去作者"的观念中，作者虽然被驱逐，结构自身却成为一个中心，也就是说结构取代了原来的作者的位置，甚至可以说是作者换了一种面目又重新出现了。这在某种意义上说与从柏拉图到艾略特的传统的"去作者"观念比较类似：虽然否定了个体的作者，却设置了一个超个人的、超验的，更为强大的"作者"的存在——或者是神，或者是上帝，或者是"传统"。到了发表《作者之死》时，巴特的"去作者"观念进一步发展，去除给文本设置的疆界，去除意义的源泉以及由此产生的霸权话语，去除结构的中心，没有任何坚实的内核，剩下的只有符

---

① 巴特：《S/Z》，屠友祥译，上海人民出版社 2000 年版，第 69 页。

② Lodge, David, *Modern Criticism and Theory: A Reader*, Longman, 2000, p. 175.

码的盛宴狂欢。

第二节　德里达、福柯的作者观

除了巴特明确提出"作者之死"外，德里达和福柯也都持有相近的思想。

德里达创造了一个名词："逻各斯中心主义"，用以指代自柏拉图以来西方哲学的根本特征。关于逻各斯，在前文我们已经探讨过，其中心的意思是声音、真理等，所以这个名词可以说和"声音中心主义"等价。由声音而推导出源头、而在场、而中心、而权威、而基础，最终指向作者。这种哲学，依照德里达的观点，它的最根本的缺陷就是预设了意义的"先验在场"，固化了能指与所指之间的关系，过分强调了声音的优越性，把文字放置于次要而附属的地位。文字是第二性的，因为作者不在场，无法确定其真正所指。逻各斯中心主义将主体推至至高无上的地位，在不同的时期可能会有不同的代表，在古代是神，在中世纪是上帝，在文艺复兴之后则是人，而在文论领域中，便是作者。

德里达要做的主要工作便是不遗余力地摧毁这种逻各斯中心主义以及建基于其上的形而上学大厦。他指出，从语言的角度来讲，意义不停地向后"延异"着。延异这个词，也是德里达的创造，他试图通过词形、声音和意义的共同协作来说明他的观念：声音并不是决定性的，在场也并不是意义绝对的保障，能指在不断滑动，唯一可能确定的东西是踪迹，但它忽然而过，若有若无。读者面对的仅仅是文本，他无须去追溯那本就不存在的作者的原意，他自己就成了意义的建构者。

马拉美让德里达看到哑剧的表演者在表演中并不听命于脚本，德里达认为相比柏拉图和亚里士多德的模仿来说，这是另一种"模仿"，它完全在形而上学的"真理"体系之外。哑剧表演者表演的手势不断地抹掉脚本，这是一种没有最终被模仿者的模仿。在传统的戏剧观中，作者是上帝，剧本是再现剧作者意图的模本，舞台则提供了再现的最佳场所，其间演出的一切，都得服从戏剧原作者的意旨："这种再现是借助再现者，即导演或演员，那些扮演着人物的臣服了的释演者，而那些人物所言，直接再现的首先多少是那个'创造者'的思想。"①

德里达认为这种由原初逻各斯所设计的神学舞台并不是真正的舞台，受阿尔托的残酷戏剧实践的启发，他要从舞台上驱逐上帝（剧本作者），杀死上帝："这样一个必须被修复的戏剧源头，就是一只举起来反抗逻各斯过分占有，对抗父亲，对抗那个使舞台服从于言语及文本权力的上帝之手。"② 其结果是："只要摆脱了文本和上帝—作者，搬演就会重新获得其创造与首创的自由。"③

另一位重要的思想家福柯也坚持排除作为个体而存在的作者。他在《词与物》一书中试图展示一下近四百年来的思想史，力图表明个体思想家的作用从来都是依附于客观的、非人为的力量的。每一个特定时代的文本、哲学系统和科学话语都听命于一种一致性的要求以及某种形成性的规则，正是这些一致性和规则构成了那一时代最根本的知识基础，它们体现为这一特定时代的知识话语的相似性，有时候我们会把这种相似性相当模糊地解释为"时代精神"，而对于福柯来说，这些都是一种严格意义上的认识论根基的衍生物。绝不能把这种知识论根基理解为外加于时代之上的范型，事实上它就是思想的基础和这个时代各种思想出现的可能性。福柯把这种认识论根基称为"知识型"；而对于研究这种"知识型"的科学，他称之为"知识考古学"。他是这样描述古典知识型的：

　　现在，我们可限定由符号体系为古典思想制定的工具了。正是这一符号体系，才把或然性、分析和结合以及该体系经过验证的任意性引入到知识中去……正是这一符号体系，才把所有的知识与语法联系起来，并设法用一种人工符号体系和具有逻辑本性的操作，来取代所有的语言。在观念史层面上，所有这些无疑会作为种种影响的复杂网络而出现，在这个网络中，人们将揭示霍布斯、贝克莱、莱布尼茨、孔狄亚克和'观念学派'所起的个人作用。但是，假如

① 德里达：《书写与差异》，张宁译，生活·读书·新知三联书店 2001 年版，第 422—423 页。

② 同上书，第 429 页。

③ 同上书，第 426 页。

我们在那个于考古学上使之成为可能的层面上去质问古典思想，那么我们就会发现，符号与相似性在 17 世纪早期的分离，使得或然性、分析、结合和普遍语言体系这样一些新形式，不是作为相互产生或相互排挤的连续论题而出现，而是作为一个独一无二的必要性网络而出现。正是这一网络，才使得我们所谓的霍布斯、贝克莱、休谟或孔狄亚克这些个人成为可能。①

知识考古学绝不仅仅是为了研究历史的表层结构，事实上它有更深刻的雄心。它要探究的是西方壮丽多姿的文化所建基于其上的认识论基础。在福柯看来，从这个层面上来讲，每个个体作者的作用只不过是"知识型"的执行者而已，毫无主体性可言，他们的观念与思想只是历史变革的产品而已。

福柯在他的《知识考古学》一书中将历史看成是话语的构造，他强调指出，应该摒弃去寻找并重复某个脱离一切历史规定性的起源的动机，他的目标是建构一种"知识考古学"，这同时可称为"话语理论"。知识考古学绝不是去寻找话语的起源，更不是为话语设定界限。在探究各种时代断层中"碎片"化的话语时，不是像科学史或者哲学史那样去构建推理链条，也不像语言学家那样制作差异表，"而是描述散布的系统"②。无须探求陈述活动以外的作者的意图，更无须挖空心思在这些作者话语间的蛛丝马迹之中去探寻他们的潜意识，试图在那里发现黄金。

福柯响应巴特的观点，在《作者是什么?》（1969）这篇文章中，他认为作者自我只应该出现在其日常世界，无须体现在他的作品中。作者的面貌被消融在其个人与文本的差异之中，他的作用只是用于表现在特定社会中一些话语存在的现实、传播的途径以及其运转的特点，除此之外他绝不具有更多的含义。事实上在历史上有过很长时间人们并不关心作者是谁这个问题，而在有些人那里，写作是他们摆脱自我的一个手段，因此福柯这么说道："无疑，像我这样，通过写作来摆脱自我面孔的，远

---

① 福柯：《词与物》，莫伟民译，上海三联书店 2001 年版，第 84 页。
② 同上书，第 47 页。

不只我一人。敬请你们不要问我是谁，更不要希求我保持不变，从一而终。"①

第三节 法国"作者之死"思潮的形成

巴特、德里达和福柯，作为法国思想界的三个重量级的人物，他们的具体学术立场各有千秋。巴特主要是作为一位文艺理论家，致力于建立一种文本理论；德里达的主要工作是解构逻各斯中心主义；而福柯则关注知识型和权力等话语构型。但在作者问题上，他们都主张"去作者"，鼓吹"作者之死"。他们在方法上排除作者，反对上帝—作者的存在，拒绝将作者视为意义的源泉，并进而否定作者在创作中的作用，认为是语言在创作，作者只不过是一项反映语言作用的功能，从而完全否定了作者主体性。在这一点上，我们大致可以将他们看作一个整体。

由于巴特在文论界的影响以及他与《如是》杂志的密切关系，"作者之死"观念形成了一种思潮。在巴特的周围团结着一批杰出的青年理论家，像《如是》杂志的创办者——作家和理论家索莱尔斯，以及后来成为他妻子的克里斯蒂娃（也译为克里斯托娃）等。克里斯蒂娃听过巴特的讨论课，她的"互文性"（"文本间性"）观点也形成于这一时期。可以肯定，他们都从对方那里获得了灵感，而关于"互文性"，巴特自己如是说："文本永不终结。朗松派认为作品随着作者及其资源的终止而终止。文本间性使得作者成为匿名者，它认为文本会永无休止地运行下去。"② 从而肯定了"文本间性"和自己的观点非常接近。大名鼎鼎的《如是》杂志集团是一群先锋理论家们的组织，在这里，所有离奇的想法都有可能出现，它尤其推崇一种不确定性的理论。除索莱尔斯、克里斯蒂娃之外，福柯、德里达等人都与其有密切联系，而巴特则是该杂志最重要的理论批评家。可以说，《如是》为这些极具创造性的先锋作家和理

① 福柯：《知识考古学》，谢强、马月译，生活·读书·新知三联书店 2003 年版，第20 页。

② 弗朗索瓦·多斯：《从结构到解构——法国 20 世纪思想主潮》（下卷），季广茂译，中央编译出版社 2004 年版，第 82 页。

论家们提供了最好的发挥才能的舞台。在灵魂人物巴特的影响下，该杂志主编索莱尔斯主张文本之间的牵连千丝万缕，这种"文本写作"观彻底地否定了文本的终极意义，在这种思想的指导下，索莱尔斯竭力追求一种没有中心意义的、快节奏的、狂热的语言冲动。在这些作家的努力下，写作就像一个不断自我否定、自我更新的过程，它不断地消解作者以及附着于其上的神、权威和理性等观念。

当然这种思潮不是在一天之内形成的，它渊源有自。法国的文学艺术界以波德莱尔为代表，不满足于同时代法国文坛的创作现状，不满足于艺术被局限在世俗框架内，决心将其引导至语言和道德王国之外的神圣境地。他们对传统的作者观念也提出了挑战，而这一挑战是从对传统语言观的批评入手的。深受波德莱尔影响的马拉美指出："在纯粹的著作里，诗人的陈述消失，并通过被调动起来的不均等的碰撞，把创造让给词语，它们就像宝石上的一条潜在的光尾用闪光的彼此照亮，取代具有古老抒情气息的可感知的呼吸，或者是句子的热情洋溢的个人倾向。"① 马拉美是波德莱尔热情的仰慕者，他的目标乃是突出写作活动本身而取消作者，在写作过程中，作者"自我"不再存在，唯有言语的自行表现。

瓦雷里也认为依靠作者的个人性存在及经验来解读文本乃是一种愚昧的迷信，他看重的是文学的语言学本性以及词语的修辞特征。普鲁斯特把作者与叙述者之间的关系颠倒，在他的不朽名著中，叙述的人不是正在写作的人，不是作者，"而是将要写作的人（小说中的年轻人——我们不知道他的年龄，他是谁——想写作但写不出来，直到小说结束之时，写作终于可能开始）……"② 他自己被淹没在语言的洪流之中，词语就是他的生命，书建构了一个完整的普鲁斯特，是他生命的模型。随后，布勒东等超现实主义者则提出"自动写作"，探索一种无意识下的纯精神活动的奥秘和作用，根据梦幻与现实、意识与无意识互相渗透、互相贯穿的方法进行写作。作家布朗肖也早就预言了文学的消失，并且预想了最后一位作者的死亡。他回忆曾经没有作家的年代和国家，并梦想未来同样没有作家的时代。对于布朗肖来说，未来写作将像"空虚在言

①　马拉美：《马拉美诗全集》，葛雷、梁栋译，浙江文艺出版社1996年版，第279页。
②　赵毅衡编：《符号学文学论文集》，百花文艺出版社2004年版，第507页。

谈，……沉默在言谈"①。福柯在谈到他的思想的变化过程时，特别提到布朗肖对他的决定性影响。布朗肖不论在批判语言方面，还是在发扬尼采思想精神方面，都激发了福柯的灵感。同样巴特对于语言和符号的解构活动，也是从对文学艺术作品的语言符号分析和解构开始的。

比布朗肖稍早一些的著名作家乔治·巴塔耶通过对语言的穿透，理解虚无和死亡的真正意义。在他看来语言的本性是沉默，因此其本质乃是寂灭和虚空，不过他不止于此，而是进一步在语言和死亡中分析人的生存的缺乏性的自身基础。对于人来说，人本身和生活世界的迷宫性质，又通过语言的神秘性而变得更加复杂。他说："对人来说，一切存在都是特别的同语言相联系；是语言的语词决定着人的生存在每一个个人那里所呈现的样式……人的生存依赖于语词的中介，但语词又不能把人的存在当做自律的存在而随意地表现出来，只能把它当做深深地存在于'关系中的存在'的存在。"②语言作为符号本身是没有生命的，它只是构成了生命的条件，无处不在。但人说语言，符号便经由人的生命而参与到人的活动中去，进而获得比人本身的生命更久远和更普遍的力量。作为人的作者死了，但语言却继续存在下去。

20世纪之后，从世纪初的达达主义到超现实主义，都从语言方面对传统观念提出挑战。超现实主义诗人科克托宣称，他是靠他的手，而不是依据思想和语言的逻辑来创作的。他在创作时，他的手带领他的笔写出了他连想都没有想过的诗句。50—60年代的"残酷戏剧"和"荒谬戏剧"的代表人物，特别是尤奈斯库、贝克特、加缪和阿尔托等人，在德里达正式提出"解构"概念之前，各自在自己的领域中，在戏剧、小说和诗歌创作中，进行了颠覆传统文学艺术的实际活动，并以"残酷"和"荒谬"概念为中心，对传统理性主义，特别是传统的写作观念，进行了猛烈的批判，开创了后现代文学艺术创作高潮的序曲。阿尔托在1938年所写的《戏剧及其副本》一书，曾经提出过"残酷戏剧"的概念。"残酷戏剧"的概念实际上就是试图将传统语言从艺术领域中驱除出去。阿

---

① Wellek, René, *The Attack on Literature and Other Essays*, The University of North Carolina Press, 2000.

② 高宣扬：《当代法国思想五十年》，中国人民大学出版社2005年版，第199页。

尔托认为戏剧应该通过舞台表演将人的自然生活赤裸裸地表现出来，不需要经过"文本"或"台词"的表达或对话，而是要让演员的肉体表演自然地表达戏剧本身所要呈现的东西。阿尔托反对文本的语言、演员的对话以及在舞台之外的各种语言文字对于表演的干预。他认为，被剧作家的文字和思想所窃居和占领的舞台，被那些"听话的"演员和导演说出来的话所控制的剧情和舞台表演，都非真正的舞台。和阿尔托同时代的法国剧作家、导演查理·迪兰也主张戏剧不能单纯搬用剧本，极力抵制剧本原作者对舞台表演的干预。在文学和艺术领域中，这股反语言的创作活动，实际上就是对传统艺术定义的否定，也是后现代"反艺术"对艺术反定义的表现，这些都可以视为创作界和理论界中对"作者之死"思潮的先导或响应。

第 八 章

"作者之死"思潮的意义

从俄国形式主义到结构主义以及英美新批评,都在研究中排除作者的重要性,但它们仅仅是从修辞或是技术的层面来看问题。俄国形式主义者关注诗歌语言与日常语言的区别,英美新批评的理论家则把注意力集中在文本的细读上,结构主义者致力于发现一种封闭的结构。而巴特他们宣告"作者已死"则开启了一场思想史革命,开启了后结构主义尤其是解构主义的先声。此外,该思潮的意义还主要体现在以下几个方面:首先,瓦解了近代批评中作者与文本之间存在的等级制。作者不再先于其文本而存在,也不再是其文本意义的源泉。其次,强调"文本"的概念是非中心性的。这种"非中心"的观点绝不是随心所欲地创造意义,而是防止意义的凝固化,抵制话语霸权的出现。"非中心"的文本观可以分析电子传媒时代的超文本理念,说明该理论具有重要的实践意义。再次,在巴特他们看来,死去的作者是上帝—作者。只有这样的作者死去,女性主体、被殖民主体等才能建构自己。但需要注意的是要警惕弱势群体在建构自我主体的同时,重蹈自己所反对的对象的覆辙。

第一节 瓦解近代批评的等级制

在罗兰·巴特之前,实证主义的研究长期占据着中心地位。实证主义者认为要想了解一部作品,研究者不得不大量借助于手稿研究、年表、作家传记等各种手段,花大力气掌握与作者有关的个人资料,最好能包括像读书清单这样的细节,总之,作者的个人经验成为批评家评骘作品重要参考依据，巴特将实证主义者称为"学院派"。① 类似观点由来已久，研究者们都相信批评的任务就是寻找文学作品中存在着的由作家或外在因素决定的、确定的、真实的意义，而这种意义可以通过考据式的研究找到。

在这样一种学院派文学批评的主导之下，巴特必然会面临极大的攻击。传统的拉辛研究专家非常在意占有巨细无遗的史料，例如比卡的研究手段主要就是考证拉辛的生平。他认为巴特的拉辛研究冒犯了正统的实证主义批评的权威，冒犯了正统的学术权威，严重亵渎了拉辛，并指责巴特的《论拉辛》一书完全违背了文学批评的科学性。他针对巴特对文学批评传统的逾越，兴师问罪，巴特坚持自己的立场，坚决反击。

在《批评与真实》一书中巴特认为自己所代表的乃是"新批评"，把传统的批评称为"旧批评"。② 在以比卡为代表的旧批评家们看来，巴特装神弄鬼，不学无术，但由于所谓的"新批评"新奇刺激，满足一般大众的胃口，所以容易流行。旧批评家们秉着对于传统的尊重，对于应景事物的不屑，对"新批评"大加讨伐，由于他们具有很高的学术地位，他们的批评迅速占领了舆论高地，吸引不少有影响的刊物加入，立即形成气候，一时间"人们梦想伤害、打垮、鞭打或谋杀新批评，将它拖到轻罪法庭上示众，或者是推上断头台上行刑"③。

旧批评相信主体是"实"的，语言则是虚的，就像外衣，只具有作为工具或装饰的功能。主体是内容，语言是形式，内容决定形式，因此他们"以艺术的警卫自居，装腔作势地高谈阔论"，④ 要求"客观"、"品味"和"明晰"。

---

① Barthes, Roland, *Critical Essays*, Trans. by Richard Howard, Evanston : Northwestern University Press, 1972, p. 249.

② 这里所谓的"新批评"与我们常说的英美新批评是不同的概念。相对而言，英美新批评是个有比较明确宗旨的文学批评流派，有比较明确的代表人物、比较鲜明的学术主张，并且长期主宰大学文学教学。而法国的所谓"新批评"则是一个泛称，包括结构主义批评、现象学批评、精神分析批评等。这种新批评的特点在一个"新"字，即共同反对以实证主义为代表的传统批评。但是对于巴特而言，"新批评"则主要指结构主义批评。因此本文中的"新批评"也主要是指结构主义批评。

③ 巴特：《批评与真实》，温晋仪译，上海人民出版社1999年版，第4页。

④ 同上书，第26页。

比卡他们所说的客观性,其依据乃是作者生平之类,其品味无非是资产阶级狭隘的那一套,至于所谓明晰,无非是遵守语言的典雅性,甚至要求门卫嘴里的语言也是精致的韵文表达。巴特对此一一献疑,他指出依据作者生平将导致重言反复,因为作者其实已经逝去,人们对他们的了解是由他们的作品决定的,现在却又要求批评家们依据从作品而来的作者生平或作者形象来评判作品,逻辑上陷入循环论证。而要是依照旧批评的"品味",则必然只以单一的价值为标准,其结果将会是除了资产阶级那种洋洋自得的趣味之外不准有其他趣味。至于明晰性,更是他们故步自封的表现,他们根据自己的意识形态,将宫廷的陈腐的语言视为万世不变之准则,拒绝思想界的新词、新义,膜拜已经僵死的语言。在巴特看来旧批评的这些要求最终会导致批评家失去了解符号和象征的能力。

巴特觉得比卡他们之所以要强调作家的生平以及意图,无非是借此强化自己的阐释权,牢牢把握住话语权,企图造成文学研究中的一言堂,试图僵化甚至扼杀真正的文学科学。而文学研究如果要真正成为一门科学,就必须挣脱他们的束缚,必须打破对意义阐释的垄断,使得意义阐释开放化,要想达到这种目的,要迈开的第一步便是抛弃那个被神化的作者。文学科学关注的不应该是固化的意义,而是处于不断生成和变动之中的虚义,也就是"由作品产生的生成意义,也可以说是可生成意义的变异。它不诠释象征,而只是指出象征的多方面功能"[1]。按照旧批评的方式,一个作家其实只有在去世之后,他的作品才会被"客观地"处理,这种观点是荒谬的。新批评家们拒绝以死者来证实生者,他们努力使作品摆脱去寻回作者写作动机的限制,致力于抹掉作家的署名。

巴特他们否认作者或其他任何代理人可以决定作品的意义,他们要做的是不停地拉扯、调动文本的符号,不断获得或者说是创造新的文本。他们当然不是为了表达而去"歪曲"客体,在他们那里不存在绝对的不变的客体,但也并不就因此全是主观的东西。信息被无穷地反筛着,主体和语言融为一体,批评家们自己也迷失于其中,因而"批评和作品永远会这样宣称:我就是文学。它们齐声唱和,正好说明文学向来只是主

---

① 巴特:《批评与真实》,温晋仪译,上海人民出版社 1999 年版,第 55 页。

体的虚无"①。

而在旧批评也就是传统批评那里，一切都必须诉诸于作者。作者是最终的所指，也是终极的裁决者。作者是因，作品是果，先有作者后有作品，作者是意义的源泉，在逻辑上和时间上都处于优先地位。作品是派生的，是第二性的，依赖于作者。在传统批评里作者与文本之间的关系最充分地体现了传统哲学森严的等级秩序。"新批评"无疑使得批评界充满活力。但是这种"新批评"自身也面临僵化的危险，因为它虽然去除了作者，但却把结构视为中心，事实上是以结构取代了作者，造成理论探索的封闭，形成新的等级秩序，因此其"去作者"观是不彻底的。而"作者之死"理论则向这一封闭秩序发难，公开宣布作者死去，不存在任何先于作品的作者，从而更进一步瓦解了这种批评中的等级制。

第二节 坚持理论的"非中心"性

在传统批评家那里，文本的语言及意义是稳定不变的，但在巴特看来，语言的文化属性决定了语义的丰富性，从而也必然带来文本含义的多元性，作品语言远不像传统批评认为的那样是稳定的，事实上能指和所指的结合很脆弱，能指更倾向于游移，甚至从本质上来说，能指与所指必然是分离的。在从象征的角度来看文学的时候，情况更是如此，所以，没有一种关于象征的解释是确定无疑的，对于一首诗歌来说，没有任何一种解释是穷尽性的。结构主义者虽然已经在很多方面与传统批评不同，但是他们仍然还认同一点，即对于作品来说，它总是要有创作的原则，有意义的中心，与之相应，有一套非常严格，可以说是层级鲜明的解释体系。巴特他们把这个神话打破了，他们提出了与传统作品相对应的"文本"这个概念。"文本"作为能指的织体，是非中心性的，是"有关一种实践的踪迹的复杂字形记录：我指的是写作的实践"②。从本质上来说，文本不是集聚性的，在文本中，离心力要大于向心力，巴特和德里达一样相信文本的意义是无法固定的。文本拒绝施之于自己身上的

① 巴特：《批评与真实》，温晋仪译，上海人民出版社1999年版，第68—69页。

② 巴尔特：《符号学原理》，李幼蒸译，生活·读书·新知三联书店1989年版，第6页。

界限，拒绝普遍性，拒绝独断性，因此也就必然拒绝作为这个界限的人格体现——作者。巴特说："专注于本文的符号学目光又迫使我们拒绝一种神话，这就是我们通常依靠来使文学摆脱开环绕着它、压迫着它的合群性言语的神话，同时这也是纯创造性的神话。"①

比起一般的作品，这种"文本"的概念有什么不同呢？巴特从几个方面进行了比较。

第一，旧批评家们把作品视为一种确定的客体，文本则不具有这种确定性。作品是以物质形式的方式体现出来的，所以它必然会拥有物理世界的位置，文本则属于精神性的产品，它是读者在活动和创造中所体验到东西，是一个动态的、没有固定边界的概念。它只在现实的阅读中存在于读者的意念中，比起封闭的传统作品，"文本的基本活动是跨越性的，它能横贯一部或几部作品"。②

第二，作品的意义相对单一，而文本则是潜在的多义织体。作品因为有固定的物质呈现，其意义一般是明确而单一的，而文本因为属于精神性产品，所以它有意义的多元倾向，但这不是说它有许多意义，只是指出它可以获得多重意义的复合，往往是不可还原的复合。文本意义的多元倾向只是一种潜能，并非确定之物；文本是个没有尽头的构成过程，不具有确定而清晰的疆界。语言源于文化，反映文化，创造文化，自身积淀了丰富的历史内涵。文本正是由语言丰富的内蕴编织而成的。

第三，作者创作作品之后，作品已经完成，为一封闭的成品；文本则不同，它是开放的，需要读者积极的呼应。可以把它视为是一种空间，而且在这空间中没有哪一个要素是占优势地位的，也没有成形的、固定下来的语言模式，有的只有创造活动本身。作品只能满足读者消极的消费需要，而文本则刺激读者，呼唤他的合作，吸引读者参与到创作过程之中。

既然这样，如果说文本多样的含义暂时有什么集中点的话，就是在读者这里而非在作者那里，读者也不是那种传统意义上消极而被动的读

---

① 巴尔特：《符号学原理》，李幼蒸译，生活·读书·新知三联书店1989年版。

② Barthes, Roland, "From Work to Text", *The Norton Anthology of Theory and Criticism*, ed. by Leitch, Vincent, B., New York: W. W. Norton & Company, 2001, p. 1472.

者，他在消费的同时也在创造着。这种读者也不是德国接受美学理论中所提及的那种读者，因为那些读者回归到阐释研究的传统构架。

在巴特看来，读者自身也成了一个文本，也是无始无终的，因而也是非中心的。读者并不是一个源发意义和解释的统一的中心。巴特的论文《从作品到文本》延续了他一贯的反对中心、反对权威的思想。既然文本没有了作者，也就没有了界限，读者在阅读文本的时候，也并不先于文本存在，文本与读者是同时存在的，文本与文本之间不分轩轾，同样读者与读者之间也彼此共存，没有谁居于绝对的主导地位。

语言学长期以来把所指视为第一位的，而把能指仅仅看作是一种符号标记，人们通过它而达到把握思想的目的。但是，在德里达看来，能指在很多情况下并不指向所指，而是超越了所指，于是便产生能指的游戏。在这种游戏中并不存在任何中心，没有什么能够限制意义的游戏。这种"非中心"的观点受到了乔纳森·卡勒的批评："即使有某种激进的理论将中心'掏空'，可是，一旦分析者进行选择，提出结论，那中心又必然自行填上。"[1] 比如说德里达的"延异"观否定任何凝固化的意义的存在，因而也否定任何中心意义的存在，但是最后"延异"自身必然成为一个中心，因此卡勒认为"中心"是必然存在的。

但是卡勒没有意识到"去中心"理论的意义。对于巴特他们来说："去中心"并不是说就一定不存在中心，而是说即使存在中心，他们的任务正是解构这个中心，也许解构者自身又会形成新的中心，因此需要再解构它，如此不断地继续下去。这绝不是什么随心所欲地创造意义，而是防止意义的凝固化，抵制话语霸权的出现。可以说这也是"作者之死"理论的重要意义之一。而正因为如此，巴特他们才能不断地反省自身，不断地超越自己。他们之所以能够不断地改变自己的学术立场，并不是因为他们的学说没有根基，而是因为这正是他们的理论追求。

第三节 在电子时代的实践意义

作者死去之后，非中心的"可写的文本"的观念非常适合于分析电

---

[1] 卡勒：《结构主义诗学》，盛宁译，中国社会科学出版社1991年版，第365页。

子传媒时代的"超文本"概念。巴特强调指出,"可写的"文本不应被看作是现实中具有物理存在的确定的客体,它只是一种概念或是方法论。至少在他看来,"可写的"文本并没有在现实中真正出现,只是一种理论上的存在。差不多在同时,和"作者之死"理论及其文本观一道,电子超文本和因特网也出现在 20 世纪 60 年代,而且它们都致力于反对有关"起源"的观点以及与之相关的作者的"权威性"。超文本理念的出现使得"可写的"文本从仅仅限于理论上的存在成为一种现实。

美国人尼尔森于 1965 年首次提出了超文本(Hypertext)概念,在《文学机器》中他对"超文本"的解释强调的是它的非线性、不连续性,具有超链接功能,读者能够自由作出阅读的选择,可以在交互屏幕上阅读的文本。《牛津英语词典》对超文本的解释也大体类似:"一种不是以单线排列,而是可以按不同顺序来阅读的文本,尤其是那些让这些材料(显示在计算机终端等)的读者可以在某一特定点予以中断对一个文件的阅读,以便参考文本或图像,这些文本或图像是以相关内容的方式相互连接的。"①

"超文本"与"作者之死"理论都出现于 20 世纪 60 年代应该不仅仅是时间上的巧合,而是有着深刻的内在联系。任何一种理论的出现都是具有必然性的,其后必然有其时代的、科技的或其他因素的根源,尽管在当时人们并不自知。巴特、德里达、福柯等人从思辨的角度出发,提出的是形而上的哲学命题。尼尔森则处于计算机科学前沿领域,他的"超文本"与其说是理论,不如说是在描述电子时代已经出现的一种现象。有论者指出:"后结构主义的理论价值在于,它非常适合于分析被电子媒介的独特语言特质所浸透的文化。"② 从观念发展史的角度来说,电子"超文本"就是巴特所指的"能引人写作者",随着它的出现,作者和读者互相协助,彼此需要。

宣告"作者之死"之后,巴特所谈及的理想文本,乃是一种具有无

---

① Simpson, John, et al. eds. *Oxford English Dictionary Additional Series* (*volume* 2), Clarendon Press, 1993. 译文亦可参见黄鸣奋《超文本诗学》,厦门大学出版社 2001 年版,第 12 页。

② 波斯特:《信息方式:后结构主义与社会语境》,范静晔译,商务印书馆 2000 年版,第 113 页。

数的链接或入口的网络，这些链接彼此之间相互联通，四通八达，没有开头，也没有结尾，也可以说任一点都既可以是开头，也可以是结尾。每一个入口与其他入口之间的关系都是平行的，读者随意从不同入口都可以访问它。在这种文本的网络中，在能指的狂欢中所指滑落入虚无。从传统的视角来看这一文本理念是匪夷所思的，但在电子时代却成为一种现实。电子"超文本"无所谓中心，当然就不会有边缘，更无所谓等级，它是内部有节点与链接的网络，与其他"超文本"彼此相连，构成能指的银河系。读者畅游于这种电子"超文本"网络之中，从任一页面皆可进入，随意切换，每次得到的都是不同的世界，但却都是在同一网络进行操作。通过链接，文本具有接近于无限的分支，任何作者个体或读者个体永远无法将其穷尽。任何一个作者在互联网上都可以将自己所写的超文本文件链接于其他任何文件，如果所有的作者都这样来加以探索的话，那么，每个文件就将链接到其他所有的文件，无穷无尽的可能的文本就产生了。"超文本"为读者从事写作、实现角色转换提供了高度的自由。传统意义上的作者因此完全丧失了君临读者的权力。

文本是"互文性的"，网络就是一个庞大的"文本"。"作者之死"理论所坚持的"非中心"的文本观与"超文本"理念的共通性，说明该理论具有重要的实践意义。

第四节 "反神学"的革命性

20世纪哲学发生了语言学转向，意义问题成为探讨的中心。但是各个学者、各种流派的意义观却有很大的差别。胡塞尔创建了现象学，认为语言表达具有主体间公共的理性内容，关注其在内在意识中的根源；受胡氏现象学观点的启发，阐释学派也致力于从主体间交流的角度来探索意义的根源，其代表人物伽达默尔认为解释者与文本的地位是平等的，各自拥有自己独立的视野，它们之间的关系正如一个人与他的谈话伙伴的关系。只有当解释者与文本的视野融合时，理解才成为可能，即"视野的融合"，这乃是一种对意义的共同分有。

在伽达默尔的影响下，尧斯提出"期待视野"，指当读者在面对作品时——此时尚未对其进行阅读，接受过程还没有完全开始——对它的反应、预先判断等。文本可能通过文本与期待之间的距离而使期待落空，也可以通过证实这种期待而实现视野融合，这样便决定了作品是否能被读者所接受。伊瑟尔指出接受理论并不是整齐划一的，他本人虽然更多地接受了现象学尤其是英伽登的学说，但是他和尧斯都主张意义存在确定性，至少是相对的确定性，这种确定性又并不是单独由作者或读者那里所产生，而是来自于两者的合力。伊瑟尔提出了"召唤结构"说，在他看来文本是个具有意向性活动的结构，为读者进行创造性阅读提供了前提和条件。在阅读过程中，读者的主体性就体现在他最大限度地调整自己的想象和幻想，以填补文本留下的空白。在英伽登那里，读者的"填空"并不代表他可以想怎么填就怎么填，必须在文本所能提供的正确范围内活动。伊瑟尔的召唤结构则允许不同的读者以不同的方式实现作品，并且承认没有能够穷尽文本意义潜能的唯一正确解释，但是他仍然强调读者建构作品必须保持其内在的一致性。正如伊格尔顿所指出的："按照伊瑟尔显然权威主义的说法，不定因素必须被'正常化'，亦即使其驯服并且屈从于某一坚固的意义结构。读者似乎是既在解释作品也在与作品作战，以奋力将作品的混乱的多义潜能固定在某个易于驾驭的框架之内。"①

以巴特为代表的法国后结构主义者显然不认为存在着什么确定的意义，哪怕这种意义只是相对确定。对于巴特他们来讲，任何有关稳定意义的说法都是一种神学，因为只有神的意旨才会产生确定性。他们热衷的是解构，意义消解并沦为文字的游戏。在能指的不断滑动和游移中，一切坚固的意义都烟消云散。在他们看来，文本就是编织物，编织者不是上帝，不是作者，如果一定要说有谁，那就是语言自身。而这种语言也并不承载什么确定而又重大的意义，它只是编织而已，编织就是它的存在方式。这样的话，在写作中，包括在阅读中，只是一些符号和元素被整理，但绝没有什么超越性的或终极性的东西被破译。文本的这个特点决定了它无始无终、无穷无尽，任何具体的个体的写作只是它的一部分，其目的与其说是诉诸于意义，还不如说是消解意义。巴特这么说道：

---

① 伊格尔顿：《二十世纪西方文学理论》，伍晓明译，北京大学出版社 2007 年版，第 79 页。

"文学（从现在起最好说是写作）通过拒绝赋予文本（亦即作为文本的世界）以'秘密'，即一种终极的意义，他解放了我们称之为反神学的和真正革命的活动，因为拒绝终极意义，最终说到底不过是拒绝上帝和他的三位一体概念，即理性、科学和法则。"①

　　在巴特看来，写作乃是在"编织"意义多元化的巨大网络，它绝不受单一意义的支配，作家总是在互相模仿，文本则独立于现实世界而自成系统，任何写作都汇入写作本身的汪洋大海中，处于一种无穷无尽的字词环链中，意义则在能指的滑动中被无限期地延宕。在《文之悦》中他更进一步认为文本所要求的与其说是"阐释学"不如说是"色情学"。读者既不要求，也根本不可能把握住文本的明确意义，他心悦诚服、兴高采烈地沉浸在符号的自由滑动和嬉戏之中，并且纵情享受其充满色情意味的挑逗。这里剩下的，只有能指的绝对狂欢。

　　同样是排除作者，在俄国形式主义、英美新批评和结构主义那里，"去作者"观念作为一种策略，更多地是从修辞或是技术的层面来理解问题。俄国形式主义考虑文学语言和日常语言的区别，将作者悬搁起来。英美新批评则关注文本的肌质，把文本自身当作意义的源泉。而结构主义去除了作者之后又把结构当作中心，因而都是不彻底的，因为它们只是把个体的、可见的作者排除了，但却凸显了无形的作者——结构或者作为意义源泉的文本等。"作者之死"理论宣称作者死亡，而不仅仅是暂时将其搁置一旁。它秉承尼采以来的重估一切价值的传统，在哲学界对笛卡尔以来的先验主体的怀疑的大背景下，质疑一切作者存在的合法性。这可以说是结构主义向后结构主义发展的必然路线——只要坚持"去作者"观，就必然要认同"作者之死"。这似乎也可以说明为什么众多的结构主义者都转向了后结构主义的原因。从这个意义上我们可以认为"作者之死"理论开启了后结构主义的先声。否定意义的确定性，是以巴特为代表的后结构主义者们最有影响的观点之一，当然这些观点也引起了巨大的争议。不过不管这些主张本身有多少值得商榷之处，它们的理论价值是不容置疑的。正如巴特在《作者之死》一文中所言，这种主张是

---

　　① 巴特：《作者之死》，载赵毅衡编《符号学文学论文集》，百花文艺出版社 2004 年版，第 507 页。

"反神学"和"真正革命"的，给后来的理论家们带来了深刻的启发。

第五节 促进解构思潮的形成

"作者之死"理论经由后结构主义尤其是解构主义传播到美国之后，立即在那里生根发芽，迅速发展。几乎所有的解构主义者都宣称作者已经死去，而其中最著名的学者则是美国文论大师保罗·德曼。德曼关注文本的形成过程，他力求不依靠那些陈旧的术语（比如作者的主体性和创造力等）来理解文学作品的创作过程。他极端重视文本的重要性，宣称："历史知识的基础，并不是经验的事实，而是书写出来的文本，即便是这些文本披着战争或革命的伪装。"① 文本完全可以自足，历史、社会、经验等，都是需要清除的冗余物，而作者自然也不在话下，成为必须被排除的杂质。

从文化上来看，英国与欧洲始终保持着某种距离，比如大家所熟知的经验主义与唯理主义的对立。这一点也同样体现在文学观念上，伊格尔顿曾经指出，在欧洲大陆盛行的各种思潮跨越英吉利海峡传到英国去，至少要花 10 年左右的时间。美国与英国有着文化上天然的联系，因而在许多方面紧跟英国的步伐。

作为英美新批评的思想源头，艾略特试图对传统这一概念作出重新评价。他指出整个欧洲文学都是一个整体，它们之间存在着紧密的关联性，为了要使自己与其融合，诗人就必须消灭自己的个性。人们没有意识到的是，现在包含着过去，过去受到现在的修改。作为一位自觉的诗人，他的个性中包含了人类历史上所有过去的诗歌，只有这样，他才能真正进行创新。诗人应是一种媒介，而不应该是一种独特的个性，他的作用是为了消化和提炼他所选用的素材。消化和提炼的结果产生了一种独特的东西，这种东西的复杂性不等于诗人所代表或亲自感受的感情本身的复杂性，它里面蕴含了人类历史的丰富性，当然最主要的是诗歌史的内涵。因此艾略特抛弃了那种粗糙的末流的浪漫主义，因为它使诗人未经加工就过于匆忙地把自己的感情与作品所表现的感情等同起来。艾

---

① 保罗·德曼：《解构之图》，李自修等译，中国社会科学出版社 1998 年版，第 189 页。

略特力图要在艺术与文学活动中消灭作家的个性，他的一个著名的比喻就是诗人对其作品的作用就像细白金丝在硫酸实验中的作用一样，仅仅是催化剂的作用。①

艾略特之后 C. S. 利维斯也对作者的意图的观点持否定观点，他在一系列的作品中都认为要想对艺术品作批评并不需要了解该作品作者自身的个人经验。到了新批评派尤其是其第二代代表人物那里，这种观点得到了进一步的发展，他们反对像以往的批评家那样去做大量的资料收集，从而进行作家生平考证。新批评派的代表作家们致力于说明作品的意义和作家的意图是不同的，作家创作完成之后，作品就不再是作者的所有物。在韦勒克和沃伦合著的《文学理论》一书中，他们用整整一章的篇幅讨论作品与作者的关系，认为传记式的文学研究法具有评注上的价值，是有用的，可以用来了解一些相关的文学史的知识，解释作家作品中的典故和词义，但其作用也就止于此了。他们的结论是不能对传记批评过度依赖，不能认为它具有特殊的文学批评价值："任何传记上的材料都不可能改变和影响文学批评中对作品的评价。"② 在这方面将否定作者的意图的观点推到一个顶点的是维姆萨特和比尔兹利，在激起强烈反响的《意图谬见》一文中他们认为以作者作为批评的依据，是"将诗与其产生过程相混淆"，这就会导致相对主义的错误，也就是放弃客观的规范化的批评标准。新批评将关注的焦点集中在文本上，强调细读的方法，讨论的都是技术性较强的术语。但是到了 20 世纪 60 年代，这种批评方式已经逐渐式微，恰在此时，欧洲大陆的新思潮涌入，并迅即在新大陆刮起了旋风。

20 世纪 60 年代，美国学者在巴尔的摩组织了一场国际学术会议，该会议旨在引入盛行于欧洲尤其是法国的结构主义观念，但是一位青年学者的发言却彻底改变了会议的走向以及其后美国学术的面貌，一种被称为"解构主义"的思潮在思想界刮起了旋风。在巴尔的摩会议上保罗·德曼与德里达相识，因为学术旨趣相近，两人建立了很深的友谊，而德曼本人也因此很快就成为解构主义在美国最具代表性的人物。

---

① 艾略特：《艾略特文学论文集》，李赋宁译，百花洲出版社 1997 年版，第 6—7 页。

② 勒内·韦勒克、奥斯·汀沃伦：《文学理论》，刘象愚等译，生活·读书·新知三联书店 1984 年版，第 74 页。

与德里达相识之前，德曼对于美国的批评现状非常不满，当时的美国批评界为新批评派所把持，批评家们钻入经典作品，寻章摘句，阐释微言大义，自得其乐，坚持文本中心，同时也显得故步自封和墨守成规，这在德曼看来是一种思维惰性的体现。而德曼深受现象学尤其是日内瓦学派学者普莱的影响，强调超越性自我和意识。也就是说他虽然不关注生活中的经验自我，但是却在理论上设立了一个超验的、本体的自我，也就是先验自我，将其作为批评的出发点。在《自我的升华》中他写道："由于暗含了这么一种看法：遗忘经验个体，从而抵达那真正在文本中说话的超验自我，（这使得）批评的行为获得了一种示范性的价值。"① 在接受了德里达的影响之后，德曼放弃了抽象的超验自我，将修辞提高到本体论的高度，将解构看成是文本的自我解构，把意义抽空，形成能指的游戏。

在德曼的影响下，美国尤其是在耶鲁大学形成了著名的解构学派，德曼之后最具有代表性的人物也许可以说是希里斯·米勒。和德曼一样，年轻时的米勒也受日内瓦学派的影响，20 世纪 70 年代之后，他反思了自己早年的思想，放弃了"意识批评"，认为试图重新经历作者内心体验的做法是不可能的，把"我思"作为立足点从而达到"自我控制一切"和"像上帝一样圆满自足"，这只能存在于梦想中。米勒以这样一段话表明了自己对于过去立场的放弃，同时也解释了自己转向解构批评的原因："我在自己过去的批评实践中，把意识看做是第一性的。现在我不会再认为存在一种叫做'主体'的东西或者我们已经超越了主体。我再也不会把主体性当做作品的起源了。"② 德曼在 20 世纪 80 年代去世之后，米勒成为解构主义新的领军人物，在中国也有很大的影响。

经过在美国的发酵，解构主义最终在世界范围内形成更为强大的影响。"解构"本来在德里达那里是一种手法，但在美国却被提升为一种原则，因此称为"解构主义"。对于结构主义者而言，结构是本质性的，一切从结构出发。巴特早期的《叙事作品结构分析导论》正是这种观念的体现，它虽然否定了作者的中心地位，却将叙事结构看作一个封闭、孤

---

① De Man, Paul, *Blindness and Insight*, New York: Oxford University Press, 1971, p. 49.

② Miller, J. Hillis, *Theory Now and Then*, New York: Harvester Wheatsheaf, 1991, p. 8.

立、自足、纯粹的系统，实际上是传统作者观念的替代品。巴特很快就发现了这种理论的不足，所以到了《S/Z》一书中，这种封闭的作品观被打破了。至于《从作品到文本》则一向被视为他从结构主义向后结构主义转化的代表作。正是因为坚持"作者之死"，所以才能发生这种转变。因为"作者之死"的要义就是去中心，防止意义的凝固化。只要结构主义者坚持"去作者"，就必然会走向后结构主义，否定任何凝固的中心。解构主义既然可以称为主义，则必然涉及文化的方方面面，但其核心则是针对作者的权威性作用的，因此"作者之死"思潮可以看做是解构主义最核心和最本质的一面。

第六节 促进多样性作者主体的出现

在美国，当代女权主义批评代表人物之一南希·米勒认为不应该简单地否定主体、否定作者，而应该把被排斥的部分包括进来，也就是说应该扩大主体这个概念。[①] 虽然她质疑了巴特他们，但她仍然把他们视为同道。没有他们，传统作者主体的权威地位就不会受到质疑，女性主义者们也无法从历史中发现自己的位置。

理解这一点的关键是要把握住巴特一直在强调的一个问题：死去的是什么样的作者？巴特对这个作者的强调是，他是资产阶级的，是现代人物，是大写的、黑体的，是白人男性，是笛卡尔式的主体一样的作者。而有关后者所受到的挑战，我们在前文中已经论及。

这种死去的作者其实属于启蒙运动之后、神性坍塌之后的人类中心主义的人性观和作者观。福柯所做的工作，就是指出近代文化执拗地将疯狂、非理性从社会中坚决地排除掉的历史事实；资产阶级白人男性统治者对于那些被认为是未开化人类的不同民族所进行的极其残酷的压制和同化政策，在西欧资本主义国家对美洲、非洲和亚洲的殖民和剥削中非常典型地体现出来。他们是地上的上帝，从理性主体的范畴排除了疯

---

① Miller, Nancy, "Changing the subject: authorship, writing and the reader", *What is an author?* eds. by Maurice Biriotti and Nicola Miller, Manchester and New York: Manchester University Press, 1993, pp. 1 – 36.

狂者、女性和所谓的未开化民族。

近代的人类肖像，实际上只不过是人类的一部分。在父权制社会中，妇女的形象和地位都是"他者"——男性想象和规定的结果。经过研究多少个世纪以来男性作家所塑造的女性形象，苏珊·格巴和桑德拉·吉尔伯特认为它们大体上可分为"天使"与"妖妇"这两种类型。① 但在骨子里这两种类型其实是一样的，那就是她们都是男性"他者"想象和规定的产物。在男性叙述的故事中，女性都幼稚、好奇，无法抵制邪恶的蛊惑，都是惹是生非的灾星。而在创世故事中，夏娃还使得无辜的亚当走入歧途，对男性具有影响力。

这种"妖妇"形象的定位是父权制社会中菲勒斯中心主义在文本中的体现。实际上，其所反映出来的是典型的男权话语模式，表达的是男性对人性自身某些破坏力因素的恐惧，是人类最古老的差异（性别）及其等级制在文本中的反映。归根到底，"妖妇"形象是父权制下男性想象的产物，借此可以合法地控制女性。

与之相对的另一种似乎完全不同的女性形象是"天使型"的，也可以说是"理想女性"或者"永恒女性"。这种形象一般出自文艺复兴之后，最典型的是但丁《神曲》中的贝亚德和歌德《浮士德》中的甘泪卿。这种女性是男性作家以赞美的态度塑造出来的，剔除了女性身上任何与男性价值观不和谐的东西之后，她们其实是男性镜像中的"理想我"，是男性根据自己的需求而不是根据女性活的生命形态塑造出来的。苏珊·格巴和桑德拉·吉尔伯特认为这类女性其实"生活在死亡之中"，因为她们回避了自我，回避了女性的自由意志。② 小说《萨拉辛》中萨拉辛心中所热切期盼的正是这种理想女性，而巴特的《作者之死》一文正是从分析巴尔扎克这篇不为人所注意的小说开始的。

在《萨拉辛》的故事中，雕塑家萨拉辛所热爱的是他心中完美的女人。小说中对于女人是这样定义的："这就是女人，有着突如其来的恐慌，莫名其妙的任性，出乎本能的心绪不宁，一时冲动的放肆，虚张声

---

① Leitch, Vincent, B., ed., *The Norton Anthology of Theory and Criticism*, New York: W. W. Norton & Company, 2001, pp. 2023 – 2035.

② Ibid..

势，灵敏而动人的情感。"① ——这正是罗兰·巴特在《作者之死》一开头就引用的一段文字——这段对于女人的经典定义是雕塑家萨拉辛用来描述阉歌手赞比内拉的。在这里，男性对于女性的想象和规范作用得到了充分体现。当萨拉辛已经知道自己所爱的对象只是一个阉者的时候，在极度绝望的情境下他杀死了自己"想象出来的女人"，但仍然认为在自己心中赞比内拉把世间所有的女人都灭绝了。

雕刻家萨拉辛需要一个证明他是一个男人的女性，于是他真的发现了一个"完美的女性"，一个拥有"一颗女人的心"的女性，并爱上了"她"——阉歌手赞比内拉，她柔弱的本性引起了萨拉辛的爱怜，他说："我的力量是保护你的。"他在赞比内拉身上看到了证明自己男子气概的东西——"她"是理想的女性，因此他就是真正的男人。对此，美国著名女权主义批评家约翰森有非常精彩的分析，她认为赞比内拉的弱点是萨拉辛镜中的倒立形象，对于后者而言，前者证明了他的力量之存在。在这一倒立系统中，萨拉辛所真正爱慕的其实是他自认已经占有而实际没有的形象。

具有讽刺意味的是他爱的是一个虚假的女性，是一个阉者。这个隐喻说明理想的完美的女性并不存在。他无法接受这一事实。事实上萨拉辛爱的只是自己，是他的镜中形象，是他的一个"理想我"。他因不能接受梦想破碎的现实而亲手杀死了自己的爱人，最终又被红衣主教杀死。

在现实生活中，女性永远是第二位的，没有自己独立的地位，是男性想象和规范的产物，没有自己的声音。伊格尔顿说得好：就像语言的运作机制一样，在人类社会中同样是差异在决定意义。在男权社会，男人是基本项，女人是对立项，男人作为相对于女性的角色来规定自己。在这样一个社会中，只有牢牢保持这个区别，整个社会系统才能够有效运行。所以萨拉辛才会如此地爱赞比内拉，因为在后者面前他强烈地感受到了自己的力量，"他力图以这样的姿态来肯定他独特的、自主的存在"②。其实这种姿态对于他的象征意义远远大于其实质内涵，给他带来

---

① 巴特：《S/Z》，屠友祥译，上海人民出版社 2000 年版，第 162 页。
② 伊格尔顿：《二十世纪西方文学理论》，伍晓明译，陕西师范大学出版社 1986 年版，第 165—166 页。

的更多的是危险，因为正是这个"他者"抓住了他的整个身份。从根本上来说他是在塑造自己，但是从权力的表象上来看，男性则占绝对的主导地位。

和这种情况相类似的是，在国与国的关系中，占优势地位、掌握着文化输出主导权的西方资本主义大国，常常将自身的意识形态强制性地灌输给相对弱小的国家，这些国家在历史上往往作为它们的殖民地而存在，只能被动地接受。

它们都是"弱势群体"①——种族、阶级、性属等——其主体性在被"他者"（权力话语的掌握者）观看、质询、训诫、想象中塑造。在历史上的大部分时间中，弱势群体自身也配合着这种建构，即使有少数不合作者试图竭力发出自己的声音，但很快便被他者洪涛巨浪般的狂啸声所淹没，就好似从未出现一般。

这种现实生活中的情况反映到文本关系上来，就是男性白人资产阶级者是真正的作者，与文本是父子关系，是创造者和被创造物的关系。

---

①　"弱势群体"（subaltern）这个术语是葛兰西在他的《狱前著作选》中所采用的术语，指那些屈从于统治阶级霸权话语的各种群体，比如说农民、工人阶级等无法进入统治阶层的阶级。但葛兰西并不只是强调统治阶级对弱势群体的压迫，他同时也注意到了后者与前者的或主动或被动的联系。也就是说他们或多或少地将统治阶级的观点"内在化"为自己的观点，依照统治阶级的意志在被建构的同时塑造和规范着自己。这一点集中体现在他的"领导权"（又称"霸权"）理论中。"领导权"指资产阶级一方面通过政治经济手段剥夺其他阶级、民族和群体，剥夺他们生活的权力和他们在历史中的合法性地位，另一方面通过文化生活表达出对人的思想形式的控制。因此，资产阶级通过对文化制度的大规模网络（如学校、教会、报纸等）的控制，操纵着整个社会，使其不断同资产阶级意识形态整合为一。这种资本主义文化网络不断地宣传支持现存生产方式的文化观念，使得经济、政治和文化领域形成资产阶级掌握领导权的局面，但由于这种领导权看起来并不是赤裸裸的暴力，仿佛是弱势群体所自愿接受的秩序，因此就似乎具有了可接受的现实合法性。这种领导权所产生的后果就是弱势群体对于资产阶级主导价值观念的认同。用萨义德的话来说就是"东方人参与自身的东方化"："当我们认识到像文化这样无孔不入的霸权体系对作家、思想家的内在控制不是居高临下的单方面禁止而是在弱势方也产生了生成性（productive）时，我们就可以更好地理解其影响为什么能够长盛不衰。"（见萨义德《东方学》，生活·读书·新知三联书店 1999 年版，第 19 页）而弱势群体（比如女性及被殖民者）真想发出自己的声音的话，就必须打破这种对他者所赋予的身份的认同。究竟该怎么做呢？萨义德同样引用了一段葛兰西的话："葛兰西在《狱中笔记》（Prison Notebook）中这样写到：'批判性反思的出发点是认识到你到底是谁，认识到"认识你自己"也是一种历史过程的产物，它在你身上留下无数的痕迹，但你却理不清它的头绪。'唯一可以找到的英文翻译令人费解的到此为止，而葛兰西的意大利原文实际上紧接着还加上了一句话：'因此，找出这一头绪就成为当务之急'。"（见《东方学》，第 33 页）

只有这种君临一切的作者死去，弱势群体作者才能得以诞生。"批判性反思"、"找出这一头绪（认识你自己）"就成为"弱势群体"的"当务之急"。问题在于，只要象征着传统规范和秩序的作者——男性、白人、资产阶级殖民主义者——仍然在统治着自己的王国，女性、黑人、被殖民者等弱势群体就不可能有发言权。他们唯有通过艰苦的斗争，推翻传统作者的霸权，才能真正拥有自己的讲台。

1899年，凯特·肖邦创作小说《觉醒》，矛头指向19世纪末男权主导下美国社会的道德规范。彼时美利坚理想女性的模式是：相夫教子，扼杀自我，最好是成为家庭的守护天使。肖邦对这种男性心中的女性模式大加挞伐，她塑造了一个追求个人自由的女主人公艾德娜，这是一个叛逆的自我，她期待体验作为人而存在的意义。她与男性统治下的社会以及社会为女性规定的种种道德规范格格不入，既不是贤妻良母，也拒绝履行传统女性义务。因此，肖邦事实上塑造了一个觉醒了的女性、一种新的女性。但艾德娜的这些反传统举动是必然要付出代价的。她在寻求独立与自由的过程中，一步步地离开人群、脱离社会。她先是从自己居住多年非常熟悉的那栋代表地位和礼仪规范的豪宅搬到一栋小楼，之后更常常独自漫步于郊外，最后终于蹈海自尽。小说的作者肖邦的命运并不比作品中的主人公要好到哪里去，她受到评论界的大肆抨击，因抑郁而辞世，时年还不足五十岁。美国密苏里州圣路易斯市图书馆宣布封禁《觉醒》，该书在半个世纪的漫长岁月中从文坛上销声匿迹。

肖邦的时代其实已经开始出现女权运动的萌芽了。① 女权主义学者桑

---

① "西方妇女解放运动第一次浪潮出现在19世纪后半叶到20世纪初期，以1920年至1928年美英妇女获得完全的选举权为达到高潮的标志。60年代后，出现了第二次女权运动。这次女权运动的大背景是法国和西欧的学生造反运动，以及美国的抗议越战的和平运动、黑人的反种族歧视运动和公民权运动。欧美政治斗争的风起云涌，成为这次妇女解放运动的直接导火线。这次女权运动已超越了第一次女权运动争取妇女财产权、选举权的范围和目标，逐步深入到就业、教育、福利和政治、文化各领域，并努力上升到对妇女的本质和文化构成的探讨，'它包括一名妇女应是什么的真正问题，我们的女性气质和特征怎样界定，以及我们怎样重新界定的问题，它包括反对妇女作为供男性消费的性欲对象的战役，反对色情描写、强奸等暴力形式；妇女解放运动关心妇女的教育、福利权利、机会的均等，工资、工作环境选择的自由，妇女有了孩子后的生活，是否要孩子以及什么时候要孩子的权利；关注父权制的压迫方式，它和阶级及种族对妇女的压抑等等'。显然，这次女权运动的深广度远远超过了第一次。"见朱立元主编《当代西方文艺理论》，华东师范大学出版社1997年版，第342—343页。

德拉·吉尔伯特和苏珊·格巴的《阁楼上的疯女人》一书是第二次女权运动高潮时的产物，这次的运动与第一次仅仅争取女性选举权等民选权不同，她们处在"分离派"（separatist）和"同化派"（assimilationist）两者的争端之间。一派观点否认已经给定的父权制的秩序而努力建立女性自己的组织；另一派则主张在父权制的体制中争取平等的权利并努力改革这种体制。《阁楼上的疯女人》一书体现了这两种力量的争执。该书对许多女作家作品中的形象作了概括，发现在这些作品中，很多有才华的卓越女性往往会被视为疯狂从而被社会驱逐。格巴她们认为女性作家们可以团结起来成为一个整体，形成一个与男性作家所不同的女性亚文学圈。她们认为"影响的焦虑"其实不适合女性作家，那是针对男性作家的，对于女性来说，她们的焦虑是"像病一样地被孤立，像疯癫一样地被排斥"。①

问题在于，弱势群体往往会陷入另外一些陷阱，在建构自我主体的同时，很可能重蹈自己所反对的对象的覆辙。比如说，在《阁楼上的疯女人》一书中，格巴她们为了对抗男性，把"女性"想象为一个统一的、完整的整体。这种做法往往会导致一种新的霸权出现，作者从"他"变成了"她"，并没有死去。传统作者的特权被移交，但并没有被否定。

伍尔芙比起格巴她们来说要理智得多，她从不使用"我们"，不愿重蹈男性话语排斥差异、同化个体（主体）的普遍性原则之覆辙。在她看来，是不确指的女性取得了话语主体的地位，并不要求它的成员千篇一律、消弭差异性②，而这与巴特他们不谋而合。

传统的作者观念是父权制社会、资本主义社会中社会秩序的象征，他们以压倒性的优势，排除了那些不为人知的女性作者和其他弱势群体的作者。正是由于巴特他们宣布"作者之死"，女性主义者才得以在历史中发现自身的位置。

为什么这么说呢？南希·米勒认为，这是因为巴特他们对于文学符

---

① Leitch, Vincent, B., ed. *The Norton Anthology of Theory and Criticism*, New York: W. W. Norton & Company, 2001, pp. 2023－2035.

② 参阅伍尔芙《伍尔芙随笔全集》（第二卷），王义国等译，中国社会科学出版社 2001 年版。

号学和文化活动的兴趣在主旨上与女性主义者是有交叉的，双方都重视被压抑和被排斥者。巴特和女性主义批评家一样巧妙地、很有策略地在个人与政治、个人与体制之间建立了联系。巴特的思想在巴黎之外——比如说北美大陆，对文学系产生了深远的影响，激发起女性主义以及其他各色各样的文学批评。而在1971年，当巴特重新回到作者主体这个问题时，他说："如果文本，主体的破坏者，通过一种扭曲的行话，包含了一个爱的主体，这个主体是分散的，有些像我们死后被吹散在风中的骨灰。"① 女性主义者对这一点加以发挥：如果人们重新发现了主体，那么这个主体必然不是先验的、绝对的、固定在某处的，而是现代意义上的、多重的和永远在变位的主体。同样，当先验的作者死去之后，多样的作者诞生了。

---

① Miller, Nancy, "Changing the subject: authorship, writing and the reader", *What is an author?* eds. Maurice Biriotti and Nicola Miller, Manchester and New York: Manchester University Press, 1993, p. 35.

第九章

对"作者之死"思潮的反思

以巴特为主要代表的"作者之死"思潮,其影响极其深远。但当我们细读他们的文本,尤其是细读巴特时,我们会发现在理论的边缘留下了一些罅隙,而这些罅隙促使我们反思这个理论的一些局限。当然,反思它绝不是要否定它,而是提醒我们要充分注意到问题的复杂性。

第一节 其理论基础的矛盾性

在前文我们谈到"作者之死"思潮与思想界对笛卡尔以来的主体观念的怀疑有着密切的关系。"上帝之死"、"人之死"等构成了"作者之死"思潮的理论背景。应该看到这些理论背景自身是具有矛盾性的。

让我们思考一下福柯"人之死"的结论是如何得出的。作为这一结论的依据,它有关知识型的论述显然存在很多弊病:文艺复兴知识型与古典知识型之间真的存在着一个绝对断层吗?从哥白尼到开普勒的文艺复兴科学家,难道不是在与以伽利略为代表的现代科学的实质性连续中取得了他们划时代的进展吗?福柯显然不够关注自现代科学初创以来的世界的数学化,在他看来,机械论和数学并不是普遍的知识型结构,图表分类就是一切。《词与物》也忽视了物理学。如果福柯认真地考虑了物理学,就必然会损害其认识型断层论的核心。因为在伽利略——牛顿——爱因斯坦这个序列中并不存在类似于他所发现的那些断裂,我们不能说牛顿被爱因斯坦所驳倒。事实上,科学史上的某些古典话语如牛顿力学早已被整合进现代认识当中了。

以上这些说明了福柯的知识型断层理论存在着反辩证法的一面。伯克认为："福柯的考古学让人不得不想起黑格尔和马克思的历史辩证法。特别是,《词与物》回应着马克思主义者把最近的世界历史划分为被决定的、自我规定的时期的分析方法,并且这种方法预期当下时期的结束是它在已经结束的时期中所发现的破裂的未来的结果。然而,尽管考古学重复了这种基本程序,在一个关键方面它却既不同于马克思主义者也不同于黑格尔派。因为考古学是反辩证法的,也可以说是反目的论的。"①

我们并不是要否定福柯所做的研究的价值和意义,只是通过对其知识型断层理论的一些不足之处的揭示表明:"人之死"并不是一个自然而然、必然到来的事件,与其把"人之死"看成是一个必然的事实,不如把其当作是福柯对于主体性问题的一种思考。

福柯求助于尼采,更是在一种尖锐的对立层次上违反了他自己的考古学知识型描述:即一切话语都是由知识型决定的。尼采的思想是远远不能被19世纪思想所禁锢住的。他不仅仅是质疑、破坏或者与秩序作斗争,而且预期了一种崭新的,甚至即使是到了20世纪中期也还没有出现的知识构型,也许还要在未来的某个时代他的预言才能实现。尼采也并不摒弃和绕开辩证法及人类学,相反他把火烧得更旺。

把尼采理解为"人之死"的鼻祖是福柯对尼采的一个误解。尼采哲学和美学的核心概念是"权力意志",这是一种本能倾向,任何变化中的事物均有所体现,如原子间的碰撞,化合物的分解与化合,动物对食物的猎取,人类对财富和权力的追求与占有,人对人的统治和支配,等等,无不是权力意志在不同层次,不同形态上的实现。维持生存、追求发展和渴望控制他者是权力意志的两种本质。权力不仅指世俗权力,更重要的是指精神力量,在精神上压倒、征服他者,从而取得控制、支配、统治他者的权力,如权威便是权力意志的具体表现和实现,它极力要求别人对其信服、倾倒和崇拜,要求别人对它绝对服从,不允许对它存在任何怀疑和挑战。

"权力意志"其实体现的是一个矛盾的尼采。首先,权力意志理论中充满了控制与反控制的对抗,控制者与反控制者都是具有"权力意志"

---

① Burke, Seán, *The Death and Return of the Author*, Edinburgh: Edinburgh University Press, 1992, p. 79.

的。关于权力意志的体现，尼采列举了多种表现：对于被压迫者和各种奴隶来说，它体现为争取"自由"，因为对于他们来说，摆脱压迫就是目的；对于那些仍没有获得统治权的强大个体而言，则表现为强权意志，他们要争取获得统治权，要与统治者享有同等的权利。显然，权力意志是注定要冲突的，斗争是绝对的，而斗争正体现了斗争者的主体性。

其次，我们可以把权力意志视为绝对的，其他的都是它的体现者和控制物，那么这里的权力意志就接近于拉康意义上的大写他者了。这样看来尼采的确是在否定主体和主体性了，而且他也似乎多次表达过这种观点。认为主体存在的一个理由是不管从什么结果出发，我们都有思考原因的习惯，不仅如此，只要一有什么事态，我们就会想到带来该事态的行为者，并且往往给这个行为者冠以主体之名，尼采认为这是错误的。

但问题是，一方面尼采声称"主体是虚构的"，另一方面，几乎很少有哲学家像尼采那样赋予自己的作品以强烈的个性品质。尼采声称一切文字中他只喜爱以血书写的文字，在《超善恶》中大声嘲笑那些企图客观地表达真理的哲学家。我们会发现在尼采那里存在着两种不同的"自我"（主体）：一个是理性的、启蒙时代的、笛卡尔—康德式的先验的、标准的、普适的"自我"（主体）；另一个则是内宇宙的、传记式的、欲望的个体主体。"上帝之死"同时也导致前一个"自我"的死亡，但却又是后者的狂欢。因此，"上帝之死"不是"人之死"的逻辑上的原因。相反，"上帝之死"正是对"人之生"的振臂高呼。比起福柯，马克思主义者们也相信历史的某种决定性，上层建筑是建立在经济基础之上的，但马克思主义者却更多地考虑到了客观因素与个人能动性之间的相互作用力，而福柯的知识考古学却认为作为个体的思想是完全由知识型决定的。

第二节　始终在场的主体

福柯对尼采如此推崇，但他注重的与其说是尼采的一些结论，毋宁说是尼采的精神。福柯强调："对于我热爱的人，我就要运用他的思想。对于像尼采理论那样的思想，我们唯一能够表示的感激正是运用它、改变它、让它呻吟和抗议。"① 因此，对于有些认为他不忠实于尼采的批评，福柯是不感兴趣的。这里显然是一个主体对另一个主体的运用。和尼采、海德格尔、德里达等人一样，作为反对人类中心主义的代表，福柯无法回避对人的思考。在《疯癫与文明》这本书中，他关注人类经验中的非理性，而在《性史》一书中，他将话题集中于欲望主体。事实上"人之死"作为一种夸张的表达，更应该理解为福柯对人类主体性问题的思考而不是主体性的消失。

任何思考人的主体性的问题都必然会是形而上学问题，而形而上学问题最终也必然要思考与人的主体性相关的问题。许多哲学家试图反对形而上学，却始终摆脱不了它。

"二战"后首先对形而上学问题发难的是萨特。萨特极力反对传统形而上学的"本质先于存在"的预设，大力鼓吹存在主义，认为"存在先于本质"。但是照海德格尔的看法，萨特本人也未跳出形而上学思维的窠臼。"这种对一个形而上学命题的颠倒依然是一个形而上学命题。"② 海德格尔认为，不单单是萨特，自柏拉图以来所有的西方哲学传统，都陷于形而上学思维无法自拔。西方各种哲学流派，尽管各有千秋，但"它们在下面这一点上却是一致的，即：homo humanus（人道的人）的 humanitas［人性、人道］都是从一种已经固定了的对自然、历史、世界的解释的角度被规定的，也就是说，是从一种已经固定了的对存在者整体的解释的角度被规定的"。③ 也就是说，界定人性和界定其他的存在者一样，都是属于形而上学的活动。在形而上学的思维中，人最常被表象为"主体"，尤其是进入现代的笛卡尔我思主体。主体性成了现代性的主要特征，此特征表现为世界作为存在者整体被主体表象为一种图像，亦即被摆置到主体之前，成为支配的对象。在一篇讲词里，海德格尔清楚地指出人道主义与主体性的关系："对世界作为被征服的世界的支配越是广泛和深入，客体之显现越是客观，则主体也就越主观地，亦即越迫切地突显出来，世界观和世界学说也就越无保留地变成一种关于人的学说，变

---

① 福柯：《福柯集》，杜小真编译，上海远东出版社1998年版，第282页。
② 海德格尔：《路标》，孙周兴译，商务印书馆2000年版，第386页。
③ 同上书，第376页。

成人类学。"①"人类学"在这里指关于人的哲学解释，它从人出发并且以人为指归，来说明和评估存在者整体。

　　海德格尔存在哲学试图反对形而上学本质主义，但是批判海德格尔哲学的隐性本质主义，却成了阿多诺《否定的辩证法》一书的重头戏。因为在阿多诺看来，海德格尔仍然没有超越传统形而上学，因为他从来没有放弃将存在的本真性变成一种基始性的东西。海德格尔本意是反对本质主义的，但本质主义在他的哲学里却又以一种更隐蔽的方式回归。阿多诺认为海德格尔的"此在"说实际上是主体在新人本主义中的一个"变种"，即一定时间中的人类个体生存。此在就是不停的追问，那么总得有被追问的东西吧。也就是说，存在总是先在的：总得有什么在存在！所以阿多诺认为这样一来存在者倒变成了一种本体论的事实陈述，仍然遵循的是没有存在物就没有存在的老路。

　　一切对于主体和主体性的思考都是主体的思考。但是这种主体显然已经不是那种先验的、绝对的主体，而是一种新的主体。实际上这一点德里达已经注意到了。"作者之死"理论开启了后结构主义尤其是解构主义的先声。作者死去之后，不再有中心、权威，不再有意义的源头。但是，正是解构主义自身明确承认了主体的存在，不过这个主体已经不再是传统意义上的主体了。

　　解构主义开山鼻祖德里达是从批判形而上学着手的，而他首先选择发难的就是结构主义。他将矛头对准了列维-斯特劳斯。人类学家列维-斯特劳斯深受索绪尔语言学的影响，并将语言模式运用到非语言领域，尤其是人类学的研究实践中，并取得了巨大的成果。列维-斯特劳斯在对艺术和神话的分析中，运用了结构主义语言学的"语言模式"。他认为人类文化行为的普遍性在于它的信息编码所必定具有的"代数式结构"，这是人类思维普遍性的根本原因。所以揭示不同系统内的符号的结构关系，不仅可以了解系统内的信息传递的方式，还可以以代数转换的方式来认识其他系统的结构关系。列维-斯特劳斯在艺术和神话结构的分析中表明，作为不同的符号系统，虽然在系统中运用了不同性质的能指，但都把结构看作是一个能够自我调整、自我转换的、自足封闭的整体。

---

　　①　海德格尔：《林中路》，孙周兴译，上海译文出版社 2004 年版，第 94—95 页。

德里达不满于这种封闭性的结构概念，因此提出了他的代表性观点"延异"。他多次强调延异不是"概念"："延异从字面上而言，既非一个词也非一个概念。"① 他清楚一旦陷入"方法"的陷阱，理论便会僵化。延异是差异的起源，是产生差异的运动。符号的差异构成运动，组成一个不可穷尽的网络，符号之间相互牵涉、转换，结果造成所指意义的不稳定。他认为从文化的观点来看，书写的文字其实更能体现符号完整的运作，因为后人所能接触到的只有文字材料。所以德里达刻意凸显文字作为符号的特性，使其成为大书写，甚至可以包容话语。这是德里达文本理论的基础，也正是在此基础上他颠覆传统的"语音中心主义"。

德里达认为"文本"是由符码编织而成的。文本的阅读与书写经过"延异"与"增补"的作用能呈现无止境的多解的局面。也就是说文本若有意义则一定是由于互异的区隔关系，而不是由于有什么实质的东西的存在。这种理论用以探讨历史上的文本时是有一定说服力的，因此德里达举卢梭为例。现在人要想了解卢梭，除了他本人所遗留的文本外就没有其他的东西可以参照了，但文本是虚的，是符号的架构。可是人们除了在文本内部寻寻觅觅，没有别的办法。因此德里达说："文字之外，别无他物。"②

虽然德里达要求偏离经典历史范畴，但是他又认为，不能完全抛弃传统的概念和范畴，他给它们打上"×"，借此表明或者提醒大家这是传统范畴，不能受它们左右。可以说他有限度地承认了文本中的传统因素，这也意味着他在一定程度上承认了传统批评的价值。德里达的核心观念"延异"所否定的只是先验的绝对的主体，与此同时，又产生了新的主体，这种主体是延异运动所构造的，是延异的结果："它证实了主体，首先是有意识的和说话的主体取决于差异系统和延异活动；在延异之前，它不是当下在场的，特别不是对自身当下在场的。"③

这是一种多样化的、撒播的、"非中心"的主体。同样作为主体的作

① 汪民安编：《后现代性的哲学话语》，浙江人民出版社 2000 年版，第 68 页。在《多重立场》一书里，德里达又对延异有了进一步的说明，可参见德里达《多重立场》，佘碧平译，生活·读书·新知三联书店 2004 年版。

② 德里达：《论文字学》，汪堂家译，上海译文出版社 1999 年版，第 230 页。

③ 德里达：《多重立场》，佘碧平译，生活·读书·新知三联书店 2004 年版，第 33 页。

者也是始终在场的，但已经不是原来的那个"上帝—作者"了。

第三节　忽视现代意义上的新型作者

正如主体是始终在场的一样，作者也同样是在场的，即使是在"去作者"理论中也是如此。但是这个作者却不再是传统意义上的那种"上帝—作者"了。巴特没有充分注意到这种现代意义上的新型作者。

传统意义上的作者意味着权威，这个权威地位在西方往往被白人男性和资产者占领着，而人口中的大多数却被拒之门外。在某种意义上，"作者之死"，就意味着政治解放，意味着推翻性别歧视、种族主义和资产者的高高在上。只有传统权威倒下，"黑人文学""妇女文学""下层文学"才可能兴起。在这个意义上，"作者之死"理论道出了各种受压迫者要求政治解放的心声。但进一步的问题是：所谓的"黑人文学"等凭借什么来反对传统的权威呢？难道它们不正是在反抗之中确认了其自身的作者主体性了吗？

伊格尔顿指出"作者之死"被过分夸大了。他认为米歇尔·福柯从来就没有否定作者身份的现实性，只是坚持认为它应该被理解为法律上的、政治上的和历史性的范畴而不是作为意义的先验来源。雅克·德里达也没有试图否定意向性的现实性，只是揭示了那种假定作者意图总是而且任何情况下都是文本意义的决定性因素的观点的意识形态特征，或者那种想象着任一种意图都能得以充分展示自身的观点，实际上这种意图由于符号的游戏而被延异或折射。尽管在这些方面，伊格尔顿承认他们有一定的合理性，但他认为这些后现代主义者仍然破坏性地压制了一个事实，没有任何一种阐释是没有主体的。他指出："差别、区分性的空白是意义的必要不充分条件。没有某人来指认这些差别作为差别，或者指认这些差别作为产生差别的因素，就决没有意义的产生。在成功地颠覆了全知全能的作者之后，后结构主义者把真正的作者也一起抹擦掉了——也就是读者，对话者和听众。"[1]

---

① Eagleton, Terry, "Self – authoring Subjects", *What is an author*? eds. by Biriotti, Maurice et al., Manchester: Manchester University Press, 1993, p. 42.

《作者之死》宣称："读者的诞生必须以作者的死亡为代价。"看上去似乎与伊格尔顿的主张是相似的，但是仔细想想两者还是有区别的。在伊格尔顿那里，"作者"死后——这里死去的是全知全能型的作者——读者成了真正意义上的作者，指认差别，产生意义；而在罗兰·巴特这里，他并没有对死去的作者做明确的区分：一切作者都是上帝般的作者，这似乎是他的"作者之死"的一个不言自明的前提。他明确地说："一般文化中可见到的文学形象，都一概集中于暴君般的作者……"① "作者先于其作品，其关系犹如父与子。"②

上帝般的全知全能式的作者，是一切争论的仲裁者。可是这样的作者在 20 世纪本身就是落伍的陈迹了：陀斯妥耶夫斯基已经是 20 世纪的事了，而俄国形式主义在近半个世纪之前就已经在排除作者，更不要说艾略特、乔伊斯等人了。上帝般的全知作者早就成了陈迹，新型的"对话型"的复调式作者已经诞生。可是巴特却没有充分注意到虽然这些人都是传统的背叛者，但他们仍然是作者这一事实。

我们知道，18 世纪、19 世纪小说中出现过的一种叙事形式，可以被看作宣称小说文本与作者无关的初级版本——那时的很多小说乐于在开篇或文中郑重其事地告白一番，某人的日记或手稿是如何落入叙述者手中的，或申明作者只不过起着忠实记录的作用，文中的一切均实有其事，并非作者编造云云。我们在《少年维特的烦恼》《汤姆·琼斯》《新爱洛伊斯》《巴马修道院》之类的作品中不止一次听到过这样的声音。言下之意即作者是与故事无关的，是不参与故事创造的，甚至连"创造一个开局"的功劳也不是他的。但正如卡勒所说："这些手法本身也是玩弄真实与虚构对立的程式。"③ 是谁在玩弄着这个程式？显然不是叙述者自己，因为叙述者也是包含在叙述之内的，只有一个人有权让叙述者按照这种而不是那种方式进行叙述，那就是作者。作者无处消失。

乔伊斯曾经说："一个艺术家，和创造万物的上帝一样，永远停留在

---

① 巴特：《作者之死》，载赵毅衡编《符号学文学论文集》，百花文艺出版社 2004 年版，第 507 页。

② 同上书，第 509 页。

③ 卡勒：《结构主义诗学》，盛宁译，中国社会科学出版社 1991 年版，第 221 页。

他的艺术作品之内或之后或之外，人们看不见他，他已使自己升华而失去了存在，毫不在意，在一旁修剪着自己的指甲。"[①] 这话已成为对当代叙述至高典范的生动描述。可是根据已经发现的乔伊斯的手稿，人们了解到这位现代派艺术大师是如何苦心经营他的那些看似漫不经心的艺术世界的。至于卡夫卡精神世界与其写作之间的同构特征也是再明显不过的：他的绝望、游移、不知所措、无家可归的飘零感、对世界的惶惑，甚至在其作品的形式特征中都有显影，人称"卡夫卡式"的特征就是卡夫卡无所不在的最好证明。

早在巴特之前巴赫金就已经指出了复调型作者的出现。在当时法国的知识界，由于克里斯蒂娃的介绍，巴赫金已经有了一定的影响，这对于同在《如是》集团的巴特来说应该更是如此。并且巴特在《S/Z》中就使用了"复调"之类的概念。他的"可读的/可写的"或"古典之文/现代之文"这一对概念的划分一定程度上应该是受到巴赫金"独白的/复调的"概念的影响。[②] 在《完美的乐谱》中他说："能引人阅读之文的空间，点点节节，皆可拟之于古典音乐乐谱……我们能拉出两条线索：一是复调层面（阐释系列和布局系列），一是相同的调性的限定，两者在古典音乐中展开为旋律（mélodie）与和声（harmonie）：能引人阅读之文是一种调性的（tonal）文……且其调性的联贯一致，大抵依傍两类时序性符码：真相的显示和所呈现的行动的配合：旋律的渐进秩序内和叙事序列的渐进秩序内，有着相同的强制力。此刻，正是这一强制力，缩减了古典之文的复数……以此，古典之文其实呈扁平状而非直线状，然其扁平状被指以方向，循逻辑—时间程序前行。它是多元复合然而又不完全可逆的系统。阻止其可逆者，恰为限制其复数性者。此阻止之物有名称：一曰真相，一曰经验：正是因为反抗它们，或寓于其内，现代之文才得以确立。"[③]

---

① 乔伊斯：《一个青年艺术家的画像》，黄雨石译，外国文学出版社 1983 年版，第 255 页。

② 以下一组对立文本概念的划分应该都与巴赫金存在着密切联系，分别是克里斯蒂娃的"现象文本/生成文本"、巴特的"可读的/可写的"文本，还有艾柯的"封闭的/开放的"文本。它们彼此之间也存在着复杂的关系，在此暂不论述。但可以肯定的是，克里斯蒂娃在巴赫金与后两者之间起到了重要的中介作用。

③ 巴特：《S/Z》，屠友祥译，上海人民出版社 2000 年版，第 96—98 页。

巴赫金的复调小说理论给我们的启发是：只有那种古老的陈旧的作者观念才持有作者决定一切的观点，作者与人物之间是决定与被决定的关系。但是要否定这种陈旧的作者观却并不一定非得走另外一个极端，也就是彻底否定作者主体性，宣布作者之死。在传统的作者观中，作者就是上帝，而上帝是世界的全知全能的主宰、终极的原因和目的，这些上帝的特点已经先验地被基督教的上帝所肯定，也就是说上帝就在有关上帝的定义中，没有了这种定义上帝便不存在。可是我们知道这定义首先是由人做出的。而作者则不然，作者不是谁定义出来的，作者是始终存在的，但却并非像上帝那样是做出唯一的神学启示的作者，这样作者就不再是他文本意义的唯一掌握者。巴赫金的复调理论是一种新型的作者观，是反对神学意义上的作者的作者观，尽管事实上他的这些理论比起"作者之死"来说要早了近半个世纪，但由于一些众所周知的原因而一直被忽略了。

巴特忽视巴赫金所谓的"复调型"小说作者，将作者限定为古典的（即独白式的）、全知全能型的，并宣告其死亡，是为了达到论证"作者之死"的目的。但是他的箭却有点偏离了靶心。

20 世纪 60 年代现象学在法国的影响是非常巨大的。在青年时期，巴特、福柯等人在学术上接受的也都是系统的现象学训练。但是，在索绪尔语言学及其极具启发性的理论的冲击下，现象学老旧了，萨特也落伍了，不过他关于个人义务和责任的观念似乎仍然是一种强大的存在。因此青年一代知识分子力图推翻像萨特这样的颇有些惹人厌烦的偶像。正是在这一点上巴特他们有了共同的目标。他们都认为语言本身就是目的；"书"凭本身的资格就可以成为体验。文学现在表达着一种"说话的思想"：它是一种"思想着的语言"。[①]

但正如保罗·德曼在《盲目与洞见》一书里多次指出的：每一种理论在某种程度上从方法论上来讲都为其极力排斥的东西所纠缠不休。[②]"作者之死"作为一种理论，其作者其实正是属于明确地反对传统观念的

---

① 参见米勒《福柯的生死爱欲》，高毅译，上海人民出版社 2003 年版，第 169—228 页。

② Man, Paul de, *Blindness and Insight*: *Essays in the Rhetoric of Contemporary*, second edition, ed. by Godzich, Wlad, London: Methuen, 1983, passim.

主体，因此是具有作者主体性的作者。可惜的是，他们没有成功地贯彻自己的理论，事实上反而走向了自己的反面，以一种隐匿的形式维护了作者的特权，而福柯也认识到了这一点："相当一部分想要代替有特权的作者的观念，看起来都像是在保护这种特权并且压抑作者的消失的真正的意义。"① 无论是在福柯身上，还是在巴特和德里达那里，人们都能很容易地发现他们身上的两难境地：他们对个人身份本身的特性提出了重大质疑，然而他们又倾向于在某种层面上把自己的作品看作一种自传。因此，詹姆斯·米勒认为："人们显然必须使用这种方法（即认为在福柯的内心里，在他所有的面具和信仰及表面变化的背后，有一种顽强而果决的自我）来探讨福柯的本质，这暴露了他的哲学的一个极大的局限性……他（福柯——引者注）的生活和他写作的文本是按一种可使二者相互佐证的方式错综复杂地交织在一起的。"② 对于巴特和德里达来讲同样如此。

第四节　忽视社会实践

巴特在其《作者之死》一文中坦承他的观点深受语言学的影响，这种语言学主要是以索绪尔观点为代表的静态语言学。而静态语言学的一个主要缺陷就是忽视了社会实践的作用，各种受其影响的学说同样存在着这个问题。

在巴特的《作者之死》一文中多次提到一个重要概念——"陈述行为"。在语言学中，陈述行为的过程在整体上是一种空的过程，不需要用对话者个人来充实，就能出色地运转。从语言学上讲，作者从来就只不过是写作的人，"就像我仅仅是说'我'的人一样：言语活动认识'主语'，而不认识'个人'，而这个主语由于在确立它的陈述行为的过程之外就是空的，便足以使言语活动'挺得住'，也就是说足以耗尽言语活动"。③ 这段话里有个关键词"陈述行为"很值得注意。这个词在巴特作品的英译者希斯（Steven Heath）的译文中是 enonciation，这里牵涉到语

---

① Lodge, David, ed., *Modern Criticism and Theory：A Reader*, Longman, 2000, p. 175.

② 米勒：《福柯的生死爱欲》，高毅译，上海人民出版社 2003 年版，第 2—4 页。

③ Lodge, David., ed., *Modern Criticism and Theory：A Reader*, Longman 2000, p. 148.

言学和符号学中很值得注意的一对概念：陈述行为（énonciation）与陈述
（énoncé）。① 陈述行为即提出陈述的行动，陈述则是被陈述之事，在这里
一般作为名词使用。希斯敦促我们注意与之相关的另一项重要区分，即
陈述主体（sujet de l'énoncé）和陈述行为的主体（sujet de l'
énonciation）。当我们提出有关自己的陈述时，这两者的不同就非常明显
了："我去年在法国"这个陈述提出来的时间和地方，与该陈述里所指涉
的主词"我"的位置不同；另外，在"我说谎"这句话里，很显然该命
题里的主体与说出该命题的主体不是同一个——这个"我"不可能同时
在两个层次上说谎。这项区分确认了在结构主义、后结构主义和精神分
析思想里，人类主体是分裂的或"去中心"的。②

这一对概念首先是由雅各布逊提出的，后来在法国语言学家本维尼
斯特那里得到了完善，形成了阐释理论（théorie d'énonciation）。③ 该理
论的显著特色便是对主体的重视："人将自己作为主体进行确立，正是在
语言之中，同时取决于语言活动。这是因为，实际上惟有语言活动，在
作为存在的现实的语言活动的现实中，奠定了'自我'概念的基础。在
此，问题是'主体性'，是将自己作为'主体'进行措定的说话者的能
力。主体性，不是根据感觉到各自是自己本身的感情（这种感情，充其
量只是一种反映），而是根据由心的统一性，亦即是由超越被集中起来的
主动的经验全体、并且保障意识的永恒性的心的统一性……存在的是叙
说'自我'的'自我'。"④

话语在陈述和陈述行为这两种层面上被思考，而前者不可避免地被
打上后者的烙印。话语不只是作为符号体系的语言而被使用，还必须作
为必然混入与符号异质的东西而被把握。比如，我、你、现在、这里、
这些等指示词的确是被记录在语言代码上的符号，但是在语言表述中，

---

① 陈述行为（énonciation）与陈述（énoncé）这一对法语中的重要概念在英文中与中文中
的译名多种多样。艾柯翻译为 utterance 和 sentence，希斯翻译为 enunciation，Alan Sheridan 翻译
为 enunciation 和 statement。

② Brooker, Peter, *Cultural Theory: a glossary*, London: Arnold, 1999, p. 74.

③ 弗朗索瓦·多斯：《从结构到解构——法国 20 世纪思想主潮》（下卷），季广茂译，中
央编译出版社 2004 年版，第 58 页。

④ 西川直子：《克里斯托娃——多元逻辑》，王青、陈虎译，河北教育出版社 2002 年版，
第 95—96 页。

这些符号的意义只是被规定在现在这一瞬间，在这一场所讲话的人，也就是说只是被规定在陈述行为的主体与接受者之间的关系之中。像这样的指示词，虽然属于语言，但是它只是根据现实的使用状况（话语的状况）才能确定意义，既然如此，就出现了侵入语言之中的言语的东西。本维尼斯特正是这样认为的。"语言表达行为（即陈述行为），无论是何形式，总是在语言表达内部留下印记。它由语言表达行为主体（即陈述行为的主体）与语言表达所面向的接受者所构成，将对话者们的各种态势和语言表达行为的时间·场所·形态，在语言表达的内部进行表述。"①

这样我们重新看待"我说谎"这句话，的确单纯从语言表达的两个层面上是无法确定其究竟在何种层面上是真，又在何种层面上是假的。但如果我们考虑到陈述行为的时间·场所·形态，也就是客观实际情况，问题便迎刃而解了。它要么符合事实，要么不符合，二者必居其一。

本维尼斯特的学说在很晚之后才为人所接受。而结构主义者和解构主义者们，比如巴特，他们虽然了解一些，但仍然把陈述行为的主体排除在外，从而坚持自己的"去作者"观和"作者之死"理论。② 作者处在社会生活之中，就对应于语言学中的陈述行为的主体。把作者排除在外，首先要把陈述行为的主体排除在外；把陈述行为的主体排除在外，也就是把客观实际排除在外，把实践活动排除在外，而这一点是索绪尔以来许多结构主义者和解构主义者的共同局限。

我们知道，索绪尔给二十世纪思想史的震撼是巨大的。自他之后，各种思潮、学派，很多都从他那里得到灵感——不管是继承他还是批判他。他对"语言/言语"概念作了明确的划分，并且重视语言而轻视言语。他说："语言科学不仅没有言语活动的其他要素，而且正要没有这些要素搀杂在里面，才能够建立起来。"③ 之所以要排斥言语的因素，是

---

① 西川直子：《克里斯托娃——多元逻辑》，王青、陈虎译，河北教育出版社 2002 年版，第 94 页。

② "语言学家在 60 年代撰写的众多论文均未提及作为'阐释理论'（théorie d'énonciation）创始人的邦弗尼斯特（即本维尼斯特——引者注）……朱丽娅·克里斯迪娃（即克里斯托娃——引者注）在其 1969 年出版的《语言这个未知物》中引用了邦弗尼斯特的著作，但只是以此支持结构主义的观点，而丝毫没有提及有关'阐释'的观念。"见弗朗索瓦·多斯《从结构到解构——法国 20 世纪思想主潮》（下卷），季广茂译，中央编译出版社 2004 年版，第 63 页。

③ 索绪尔：《普通语言学教程》，高名凯译，商务印书馆 1980 年版，第 36 页。

因为言语是异质的，极其复杂，很难找到共性，因此不利于建立作为一门科学的语言学。同理，在所谓"共时性研究/历时性研究"的对立中，索绪尔明显青睐前者，从而建立了结构主义的静态语言学研究模式。

索绪尔说："语言中只有差别"，"语言只能是一个纯粹价值的系统"。① 因此，如果没有外在的制约，这种区分必定只能是不确定的、变动不居的。但是索绪尔又认为，如果分别看语言符号的两个层面——能指与所指，它们都是无法定型、模糊不清的。然而由于某种"神秘"的原因，当这两个层面结合到一起时，整个语言符号系统的结构就确立下来，系统也就有了积极的秩序。是什么使得能指与所指紧密结合呢？索绪尔在这一点上相当暧昧。他一方面明确指出是社会文化习俗，也即社会实践，但另一方面又实际上坚持将言语为代表的实践内容排斥在他的研究范围之外，坚持符号及其意义的内在性原则，所以事实上又排除包括社会文化因素在内的外在因素。所以在拉康和德里达那里不再有能指与所指的结合了，一切似乎都漂浮起来。

保罗·利科认为："对于受过结构主义语言学训练的哲学家来说，语言是一个无'词项'的系统，无'主体'的系统和无'事物'的系统。"② 这里的"主体"和"事物"都是外在于语言的，因而受到排斥；而"词项"虽是语言系统内部的东西，但当语言系统内各要素的区分是相对和不确定的时候，可以彼此区分的"词项"也就模糊起来。这一切的原因即在于索绪尔语言学以及后来受其影响的诸多思潮实际上忽略了社会实践，而也正是因为这一点他受到巴赫金的批评。

巴赫金不满于索绪尔的静态语言学观念，理论上的突破口正是重视被索绪尔所忽视的"言语"，他提出一种"超语言学"研究。超语言学研究的是"活的语言中超出语言学范围的那些方面"，③ 所谓语言学在这里即指索绪尔语言学，在巴赫金看来，这种语言学只研究那些死的独白型

---

① 索绪尔：《普通语言学教程》，高名凯译，商务印书馆1980年版，第167页。这里所说的"价值系统"指的是语言符号之间的区分是相对的、消极的，不是绝对的、积极的（比如不同币值之间的关系就是绝对的差别）。

② 利科主编：《哲学的主要趋向》，商务印书馆1988年版，第374页。

③ 巴赫金：《诗学与访谈》，白春仁译，河北教育出版社1998年版，第239页。

表述，也就是说只研究那些仅仅与这类表述同时存在着的、联系它们的语言的共性，而他则把重点放在以言语为核心的对话上。对话关系是超语言学的研究对象，而对话与索绪尔的静止语言观的区别集中体现在"作为言语交际单位的表述"和"作为（索绪尔）语言单位的句子"之间的不同上：

1. 句子是没有言语主体的，不属于任何人，也不对任何人说，而表述的参与者则既有作者（以及响应的情态），也有受话人。

2. 表述可以与他人的表述形成对话关系，并具有评价能力。而语言体系中的句子是中性的，它们与他人的表述没有关系。因此单个词语要想获得主体色彩，必须处于交往的语境中，在富有表现力的语调中才可以，或者才能够成为表述。①

巴赫金的思想经过克里斯蒂娃的介绍为西方学界所知，但他的有关社会实践的观念却似乎并未引起他们的足够重视。我们可以借此反思一下拉康的有关能指的思想。拉康曾提出了一个著名的"S/s"表达式，并且认为其是语言学的基础，"它的意思是：能指在所指之上，'之上'由分开这两个步骤的横线来表示"。② 大家都知道索绪尔的表达式是"s/s"，那么两者之间有何区别呢？索绪尔的横线上是所指（概念），线下是能指（声音形象），拉康却有意把能指/所指位置调转过来。在拉康那里，能指在横线上方，大写，正体，所指则在横线下方，小写，斜体。拉康的S/s只有能指/所指之间的横线而没有圆，而在索绪尔那里则有近似的封闭的椭圆（如图1），椭圆中一条横线分开能指/所指，椭圆两边各有一垂直箭头分别指不同的方向，椭圆和箭头表明索绪尔不否认能指/所指的和谐关系。拉康借用索绪尔能指/所指概念，但他质疑索绪尔的能指/所指平等对称关系；索绪尔认为能指/所指关系如一张纸的两面，并没有哪一个更重要的问题；拉康S/s凸现符号中能指/所指在意义方面地位不同。因此有论者指出："拉康S/s间的横线有特殊含义；索绪尔的横线则没有。"③

---

① 参见巴赫金《文本、对话与人文》，白春仁译，河北教育出版社1998年版，第140—187页。

② 拉康：《拉康选集》，褚孝泉译，上海三联书店2001年版，第427页。

③ 张翔：《能指的游戏——拉康语言/精神分析学中的"意义"》，《四川外语学院学报》2002年第3期，第12—13页。

索绪尔为了解释自己的表达式，曾举过一个有关树的例子。他说：只有把概念和音响形象联系起来，才能找出"树"这个词的意义，用图式表示就是：（树的图形）/树。[①] 拉康在这里同样来了一个颠倒，图式变为树/（树的图形），明确指出索绪尔的图式会使我们错误地认为能指总是指向所指。[②] 拉康为了批评这一点，又举了一个十分著名的例子。他先列出一个关于男女厕所的门的图式，结合 S/s 算式，横杠上面的是能指："男士"与"女士"，横杠下面则是完全一样的两扇门的图形（见图 2）。他要质疑的是：能指如何才能指向所指呢？从外观上来看，两间厕所的门是一模一样的。比如说这里是把手，那里是标签等。从远处来看你绝对看不出有什么区别。只有到了近处，"一个近视眼患者眨巴着眼睛凑近这两小块上釉的载着它的牌子时完全有理由问他是不是在这上面能看到能指，而在这个情况下的所指在内殿的双重的庄重行列中接受其最后的荣耀"[③]。拉康用这个图式是想说明：一旦两扇门在外观上一模一样，那么结果就要么是"男士"和"女士"这两个能指都指向这两扇门，而这么一来因为不再有区分所以便失去了意义；要么是两个能指都成为没有相应所指的能指，而这样的话便自然而然地出现"能指的游戏"。

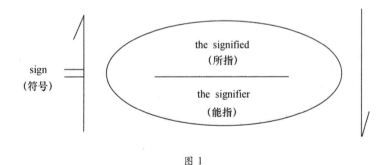

图 1

---

① 索绪尔：《普通语言学教程》，高名凯译，商务印书馆 1980 年版，第 100、159—164 页。

② 拉康：《拉康选集》，褚孝泉译，上海三联书店 2001 年版，第 429 页。

③ 同上书，第 430 页。

男士　　　　　　　　女士

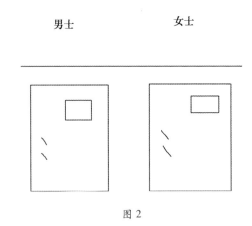

图 2

　　遗憾的是这个图式和这个例子都并不是完美得无懈可击。拉康其实已经留下了罅隙，不管近视眼患者会不会在上釉的牌子上发现一些不同，也不管牌子会不会因为某种原因（比如恶作剧）而被挂反了，但有一个事实是不容置疑的：门后面的厕所不可能是一模一样的，它们最多的相似只在于一扇大致相同的门而已。

　　拉康在这里所犯的错误就是他完全忽视了社会实践，沉浸在他自己有点儿诡辩的符号的游戏中。至于符号的游戏是否会有一定的边界，受不受到实践的约束，他都置之不顾。他明确地说他要"让能指和劳动的原始关系仍留在黑暗之中"。①

　　拉康等人的著作有很多启人深思的说法，有的是非常有价值的。但也会有一部分，见解很独特，表达也很巧妙，但却总有些不对劲，就像前面所举的关于厕所的能指的例子。此外，比如说著名的诡辩"飞矢不动"——离弦的箭当然是动的，但芝诺却就有本事将它说得不动！飞矢毕竟是动的，正如伽利略所言地球一直在转动一样。那么为什么会出现认识上的难题呢？因为论辩双方都陷入了纯粹的形式逻辑之中，而忽视了一个至为关键的因素：实践活动。

　　福柯其实已经注意到了这个问题。他在《词与物》中对知识型的思考是为了将认识论从人类学沉睡中惊醒，他的知识型正如我们已经分析

———————

① 拉康：《拉康选集》，褚孝泉译，上海三联书店 2001 年版，第 426 页。

的那样是割裂和封闭的，脱离了与社会实践的联系。福柯在《知识考古学》中对他自己的知识型理论作了反思，他将研究的重点放在了"话语事件"上，而"陈述"则是这种话语分析的核心。在福柯这里，"陈述"具有特殊的内涵，绝非通常意义上的纯语言单位，而是与社会历史实践有深刻关联的事件。

但是福柯在《知识考古学》中仍然把陈述行为的主体排除在外。他说："我们将陈述行为的层面孤立出来的话，那么这并不是为了散布众多的事实，而是为了确保不把他转送到纯粹心理综合的操作者（即作者——引者注）的手中。"① 将陈述行为的主体排除在外就是将实践活动排除在外，因此，福柯的话语事件理论的社会历史性仍然是不彻底的。

对于所有的结构主义者而言，他们最大的缺陷就是把结构、作品理解为已经完成的东西，而忽略了意义与主体生成的过程。也就是忽略了主体与历史性而陷入了静态观念。从某种程度上说，他们去除陈述行为的主体、去除作者，将文本视作封闭的结构并非不可，至少从一种游戏的角度来说是完全可以自圆其说的。但是，如果将这种封闭绝对化，视为万世不易的真理，那就大谬不然了。解构主义者虽然突破了这种封闭的结构，但在忽略社会历史与实践这一点上却继承了结构主义者的衣钵。

---

① 福柯：《知识考古学》，谢强、马月译，生活·读书·新知三联书店2003年版，第29页。

结　语

20 世纪 80 年代初，德国的伽达默尔与德里达在一次学术会议上有过一次面对面的交锋，哲学史上将其称为"德法之争"。

与法国受笛卡尔哲学的影响相应，德国哲学有一个非常强大的解释学传统。这个传统从马丁·路德时期就已经开始了，后来再经过施莱尔马赫、狄尔泰，到 20 世纪伽达默尔那里，终于蔚为大观。和法国的激进理论家的观点一样，伽达默尔的观点同样是"语言学转向"之后的产物，他们都不将语言仅仅视为工具。此外，伽达默尔的理论也同样深受海德格尔的影响，他们都反对主体中心，都重视文本，认为"自我意识的神话（自我意识在其无可置疑的自明性中被提升为一切有效性的源泉和辩解根据）以及终极论证的理想（先天论与经验论为此争论不休），都失去它们的可信性，因为一切意识和一切知识得以在其中联结起来的语言系统有其优先性和不可超越性"[1]。但是，正如伽达默尔所指出的"文本是把我们与我们的法国同行联结起来，或者也许是使我们与他们分道扬镳的东西"[2]。

伽达默尔学说的关键词之一是"理解"。理解是人之为人的一个最基本的能力，人与人通过语言和会话形成沟通，所以人们一刻也不能离开理解。可是正是这个看似非常寻常的理解行为，却由于其语言性而具有了不可超越的界限。与理解密不可分的概念是"阐释"，阐释显示着不同语言的讲话者之间的中间人的作用，它在人与世界之间进行着永无止境

---

[1]　伽达默尔、德里达等：《德法之争：伽达默尔与德里达的对话》，孙周兴、孙善春编译，同济大学出版社 2004 年版，第 14 页。

[2]　同上书，第 12 页。

的中介化，伽达默尔努力强调语言的对话特性，这样他得以超越在主体的主体性之中的出发点，同时也就超越了说话者在其对意义的意向中的出发点。他指出："惟有从阐释概念出发，文本概念才能够被构造为一个语言性结构中的中心概念；文本概念只有在与阐释的关系中并且从阐释出发，才表现自身为真正被给予的东西，要理解的东西——正是文本概念的特征。"[①]

与德里达的"延异"观念不同的是，伽达默尔认为理解被说出的话对于阐释学的工作而言，是一件头等重要的事情，"语言的运作不过是一个前提条件。因此，首要的前提是：一个声音表达是可理解的，或者一个文字记录是可解读的，从而对被说出的东西或在文本被道出的东西的理解才成其可能。文本必须是可读的"[②]。

在这次会议上，伽达默尔并没有从德里达那里得到更多的正面回应，这让他颇感遗憾。也许这正是德里达以及"作者之死"思潮的弱点所在，他们长于批判与解构，但是当他们自己的观点受到质疑的时候，他们便陷入一个尴尬的境地：他们主张了这些了吗？如果他们主张了，那么他们正是这些主张的作者。可是，他们自己最热衷的便是消除作者存在的踪迹。所以，德里达没有正面回应，当然这绝不代表他认输：从他的立场来看，这才是最好的回应。因为采取其他的任何方式，都会使自己陷入对方所设置的论辩陷阱。

伽达默尔一直对这场思想交锋念念不忘，几年后他在《解毁和解构》一文中仍然提及此事，并最后说："谁使我关注解构并使我坚持延异，他就是处于一场谈话的开端，而不是处于它的终极。"[③] 谁在阐释活动的终点处呢？当然是文本的阐释者，也就是读者。

伽达默尔认为阐释者的地位与文本的地位是平等的，两者都拥有自己独立的视野，它们之间的关系"正如一个人与他的谈话伙伴"的关系

---

① 伽达默尔、德里达等：《德法之争：伽达默尔与德里达的对话》，孙周兴、孙善春编译，同济大学出版社 2004 年版，第 15 页。

② 同上书，第 17 页。

③ 伽达默尔：《真理与方法——补充和索引》（修订译本），洪汉鼎译，商务印书馆 2010 年版，第 469 页。

一样。① 只有当解释者与文本的视野融合时，理解才会产生，而这种"视野的融合"，是"一种对共同意义的分有"。② 尧斯继承并发展了伽达默尔的视野概念，提出"期待视野"，认为读者是带着某种期待、反应、或预先判断等开始阅读，并在阅读中不断调整，从而修正或实现这种期待的，这种期待或反应是由一种先在理解或先在认识所决定的，因为在阅读之前，读者已经对文学作品有了这种先在理解或先在认识。文本既可以通过证实这种期待而实现视野融合，也可能由于文本与期待之间的距离而使期待落空，这样便决定了其是否能被读者所接受。

写作对于巴特来说，就像是"编织"，编织的产品是多元化意义的巨大网络，没有开始更没有终结。作者被放逐，不再是作品意义的源头，文本是无穷无尽的能指链，自成系统，独立于现实世界，能指总是处于滑动中，意义被无限期延宕。在《文之悦》中巴特更是认为文本所要求读者的根本不是"阐释学"，而是一种"色情学"。读者纵情沉浸在能指的嬉戏之中，阅读过程充满暧昧的色情挑逗意味。那种稳固的、确定的意义是荒诞的幻想，在这里能剩下来的只有能指的绝对狂欢。

尧斯说过，"文学作品从根本上讲注定是为接收者而创作的"。③ 对于尧斯来说，不存在抽象的、超验的读者，读者总是具体的、现实的，在活生生的历史中与文本相遇。读者的位置是由社会和历史决定的，他们解释文学作品的方式也受这种位置的影响。由于作品的世界与读者的世界不会完全相同，读者在阅读时不仅要调动想象力，还要调动生活经验，需要充分发挥能动作用，这样一来读者在理解文本时会带上自己的主观色彩。但这种想象并不是完全不受限制，而是在特定的媒介——语言符号中展开，将文本语言转化为栩栩如生的艺术形象。此外尧斯根据阅读时的不同态度，将读者分为各种不同类型的读者。

因此我们可以看到接受主义者的读者是历史意义中的读者，有个性，有自己的独特经验，有各种情绪反应。与这种读者比起来，后结构主义的读者"是无历史、无生平、无心理的一个人，仅仅是在某个范围内将

---

① 伽达默尔：《真理与方法》（上），上海译文出版社2004年版，第490页。
② 同上书，第377页。
③ 尧斯、霍拉勃：《接受美学与接受理论》，辽宁人民出版社1987年版，第23页。

作品的所有构造痕迹汇集在一起的某个人"①。巴特在《S/Z》一书中这样描述"读者":

> 这个探究文的"我",本身就已经成为其他诸文的复数性（pluralité）,成为永不终止的（infinis）符码的复数性,或更确切地说:成为失落了（失落其起源）的符码的复数性。②

在巴特这里读者本身也是一个文本,他不再是具有源发意义的解释的中心,而是由无限多的符码构成,只是一个功能性的结构。

巴特与接受美学家们一样,他也赋予"读者"创造性。但与接受美学家们寻求稳定的意义不同,巴特显然是在消解意义,这种态度决定了他的阅读方式与尧斯、伊瑟尔的方式是截然不同的。在《S/Z》中,他区分了两种文本。一种是"可读的"文本,这是一种定型的文本,具有稳定、统一并且确定的意义,处于读者写作实践之外且完全被作者掌控,因此它不可能被"重写";这种"可读的"文本正是巴特要予以抛弃的,他所心仪的是与之相对应的一种"可写的"文本,它不存在封闭而又统一的意义,处于读者阅读实践之中,是一种未完成结构,等待读者去再发现和生产意义,因此为读者的"重写"留下了无限的空间。在这种意义上阅读就是写作,也是一种游戏,而读者就是作者。不过读者只是阅读游戏的一个部分,是文本实现自身的一个通道,他所发现的意义是由游戏的过程和体系所确定的,因此既不是由作者确定,也不是读者自己确定。文本就在这种阅读的游戏中获得推进:"它是一种处于生成过程中的命名,是孜孜不倦的逼近,换喻的劳作。"③ 在这种情况下,阅读就是"遗忘","恰是因为我遗忘,故我阅读"。"遗忘"是指在阅读中低一层的意义不断地被较高一层的意义所置换,而读者只是阅读游戏为了实现自身、完成自身所不得不依靠的一个工具而已。读者不同,游戏也就发生变化,这个过程是永无止境的,任何终极意义都不存在,或者至少会

---

① 汪民安:《谁是罗兰·巴特》,江苏人民出版社 2005 年版,第 135 页。
② 巴特:《S/Z》,屠友祥译,上海人民出版社 2000 年版,第 69 页。
③ 同上书,第 70 页。

被不断拖延下去。

针对罗兰·巴特《文之悦》中所提出的"色情学",尧斯曾经明确加以批评,认为这种"色情学"只属于学者的自娱自乐。他认为:"(巴特)实际上把审美欲望减缩为语言交流的愉悦,……他最高的幸福最终不过是重新发现了思考的语文学家的自我和他平静的隐衷'词的乐园'"。① 可惜的是,就像伽达默尔没有得到德里达的回应一样,尧斯也并没有得到巴特的回应。

法国的后结构主义和德国的接受美学都属于革命性的理论,前者在非理性主义思潮的影响下否定了意义的确定性,既消解了作者,同时也将读者抽空,读者失去了历史和个性,只剩下了游戏的能指;后者则以读者取代了作者,将其提到了舞台中心的地位,而这种读者是存在于现实中的、具体的读者。值得注意的是伊瑟尔将读者分为"现实的读者"和"隐含的读者",前者是现实生活情境中实际存在的读者,这一点与尧斯是相通的;"隐含的读者"则是一个充满争议的术语,一般认为它是一种文本条件,或者是一种意义产生过程,而不是历史情境中实际存在的读者,看上去似乎与后结构主义者的主张相同。但是在接受美学的理论框架中,读者的出现并没有否定作者的存在,而是肯定作者—文本—读者的相互作用,作为完整文学活动中的一环,谁也不可或缺。尧斯宣称:"只有当作品的延续不再从生产主体思考,而从消费主体方面思考,即从作者与公众相联系的方面思考时,才能写出一部文学和艺术的历史。"② 伊瑟尔"隐含的读者"概念更是在立足于作者的基础上所提出来的,它是一种现象学意义上的存在,是一种动力学结构,植根于作者创作、构思的过程之中。

伊瑟尔在《隐含的读者》这本书中指出在思考文学作品时,人们必须考虑具体的文本和涉及该文本的反应活动。文学作品具有两极:作者创造了"艺术的"一极,读者则实现了作品的"审美的"一极。我们不能把文学作品仅仅看成是文本或涉及该文本的反应活动,事实上"作品处于两者之间","有待于文本和读者的会合"。是"写定的文本和具有各

---

① 尧斯、霍拉勃:《接受美学与接受理论》,辽宁人民出版社1987年版,第357页。

② 同上书,第339页。

自特殊的历史和经验、意识和见解的读者相遇的产物"①。阅读是一种积极的、主动的、带有创造性的活动，它使得文本成为作品，并且使得文本内在的动力品格得以实现。伊瑟尔主要依靠的是英伽登的"意图句相关物"理论，英伽登认为在文学作品中一系列的句子并不指向它之外的任何客观现实，事实上这些句子的合成指向"一个特别的世界"，这个世界只出现在文学作品中。伊瑟尔对英伽登略作修改，认为这些句子间的联系并不是由作品确定的，而是由作者、读者共同确定，因为在任何文学作品中句子"都有弦外之音"。伊瑟尔的理论还来源于英伽登的老师胡塞尔，胡塞尔认为一组句子在读者那里唤起了期待，但是伊瑟尔认为在真正的文学作品中，这些期待在读者的阅读过程中都会被修改，事实上好的艺术作品总是让我们的期待受挫。在读者的期待没有受挫时读者会很厌烦，因为他的想象力没有得到调动。在这里，伊瑟尔并没有因为强调读者而取消作者，读者与作者是合作的关系，作者创造出了文本，但作者并没有完全实现作品，他在文本中留下了很多"缝隙"，并且使用了各种技巧、手法来限制这些没有完成的"缝隙"，而读者则需要调动自己的想象来使之充实。如果作者完全完成了作品，读者将无事可做，正是因为他留下了"缝隙"，读者才可能是积极的，并且具有创造性。

前文已经说过，针对来自德国思想家的质疑和提问，巴特他们没有做出回应。但是随着时间的发展，随着个人生活中重大事件的出现——对于巴特来讲，他母亲的去世是其中之一，因为其母亲的去世一方面让他深切地体会到了存在着的个体的真真切切的痛苦，这种痛苦无法用任何抽象的概念解构，同时，也使得他不再顾忌自己原先一直害怕暴露的性倾向，某种意义上说，那是他真实的自我——晚年巴特的"作者"观发生了重大变化。随着1975年《罗兰·巴特自述》一书的出版，"作者之死"思潮划上了一个句号。

晚年巴特将文学当作一种媒介，通过这种媒介他要"言说自我"。对此毕尔格指出："巴特在此抛弃了他的名字迄今为止为之作辩护的一

---

①　Iser, Wolfgang, *The Implied Reader: Patterns of Communication in Prose from Bunyan to Beckett*, Baltimore and London: Manchester: Johns and Hopkins University Press, 1974, p.284.

切。"① 他写了自传，名为《罗兰·巴特自述》（以下简称《自述》），在《杂色方格布》中他说：

　　要评论我自己吗？太烦人了！我只有把从远处——从很远处、从现在重新写作作为我的解决办法：在书籍里、在主题上、在回忆里、在文本里加入一种新的陈述方式，而我从不需要知道我所说的是我的过去还是我的现在。于是，我在已写的作品上即过去的躯体和材料上，在刚刚触及作品的情况下，放置某种杂色方格布，即一种由手缝的方块组成的富有狂想的盖单。我不去深入研究，我呆在表面上，因为这一次是（自我的）"自我"，而深入研究则属于别人。②

　　传统自传的契约是：写作的自我与被写的自我应该是同一的，而巴特在这里坚持在两者之间切割出一条裂缝，这样他就打破了这种自传契约。不过由于自传的作者与传主之间的不同一是不可避免的，因此打破这种契约并不是巴特什么了不起的成就。巴特的独特之处在于他呈现了一个矛盾而又复杂的自己，剖析了作为写作者的自己被迫和被他称为"我的想象物"的范畴相对抗的情形。他反抗自己的情感："情感性不能毫无顾忌地说出，因为它属于想象物的范畴。"③ "实际上，正是在我泄露我的私生活的时候，我才暴露得最充分：不是冒着暴露'丑闻'的风险，而是因为我在我的想象物的最强的稳定性之中介绍想象物。想象物，这正是其他人在捉人游戏中追捉的东西……"④ 想象物是他最害怕暴露的东西，是作为写作者的他所特有的秘密，必须时刻小心，不能在写作时将其显示出来。但是无法避免的是，一种意识清晰的想象物却总是会不知不觉地溜进文本，主体由于被分成两部分（或者自我想象是如此）而有时能够为其想象物打上印记。"想象物经常以狼的步子来临，轻轻地滑动

---

① 毕尔格：《主体的退隐》，陈良梅、夏清译，南京大学出版社 2004 年版，第 194 页。
② 巴特：《罗兰·巴特自述》，怀宇译，百花文艺出版社 2002 年版，第 121 页。
③ 同上书，第 32 页。
④ 同上书，第 50 页。

在一个简单过去时上，一个代词上，一个回忆上，总之是滑动在一切可以在镜子和其镜中意象的铭刻下聚集的东西：我吗，我。"①

巴特所谓的想象物究竟是什么呢？他自己回答："想象物在其饱满程度状态下是这样被人感觉的：我想写的有关我的一切，到头来都会妨碍我写作。或者更可以这样说：不能获得读者满意的就不能写。"② 原来就是他自己。

巴特毫不隐瞒自己受到同时代多个理论家的影响，在这里则表现得更为集中。巴特在文中明确表明"想象物"（imaginaire）这一术语来自拉康，③ 而"主体由于被分成两部分"，让人记起拉康的"分裂的主体"。"想象物经常以狼的步子来临，轻轻地滑动在一个简单过去时上"，克里斯蒂娃不是说过从"象征的"到"符号的"的流动吗？这里与有意识地挣脱相反，是有意识地压制、隐藏，有意识地对规范的秩序——"象征的"——认同。但是，张力却仍然存在，对抗更触及灵魂。由于害怕被象征的秩序界指责，作者隐瞒他最私密的东西，写作因此一直小心翼翼，唯恐暴露真正的自我。

《自述》一书的重要主题正是写作者与想象物的对抗，文本成了作者与自己进行辩论的场所。为什么写作者抵拒自己想要写作的内容，并且以否定主体的理论为依据，最后又反过来，作者自己也抵拒这一理论呢？巴特自述这是因为本来他的观念与现代性有某种关系，或者说与人们口中的先锋派有某种关系（主体、故事、性别、语言），但是他结束了这些现代性观念的影响，开始抵御他的这些观念："他的'自我'，作为理性的凝聚结果，不停地抗御他的观念。这本书，尽管表面上是一系列观念的产物，但它并不是介绍其所有观念的书；它是关于自我的书，是我抗御我自己的观念的书；这是一本隐性的书（它在后退，但也许它只是有点后退）。"④ 巴特明确表示了他已经不再主张"作者之死"，现在是为"作者"正名的时候了。

---

① 巴特：《罗兰·巴特自述》，怀宇译，百花文艺出版社 2002 年版，第 77 页。
② 同上书，第 78 页。
③ 同上书，第 43 页。
④ 同上书，第 94 页。

1975 年出版的《自述》一书是巴特后期的著作，在 1978 年他又出版《普鲁斯特随笔》，可以看作是《自述》的进一步发展。这时他渴望进一步言说我，言说那些在 1975 年的自传中被看作是幻想的那个东西，这是他内心至深处所述说的，这是他真正的自我。毕尔格指出："罗兰·巴特突然从他自《零度写作》起便一直游离其间的宏大理论的间隙中走出，就连否定主体的理论也似乎被忘却，不再将我作为一种幻想之物来言说，主体不再被视作符码交叉的场所。"①

这是与巴特晚年的思想紧密相关的，晚年巴特需要一种新的写作实践和一个关于文学的新概念——但这个"新"如果相对于巴特以前所持的观点而言，其实可以算是旧思想了。巴特一直在压抑着他的想象物，那是一种为普遍秩序所不容的"私密"的自己，他借助于"作者之死"等比较极端的说法成功地隐匿了他的主体性。但现在这种新的写作实践对他的写作提出了新的要求，即大胆地暴露真实的自己，大胆地说出自己的"想象物"。巴特自青春时期开始，就需要同自己的身体做双重斗争，一方面，他终身保持的同性恋倾向折磨着他，另一方面肺病也反反复复折磨着他。这时候他开始关注纪德。"正是纪德，同样是个同性恋者，同样有一副糟糕的身体，成为巴特的指路明灯。"②

年轻的巴特性格偏于柔弱，出于对社会习俗的顾忌、对母亲的保护和谨慎的个性，他不敢公开自己的同性恋者身份，因为在当时同性恋是

---

① 毕尔格：《主体的退隐》，陈良梅、夏清译，南京大学出版社 2004 年版，第 191—192 页。至于何谓"听见自己对普遍性和科学发出的呐喊"，可参见《罗兰·巴特自述》中的"自然性"一段："对自然性的幻觉不停地被揭露……自然性根本不是物质自然的一种属性；它是一种社会多数炫耀自己的借口：自然性是一种合法性。……人们可以在少有的罗兰·巴特自己的情况里看到这种批评的根源；他总是属于某种少数，属于社会的、言语活动的、欲望的、职业的、在从前甚至属于宗教的某种边缘……我可以以两种方式起而反对这种'自然性'：像法学家那样，要求得到多数人的法律，以反对一种无我和对付我而制订的权利……或者借助于一种超前的违反行为来破坏多数人的法律。但是，他似乎古怪地待在两种拒绝态度的十字路口：他涉嫌违反行为和具有个人主义的情绪。这一点提供了一种至今仍然是理性的反自然的哲学，而符号是这种哲学的理想的对象：因为揭示或庆贺这种现象的任意性是可能的；占有一些编码同时又不无怀念地想象人们有一天会废除它们，是可能的：就像一匹快时慢的获胜希望不大的赛马，我可以根据我意欲与大家在一起或是保持距离的心情来进入或是离开深重的社会性。"（巴特：《罗兰·巴特自述》，怀宇译，百花文艺出版社 2002 年版，第 106—107 页）正如我们所读到的，字里行间充满了紧张的张力。

② 汪民安：《谁是罗兰·巴特》，江苏人民出版社 2005 年版，第 23 页。

为人所鄙视的行为，即使像福柯这样的哲学家也不敢公开承认自己的同性恋者身份。"他只是私下和好友贝罗尔谈过此事，说这种'自由的表现'让他着迷。"① 直到他去世之后，在出版的笔记中才透露了一个沉迷于同性恋生活的巴特的一些生活细节。

巴特一直以另一个形式比较隐秘地显示自己的同性恋身份：即对一些特殊文本的特殊阐释。他似乎倾向于选择具有倒错色彩的故事来分析，比如说《萨德·傅立叶·罗耀拉》（1971），或者《文之悦》（1973），也包括《S/Z》（1970）。在此意义上，有论者认为："'倒错'可以被看作是进入巴特后期思想的关键入口之一。"②

毕尔格指出巴特在晚年发生了变化，但我们并不认为他又回到了那种先验的、绝对的、理性的主体。老年巴特不再胆怯地掩饰自己，而是有意识地向既有规范秩序挑战，他的作者主体性正是体现在这种挑战之中，而这种主体性绝不是统一的、秩序化的，而是属于克里斯蒂娃所说的从"象征的"向"符号的"形态的流动过程之中的产物。巴特的一生就是一个巨大的文本，其关键词是抵拒与建构：在抵拒中建构，在建构中抵拒，他的作者主体性正体现在这种双重的流向过程之中。

在《诗歌语言的革命》一书中，著名的女权主义批评家、精神分析学者克里斯蒂娃提出了"符号的"和"象征的"两个术语，将诗歌中的意指过程划分为两种基本形态。后来在《言说的主体》一文中又对之作了进一步详细的解释。她在弗洛伊德学说的基础上，运用本能冲动来谈意指过程，认为从起源上说，"符号的"与前俄狄浦斯阶段的最初过程相关，符号形态见于婴儿最初的言语模仿，象征形态的构成开始于精神分析学说的镜像阶段和续后的缺场、再现或抽象能力阶段。所谓"符号的"意指过程指的是对节奏、语调和原始过程——用弗洛伊德的话说，即移置、滑动、凝缩——等本能冲动进行最初的组合，是前俄狄浦斯阶段受到母亲能指的影响并受其控制的话语（还不是语言），来自于一种非理性的意指过程的大漩涡。而所谓"象征的"意指过程指的是符号和所指物的功能。象征的语言是线性的，合乎句法的，在俄狄浦斯阶段之后进入

---

① 黄晞耘：《被颠覆的倒错》，《外国文学评论》2003 年第 1 期，第 6 页。
② 同上书，第 5 页。

了象征界的表现社会现实的表现性语言，也就是我们每个正常的社会个体所使用以交际和表达的语言。因此，"象征形态是作为（结构主义和转换生成语法所研究的）意义系统的一个语言问题——这是带有被排斥的主体或先验的主体——自我的一种语言"。① 在"符号的"意指过程这一阶段，不会说话的孩子有一种由肛门和口唇引起的基本冲动，从本质上说这一冲动是流动的和不定型的，与声音或节奏相似。这一节奏的流动可以被视为一种言语，因为它还没有意义。为了使真正的语言产生，这条复杂的欲动之流就必须被切断，被分割为稳定的语词。因此，在进入象征秩序时，这种"符号的"话语就受到压抑，不过这种压抑并不完全，因为在语言之内也能找出作为欲动压力的标记，在语调和节奏之内，或者在语言的矛盾、无意义、混乱和空缺之处就有这种符号话语的凸显。

克里斯蒂娃还借用了柏拉图的术语 chora（χωρα）来说明这种"符号的"意指过程。② 她指出柏拉图把 chora（χωρα）解释为容器，该容器是用来储藏和融合的，充满了矛盾和运动，它与母性相对应，在神有目的地介入之前起着自然的作用。它是母体，是营养的源泉，其中的诸要素都没有本体或原因。因为"神不在场"，chora（χωρα）是已经有的混乱得以存在的场所，继而要成为构成最初的可以衡量的天体的前奏。它是尚未成为宇宙之前的一种状态。③ 按照克里斯蒂娃的理解，在柏拉图那里，chora（χωρα）作为一个空间或场所或容器实际指的是一个过程，或对一个过程的组织，用克里斯蒂娃本人的话说，它是在意指过程之中，以母性的身体为对象和工具的一种嬉戏。所谓"符号的"意指过程就是一种前语言的状态，目的、理性和秩序等都不在场。

---

① 拉曼·塞尔登：《文学批评理论——从柏拉图到现在》，刘象愚译，北京大学出版社2000年版，第251页。

② 这个词因为含义非常复杂，所以译名极不统一，英译者将其译为 space，（*The Norton Anthology of Theory and Criticism*，ed. by Leitch, Vincent, B., New York: W. W. Norton & Company, 2001, p.2170）；有的汉译者将其译为"场"（西川直子：《克里斯托娃——多元逻辑》，王青等译，河北出版社2002年版，第106页）；有的译为"空间"（《柏拉图全集》（第三卷），王晓朝译，人民出版社2003年版，第304页）；还有的译为"太一"（塞尔登：《文学批评理论——从柏拉图到现在》，刘象愚译，北京大学出版社2000年版，第251页）。本文决定保留术语，照录原文。

③ 柏拉图：《柏拉图全集》（第三卷），王晓朝译，人民出版社2003年版，第305页。

深受弗洛伊德影响的克里斯蒂娃认为，主体的意指方式取决于他在通过俄狄浦斯阶段时的情况和其语言能力的获得方式，这决定了哪一种意指方式将成为在其随后的文本中所采取的主要方式，因此这两种意指过程也可以被看做是心理发展的基本状态。如果作者完全地废弃了那种属于母性的、符号的、连续改变的言语，更倾向于理性的、线性的象征秩序，他就占据了史诗作者的位置，成为单义性的、自我表现的主体；而对于另外一些作者来说，他们仍然与这种母性的 chora（χωρα）状态保持着强劲的联系，那么在他们的文本中经常会有不稳定的、流动的插入物。①

对于巴特来说，他的想象物，他的真实的情感，他的隐秘的性倾向，无疑都属于这种"符号的"形态，但是巴特却慑于"象征的"律法，终身小心翼翼，不敢暴露自己的秘密——在这里"象征的"律法体现为社会规范，直到晚年他逐渐于有意无意之中显现真实的自我。用克里斯蒂娃的理论可以解释这一点，因为她并不把"符号的"和"象征的"阶段的划分看作静止的和绝对孤立的，相反，她其实着重强调的是二者之间的流动。她说：

> 意义作为磨难，言说的主体接受磨难，这恰好说明了它们本身受这两种形态之间相互作用的推动。符号形态在象征形态中的出现或回归有利于主体与接受者之间关系的转换条件：痛苦、挫折、认同或外化一股脑儿地打破先验自我的统一及其同质的意义系统，使意义上属于异质的东西即本能冲动脱缰而出。这种异质性（这是理论的物质主义的先决条件）只能借助于我刚刚称为符号形态的那种现象在指意链中自行显现。②

也就是说：对于"符号的"和"象征的"二者的划分，不能理解为

---

① Burke, Seán, *The Death and Return of the Author*, Edinburgh：Edinburgh University Press, 1992, p. 49.

② 塞尔登：《文学批评理论——从柏拉图到现在》，刘象愚译，北京大学出版社 2000 年版，第 251 页。

是沿着时间轴进展的历时性展开的东西。作为符号、意义与意义的作用范围，当然也作为一种心理状态，实际上在"象征的"形态的内部总是隐藏着"符号的"形态，有时这种隐藏着的"符号的"形态还会呈现出很清晰的面貌。巴特就是一个最好的例子，他终身在他的"想象物"与规范秩序之间徘徊着、痛苦着。他宣称"作者之死"，乃是因为他在竭力地隐藏着那个与传统和规范相违背的真实的自我。但正是在这种隐藏与违背之中，我们看到了一个清晰的、痛苦的作者——巴特。

迄今为止，任何关于主体的思考，不管是笛卡儿的"我思故我在"，康德的"先验意识"，费希特的"绝对自我"还是黑格尔的"绝对精神"……这个名单可以一直列下去，不管是支持他们还是反对他们，有一点是不可否认的，那就是这一切都证明了主体的强大在场。正如齐泽克所言：笛卡尔是"在西方学界的上空游荡的一个幽灵"，没有什么学派能够逃脱它的影响。不过作为拉康思想的阐述者，齐泽克当然"不是回到我思……而是去照亮我思之被遗忘的背面，它过度的、不被承认的内核，它这不同于透明自我的平静形象"。我们甚至可以说，正是那些否定主体性最强烈的学说从一个反面验证了主体的必然在场，这不仅仅是因为把两者视为互相依存而存在的对立面，缺少了其中一方，另一方就失去了其存在的合法依据；更是因为正是这些极力试图否定主体性的各种思想把主体理论不断推向更高的高度。

自笛卡尔提出他那著名的口号开始，思想家们就开始质疑"我思"主体先验的、绝对的地位，这种怀疑到了尼采那里，声调忽然增强，而到了现代更是汇成了大合唱。但是否定先验的主体，并不就是完全否定主体。主体是始终存在的。只是这种主体不再是原来意义上的那种先验主体，而是多重的、处于过程中的、不稳定的主体。克里斯蒂娃的理论给我们的启发是，先验主体在某种决定性阶段被创造出来——这就是主体从"镜像阶段"切入"象征阶段"的关键时刻——而这种先验主体是对"符号的"阶段的无序状态进行考察、制止和重整的结果。但是这种被规范了的"象征的"形态，可能在某些时候再次回到不遵从秩序的、处于流动状态的"符号的"形态，这时先验的、绝对的主体便土崩瓦解，取代它的是不断生成的、处于过程中的个体主体、多重主体。过程中的主体总是处在这种生成与挣脱的张力之间：当主体自以为是独立自主的时候，实际上他其实被他者所控制；而当他意识到自己为他者所控制而力图挣脱之时，这种挣脱正体现了他的主体性。

"作者之死"理论正是在先验主体遭受质疑的情况下形成的。它在方法上排除作者，拒绝将作者视为意义的源泉，进而否定作者的主体性，认为是语言在创作，作者只不过是一项功能。但是正如先验主体被否定之后，取而代之的是多样化的、过程中的主体，"作者之死"之后的作者也不再是传统意义上的作品意义的源泉，与作品的关系类似于父子关系的上帝——作者，不再是体制化的、独白式的作者，而是与作品同时生成的、处于文际关系网络之中的一个结点，是不断打破体制的、多样化的作者。我们可以认为，当作者自认为他是文本的创造者，与文本的关系是父子般关系时，他其实受制于各种外在因素，比如说已成定则的文学规范、文学体制以及各种非文学的社会因素等；但当作者意识到这一点而力图挣脱出这种控制的时候，正充分地体现出了他的作者主体性。

作者最终没有死去。那么"作者之死"理论是否就失去了意义呢？答案是否定的。"作者之死"理论最集中地体现了思想家们对于作者、主体问题的艰深思考。该理论出现在两次世界大战之后，出现在资本主义的理性秩序发生重大危机的时刻，秉承了尼采以来的重估一切价值的传统，对于资本主义意识形态的基石——先验的、绝对的主体观发出了挑战，并最终瓦解了它。如果没有"作者之死"理论，就不会出现新的主体观和作者观。正是从这一点上我们认为，该理论已经远远地超越了单纯文艺理论的范畴，它已经影响了并且还将继续影响着我们对于世界的根本认识。

一个人无法选择他的出生，同样也无法避免死亡，如果在这个意义上说他是被决定的，那么一点儿也没错。可是，当一个人认识到这一点的时候，他就已经得到了自由，在此基础之上，他还可以自主地选择自己的生活方式，甚至选择自己的死亡方式。认识必然性、认识自己的有限性，从而在此基础上进行筹划，这正是人的主体性的体现。

从"上帝之死"到"人之死"、"作者之死"，似乎是在否定人的主体性和作者的主体性，但事实上否定的都是陈旧的、僵化的意识，而否定者正是人，同时也正是作者，正是他们在否定这个事实创造了一个全新的主体性和全新的作者观。

20 世纪 60 年代之后的各种解构思潮是与西方社会的发展以及科学的发展紧密联系的，前文比较多地论及社会环境和哲学观念对该思潮的作用，其实科学发展也对这些思潮的形成起到了重要的影响。比如量子力学中"不确定性"与"测不准"定律好像都在动摇理性的世界，因此这些怀疑思潮便似乎有了科学的依据。但是，相比于人类文明几千年的历史而言，这些怀疑和解构的思潮只是一种时不时会出现的插曲而已，即使从科学上看，科学家们也在试图克服它们，比如晚年爱因斯坦就在努力创建"统一场"论，其核心思想就是重新用理性来解释一切怀疑，虽然他最终没有成功，但是展望未来，我们不能否认这是一种大有可为的方向。

我们正处在历史进程之中，历史永远指向未来，但同时也提醒我们：正是过去的一切构成了我们的现在。怀疑与否定的思潮之所以有价值，就在于它们注定要被克服，而克服了它们，我们的认识就会前进一步。就文学理论而言，我们也许可以说：作者死去，正是为了复生。新型的作者永远在前方，等待着一代代的读者与其相会。

附 录 一

中国学者与西方"作者"观念

在现代中国，最早注意到西方"作者"观念的无疑应该是王国维了。青年时代的王国维受时代风气影响，加之自身独特秉性，偏好西方哲学，多次攻读康德，苦于不能理解，转而攻读叔本华，立即被叔氏所吸引，成为其信徒。嗣后又兼及尼采，从自身的体悟出发，对尼采作了自己的理解。王国维年青时代的代表成果一是《红楼梦评论》，二是《人间词话》，两者正充分体现了他受两家学说的影响。

王国维在《红楼梦评论》一文最后的"余论"一节中点明自己的创作初衷。他认为《红楼梦》是中国艺术史上最伟大的一部小说，但作者却不为人所知。王国维之前的评论家多富有考证癖，但其关注的焦点主要落在《红楼梦》的主人公是谁这样的问题上，或说是纳兰容若，或说是曹雪芹自己。他们认为作品是作家自叙其生平，作者笔下之事非局中人不能道，这种论调主张作品的源头在于作者的个人经验，王国维对此不以为然。他说："夫美术之源出于先天抑由于经验，此西洋美学上至大之问题也。"而王国维对此问题的回答，则以叔本华为是，引用了叔氏一段长文。

叔本华这段话是在《作为意志与表象的世界》第45节，王国维在《红楼梦评论》中对其加以引用，指出普通人有关艺术与美的知识是从后天努力或经验得到的，但在天才那里则得自先天："在真正之天才，于美之预想外，更伴以非常之巧力。彼于特别之物中认全体之理念，遂解自然之嗫嚅之言语而代言之，即以自然所百计而不能产出之美现之于绘画及雕刻中，而若语自然曰：此即汝之所欲言而不得者也。苟有判断之能力者，必将应之曰：是。"①

---

① 王国维：《王国维全集》（第1卷），浙江教育出版社2009年版，第78—79页。

　　这一段话中值得注意的地方在于，一是提到了"天才"概念，这是西方文论中很重要的一个概念，另一点则在于其回答了王国维所谓的西洋美学上至大之问题，他认为艺术创作的源头在于先天，而不在于后天经验，这两个方面都直接与叔本华哲学相关，间接与康德哲学密切相关。王国维在《红楼梦评论》中的论证逻辑是：小说中所叙述的故事和人物并不必然与作者的经验直接相关，要紧的是我们需要了解是什么样的作者在怎样的情况下创作出了这样的故事和人物，而这显然是属于先天意义上的知识和能力，这种情况正是当时研究红楼梦的学者所没有注意的。

　　王国维在《人间词话》中提出"有我之境""无我之境"以及"优美""壮美"等范畴，这也与叔本华的理论有关。王氏云："有我之境，以我观物，故物皆著我之色彩。无我之境，以物观物，故不知何者为我，何者为物。古人为词，写有我之境者为多，然未始不能写无我之境，此在豪杰之士能自树立耳。"而"无我之境，人惟于静中得之。有我之境，于由动之静时得之。故一优美，一宏壮也"。要理解这一段与叔本华的关系，我们可以参看尼采在《悲剧的诞生》第 5 节所引用的一段话。在这段话中尼采指出叔本华认识到在抒情诗中诗人主观的情绪和意志的激动给所观照的景物染上自己的色彩，反过来诗人自己也染上景物的色彩。真正的抒情诗就是这整个既混合又分离的心境的印迹。①

---

　　① 尼采：《悲剧的诞生：尼采美学文选》，周国平译，生活·读书·新知三联书店 1986 年版，第 20 页。这段话原文是："叔本华并不回避抒情诗人给艺术哲学带来的困难，他相信能找到一条出路，尽管我并不赞同他的这条出路。在他的深刻的音乐形而上学里，唯有他掌握了能够彻底消除困难的手段。我相信，按照他的精神，怀着对他的敬意，必能获得成功。然而，他却这样描述诗歌的特性［《作为意志和表象的世界》（第一卷）］：'一个歌者所强烈意识到的，是意志的主体，即自己的愿望，它常是满足和解除了的愿望（快乐），更常是受阻抑的愿望（悲哀），始终是冲动、热情和激动的心境。同时，歌者又通过观察周围自然界而意识到，他是无意志的纯粹认识的主体。以后，这种认识的牢不可破的天国般的宁静就同常受约束、愈益可怜的愿望的煎熬形成对照。其实，一切抒情诗都在倾诉这种对照和交替的感觉，一般来说，正是它造成了抒情的心境。在抒情心境中，纯粹认识仿佛向我们走来，要把我们从愿望及其煎熬中解救出来。我们顺从了，但只是在片刻之间，愿望、对个人目的的记忆总是重新向宁静的观照争夺我们。不过，眼前的优美景物也总是重新吸引我们离开愿望，无意志的纯粹认识在这景物中向我们显现自身。这样，在抒情诗和抒情心境中，愿望（个人的目的、兴趣）与对眼前景物的纯粹静观彼此奇特地混合。我们将要对两者的关系加以探究和揣想。在一种反射作用中，主观的情绪和意志的激动给所观照的景物染上自己的色彩，反过来自己也染上景物的色彩。真正的抒情诗就是这整个既混合又分离的心境的印迹。'"

　　从这一段话我们可以清晰地看出叔本华观点对王国维的影响，所谓"以我观物""以物观物"当来源于叔本华的理论。不过还有一点值得注意的是，尼采在创作《悲剧的诞生》的时期也同样是叔本华的信徒，但他已经有了保留，他把叔本华所言的两种态度概括成"主观艺术"与"客观艺术"的对立，可是他却并不认同叔本华的观点，他认为艺术家只有在摆脱个人的意志的时候才会真正成为艺术创作的主体。①

　　尼采在这里主张一种"生活的审美化"，或者说是一种"艺术的形而上学"，在尼采思想成熟时期影响更为巨大的作品《查拉图斯特拉如是说》中他则这样表述："一切写下的东西当中，我只爱人们用血写成的东西。用血写吧：而且你将体会到，血就是精神。"② 这一句话王国维也在《人间词话》中加以引用："一切文学，余爱以血书之者。"并以李后主词与宋徽宗诗证之。可是叔本华与尼采是不同的，叔本华恰恰强调的是意志、欲望与纯粹静观的混合，骨子里是偏向于宁静静观的，这里显然有康德审美本质是无功利性论断的影响；而尼采强调的则是主体的精神，主体的意志，在《悲剧的诞生》中是酒神精神，在其晚年的遗稿中则是无始无终的"力的怪物"——权力意志本身。这种意志远远不是消极的，

---

　　① 参见尼采《悲剧的诞生：尼采美学文选》，周国平译，生活·读书·新知三联书店1986年版，第20—21页。原文是："谁还看不出来，抒情诗被描写成一种不完善的、似乎偶尔得之、很少达到目的的艺术，甚至是一种半艺术，这种半艺术的本质应当是愿望与纯粹静观、即非审美状态与审美状态的奇特混合？我们宁可主张，叔本华依然用来当做价值尺度并据以划分艺术的那个对立，即主观艺术与客观艺术的对立，在美学中是根本不适用的。在这里，主体，即愿望着的和追求着一己目的的个人，只能看作艺术的敌人，不能看作艺术的泉源。但是，在下述意义上艺术家是主体：他已经摆脱他个人的意志，好像变成了中介，通过这中介，一个真正的主体庆祝自己在外观中获得解脱。我们在进行褒贬时，必须特别明了这一点：艺术的整部喜剧根本不是为我们演出的，譬如说，不是为了改善和教育我们而演出的，而且我们也不是这艺术世界的真正创造者。我们不妨这样来看自己：对于艺术世界的真正创造者来说，我们只是图画和艺术投影，我们的最高尊严就在作为艺术作品的价值之中——因为只有作为审美现象，生存和世界才是永远有充分理由的。可是，我们关于我们这种价值的意识，从未超过画布上的士兵对画布上的战役所拥有的意识。所以，归根到底，我们的全部艺术知识是完全虚妄的知识，因为作为认知者，我们并没有与那个本质合为一体，该本质作为艺术喜剧的唯一作者和观众，替自己预备了这永久的娱乐。只有当天才在艺术创作活动中同这位世界原始艺术家互相融合，他对艺术的永恒本质才略有所知。在这种状态中，他像神仙故事所讲的魔画，能够神奇地转动眼珠来静观自己。这时，他既是主体，又是客体，既是诗人和演员，又是观众。"

　　② 尼采：《查拉图斯特拉如是说》，孙周兴译，上海人民出版社2009年版，第42页。

否定的，而是对个人主体生命力的最大的发扬与肯定，但这种肯定却是伴随着否定而来的，因为他把批判的矛头指向西方价值观念的源头——上帝。

王国维并非没有意识到叔本华与尼采之间的区别，他在《红楼梦评论》之后发表的《叔本华与尼采》一文中比较详尽准确地论述了二者理论的区别，但是在《人间词话》中他显然是采取了"六经注我"的立场，合叔本华、尼采兼而取之，熔为一炉，为自己的理论创设服务，这是一个成熟的学者自信的做派。如果说《红楼梦评论》时期的王国维还只是叔本华的一个小心翼翼、亦步亦趋、虔敬十足的信徒，为了搬用叔氏的理论不惜削足适履，因而生硬有余、斧凿之迹明显的话，那么《人间词话》时期的王国维则已经融会贯通，从容游刃于中西文化间，蔚然成一家之言了。可惜的是，由于历史的风云变幻，王国维最终放弃了在沟通中西文化这条大路上继续走下去，而是选择了其他学术方向。王氏之后，能在他这样的高度上注意到西方哲学与文论，尤其是其中的"作者观"的学者寥寥无几，青年鲁迅则是最突出的。鲁迅在《摩罗诗力说》中起首引用的一段文字就是尼采《查拉图斯特拉如是说》中的一段话："求古源尽者将求方来之泉，将求新源。嗟我昆弟，新生之作，新泉之涌于渊深，其非远矣。"鲁迅感于老大中国之积贫积弱，受尼采"不恶野人，谓中有新力"态度的启发，欲"别求新声于异邦"，选取了一群"立意在反抗、指归在动作"的摩罗派诗人，大致意思与用血来写诗相同，以拜伦、裴多菲等人为代表，将其介绍给中国民众。不过鲁迅与王国维的出发点与论述重点不尽相同，他的重点在介绍诗歌和诗人上，于理论的探索和创立则未深加留意。鲁迅之后，更是乏善可陈。于此更可见王国维的难能可贵和其作为哲人之孤独。

20世纪90年代之后，我国文论界对作者理论问题又重新加以关注，也零星地出现了一些论证、论辩文章，但总体上存在着论证力度不足、深度不够的问题。

让我们回顾一下伯克的说法："下列两种说法都是不符合事实的：在浪漫主义时期模仿论的冲动衰落和在十八世纪晚期之前从来没有对作者

原创性和对内在意识的关切。"① 要想对 20 世纪西方文论中的作者观念有
个深入的了解，就必须深入到西方文化的传统中去，至少要回到柏拉图
时代。而且这种对西方文化的回溯又不应当仅仅是概括式的、表面的和
蜻蜓点水般的，按照时间顺序对人物观点简单罗列的，而是应该去追寻
其深层的发展逻辑，这种逻辑也许见仁见智，但在笔者看来，就是有关
主体性问题的发展与变化。

　　"作者之死"思潮主要代表人物（巴特、福柯、德里达）受 20 世纪
语言学转向之后的语言观的影响，不再把作品归之于神意，而是将其归
之于语言，并且注意到了读者的作用，具有非常鲜明的反神学和去中心
的革命意义。但其不足也是非常明显的，这种不足主要是由于其陷入了
形而上学的泥沼。要想克服这种不足，既要考虑到社会实践和主体间性，
对西方哲学和文化中的唯我论和独断论进行反思，也要从中国的传统智
慧中汲取力量。作者与读者在语言中交流、对话，文本的意义得以确立。
作者主体性与读者的主体性是互补的存在，没有哪一个能否定另外一个
的存在，从而确立其独断的地位，这与中国文化中的圆融思想是一致的。
在这方面刘若愚做得比较成功，他在《中国的文学理论》一书中将艾布
拉姆斯的图式作了一些修改（见图 1 和图 2），他的本意是来说明中国理
论的特点的，但事实上，这可以视为将艾氏本来更倾向于彼此间独立的
各个要素更加紧密地联系到了一起，因此它具有更大的普适性。正如刘
氏自己所言："这种排列可以表明作为构成整个艺术过程的四个阶段的四
要素之间有着怎样的内在联系。我所谓的艺术过程，不仅仅是指作家的
创作过程和读者的审美体验，而且还指先于作家的创作过程和在读者审
美体验之后的活动。在第一阶段，宇宙影响作家，作家反映宇宙；基于
这种反映，作家创作了作品，这是第二阶段。当作品及于读者，直接作
用于读者，是为第三阶段。在第四阶段，读者对宇宙的反映因他对作品
的体验而改变。这样，整个过程形成了一个完整的循环体系。"②

----

　　① Seán Burke, *Authorship*: *From Plato to the Postmodern*: *A Reader*, Edinburgh University Press 1995, p. XIX.

　　② 刘若愚:《中国的文学理论》，中州古籍出版社 1986 年版，第 12—13 页。

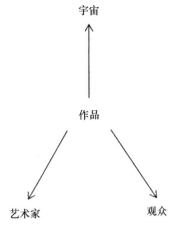

图 1　艾布拉姆斯的图式

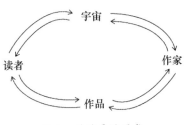

图 2　刘若愚的图式

普洛丁与柏拉图、亚里士多德

普洛丁（又译为普罗提洛）在 28 岁的时候发愿学习哲学，他到亚历山大里亚去遍访名师，希望能够获得真知。亚历山大里亚是地中海中部的经济和文化中心，希腊人、犹太人、埃及人在这里比邻而居，东西方文化、思想在这里相互影响、彼此汇合，很多有影响的学者在这里开坛讲学，可是普洛丁对他们并不满意。直到遇到了并不是太知名的阿莫尼乌，他感叹说，这"正是我要寻找的人"。① 他跟随这位老师学习了 11 年。但是阿莫尼乌究竟传授了什么给了普洛丁，我们不得而知，因为阿氏没有写过任何东西传世，他的学生圈子也很小，带点秘密色彩。我们仅仅通过普洛丁，或者说是通过普洛丁的弟子坡菲利的记载才知道了这位阿莫尼乌，同时认为他是"新柏拉图派"的创始人。

普洛丁在亚历山大里亚的学习使得他对古代希腊哲学有了全面而深入的掌握。他学习了毕达哥拉斯、柏拉图、亚里士多德、伊壁鸠鲁以及斯多葛学派的思想，而在所有这些理论中，他最服膺的是柏拉图的哲学。他后来在自己的学校里定期举行集会纪念柏拉图，并坦率地承认自己的很多见解来自于柏拉图："我们的这些论断并不是全新的，不是现时才有的，而是很久以前就有了，只是还不十分清晰而已。我们的讨论就是对这些思想的一种解释，柏拉图的著作足以表明，这些观点都是自古有之。"②

---

① 坡菲利:《普罗提洛的生平和著作顺序》，见普罗提洛《九章集》（上），中国社会科学出版社 2009 年版，第 4 页。

② 普罗提洛:《九章集》（下），中国社会科学出版社 2009 年版，第 556 页。

　　普洛丁特别倚重柏拉图的《蒂迈欧》，这一篇对话引入了一个神圣的"造物者"用以解释宇宙的形成，我们在本书有关柏拉图的部分已经细述。普洛丁接受了柏拉图在《蒂迈欧》中所描述的世界图景，又对其加以发挥。此外，柏拉图的太阳隐喻、灵魂学说等也对普洛丁产生了重大的影响。不过，值得注意的是，尽管普洛丁非常尊崇柏拉图，并且多次明确表态他的思想受到柏拉图的重要影响，但是，他从其他学者那里也吸收了许多东西，尤其是亚里士多德，尽管普洛丁经常批评亚氏，但事实上，正如黑格尔所指出的：他从亚里士多德那里吸收了很多方法，亚里士多德对他的影响绝不少于柏拉图。

　　受柏拉图的影响，普洛丁认为现实的、感觉的世界是变动并且纷乱的，他要探求的是不变的本体。在柏拉图那里，这不变的本体是形式，在普洛丁这里是"太一"，或者说是"神"。"太一"是不变的、无限的，也是不可分的，它构成了万物却又超越了万物，也就是说，它根本不是物质，因此也没有任何规定性。它什么都是，又什么都不是，它是万物生成的原因，也是它们继续存在的原因。虽然我们无法把握"太一"，但至少有一点是可以肯定的，那就是"太一"就是"至善"，并且更深入一步的是，他指出"善"同时也就是"美"。他说："我们必须认为至善是这样的事物，万物依凭于它，它却不依凭于任何事物。"①　这显然已将"至善"与"太一"等同。他还说："在神，善的与美的这两种性质，或者善与美这两种实在，是同一的。"②

　　"太一"是实在的第一原理，没有任何性质，没有任何规定性，我们不能去论述它，只能借助于比喻来描述它。和柏拉图的"造物者"不同的是，"太一"并不创造万物，因为创造是一种行为，而一旦有了行为，就牵涉变化，而"太一"的本性是绝对的、不变的。那么我们因何会说万物都来自于"太一"呢？普洛丁在这里借助于太阳隐喻，提出了"流溢说"。在《理想国》中苏格拉底说："善自身在理智领域中与理智和可知事物的关系，就如同太阳在可见世界中与视力和可见事物的关系一样。"（508b）太阳本身是不生成的，但太阳既给可见事物提供了被看见

---

① 普罗提洛：《九章集》（上），中国社会科学出版社 2009 年版，第 72 页。
② 同上书，第 65 页。

的潜能，而且也提供了发展、生成的潜能。在普洛丁这里，"太一"并不创造什么，但是万物都从"太一"那里流出，就像光线是从太阳那里放射出来一样。光线离太阳越远，就越微弱，同样从"太一"那里流溢出来的物体因为离"太一"的远近而产生了质的区别：最早流溢出来的是下一级流溢物的源泉，上一级规定了下一级，而下一级的流溢物则又有返回上一级的冲动。最早从"太一"流溢出来的是"理智"，它高度接近"太一"，但它不是绝对的，而是有具体的规定性。从"理智"流溢出世界灵魂和个体灵魂："灵魂由两部分组成，一部分属于上面的世界，另一部分依附于上面的世界，同时已经流溢出来"，[①]"那个世界的灵魂没有形体，而这个世界的灵魂进入了形体，并因形体而相互分离"。[②] 也就是说个体灵魂是从世界灵魂中流溢出来的。世界灵魂属于精神世界，与理智非常接近，而个体灵魂则有保存理智的部分，但它因为与身体（形体）相结合，因此不再像世界灵魂那么纯粹属于精神世界，而是受到了物质世界的污染。不过个体灵魂仍然可以通过自己的努力挣脱物质，从而回归精神世界，直至回归"太一"。"太一"继续流溢，就像太阳的光线越来越微弱一样，这时候的流溢物已经成为物质，物质离"太一"是那么远以至于它成了"太一"的对立面。"太一"是至善与美的，物质就是恶的和丑的。值得注意的是，恶与丑并不是独立存在的实体，它只是善与美的缺失而已；而且正如光线是越来越弱的，物质也是离"太一"越来越远的，但它们身上仍然存在着善与美的影子，直至完全缺失，也就是虚无。

　　普洛丁的弟子坡菲利在记述他的生平时一开始就说普洛丁坚决反对由画家为他画像或雕塑家给他塑像，当有画家劝他画张肖像时他说："何必呢，自然已经把我们装在这个形像里，我们不得不带着它，难道这还不够吗？你又何必让我答应留下这样的像，在我死后长存呢，难道它真的那么值得一看吗？"[③] 这让我们很自然地想起柏拉图关于艺术模仿只是

---

① 普罗提洛：《九章集》（上），中国社会科学出版社 2009 年版，第 378 页。

② 同上。

③ 坡菲利：《普罗提洛的生平和著作顺序》，见普罗提洛《九章集》（上），中国社会科学出版社 2009 年版，第 1 页。

"影子的影子"，所以远离真理的论断。

可是在柏拉图的理论中艺术模仿的是现实中的具体某物，比如画家的床模仿的是木匠的床，而木匠的床又是模仿形式的床，但在普洛丁这里，艺术家所模仿的却并不是现实中存在的具体某物，而是艺术家心中的形式。他拿很多例子加以说明。比如说雕刻家，他所雕刻的石头之所以会美，不在于石头本身，而在于形式："质料（石头）本来并无这种形式，形式在于人，甚至在它进入石头之前，人的心中就已具有这种形式。"① 雕刻家之所以能具有这种形式，是因为他分有某种技艺。艺术的美可以弥补自然物所缺乏的许多东西。他拿雕刻家菲狄亚斯作为例子说："菲狄亚斯并不是依据某个可感知的模型来造宙斯，他明白如果宙斯想要向人显明出来，他会采用怎样的形式。"② 就是说艺术不只是简单的模仿可见的自然物，它出自艺术家的内心，而他的内心之所以会具有这种形式，显然是因为他的灵魂对太一的分有，这种分有使得他能够在创造艺术品的时候赋予其生气，这种精气神在自然物中本来是没有的，因此艺术家创造出的事物高于自然中的具体物。

由于善与美的缺失，丑与恶出现了："恶是善的相对者，……善者先于恶者，善者是形式，恶者不是形式，而是形式的缺失。"③ 在普洛丁的理论中，丑与恶是必然的，甚至是必须的，因为"大多数恶，甚至全部恶，都对大全有一定的益处"，比如道德上的恶，就"可以创造出艺术上的美"，这种美"使我们认真思考我们的生活方式，免得我们安于现状，昏昏欲睡"。④ 在这里普洛丁的观点显然与柏拉图开始有了距离，艺术家是可以创造美的，因而也是有益的。

不过要想更全面地理解普洛丁的作者观，我们必须要将他关于艺术家的理论放在他的全部理论体系中来看。普洛丁认为："一切生成之物，无论是艺术作品，还是自然产物，无不出于某种智慧。"⑤ 智慧显然属于精神层面，不是靠推理而得，而艺术则是真正照着智慧本身创造的。普

---

① 普罗提洛：《九章集》（下），中国社会科学出版社 2009 年版，第 626 页。
② 普罗提洛：《九章集》（上），中国社会科学出版社 2009 年版，第 627 页。
③ 同上书，第 74 页。
④ 同上书，第 133 页。
⑤ 普罗提洛：《九章集》（下），中国社会科学出版社 2009 年版，第 633 页。

洛丁认为如果有人因为艺术是模仿自然的，而蔑视艺术的话（柏拉图正是如此），那么他应该知道自然的事物同样是模仿的产物。在这一点上，普洛丁认同柏拉图所谓"影子的影子"的说法，但他在此基础上指出至少对于艺术来说，作品的直接源头是在艺术家那里，艺术家并不是单纯地模仿自然物，而是要回溯到形成自然的构成原理，因为那"已经开始沉思可理知世界，并领会真正理智的美的人，必能将自己的心灵引入它那超越于理智之上的父"。① 一切事物皆源于凝思，艺术源于艺术家的凝思，艺术家在凝思中离开了具体的物质形体，向纯粹的灵魂、理智直至太一返回。

在普洛丁生活的时代，基督教已经取得了很大的发展，可是还没有取得后来那样尊崇的地位。普洛丁本人是一位严格意义上的哲学家，他很少谈及在他生活的时代盛行的各种宗教，也包括基督教。事实上普洛丁曾经批判过基督教的异端诺斯替教，反对其对世界抱有的悲观主义和世界由堕落的灵魂所创造的观念。但是普洛丁的哲学却的确深刻地影响了基督教的神学观念，尤其是通过圣奥古斯丁，新柏拉图主义成为中世纪基督教信仰中的一个关键性的因素。而普洛丁的艺术观念，有关作者的观念，在20世纪克罗齐与弗洛伊德那里也得到了遥远的回响。

---

① 普罗提洛：《九章集》（下），中国社会科学出版社 2009 年版，第 626 页。

附 录 三

黑格尔的作者观念

黑格尔是德国古典哲学的集大成者，也可以说是完成者。但是他的思想其实充满了矛盾，用他自己的话来说，矛盾是不可避免的，并且具有积极因素。可是正是因为他的存在，这位理性主义的大师之后，就是席卷整个 20 世纪的非理性主义。他强调上帝的存在，但也正是他最早宣布"上帝死了"；固然，他的"上帝死了"不同于尼采的宣言，可是谁又能否认他的确已经撬动了基督教的地基呢？

黑格尔的学说是矛盾的，在他身后便出现了黑格尔左派和右派，他们的主张都可以从黑格尔的著作中找到依据。伟大的思想家往往有自我矛盾之处，所以从他们出发，往往会产生许多迥异甚至对立的学说体系。可以说，没有黑格尔，就不会有基尔克果，虽然后者以批评黑格尔为出发点；没有黑格尔也不会有尼采。正是这后两位思想家，成为现代西方哲学的真正意义上的创始人。

第一节 黑格尔对浪漫派的攻击

作为德国古典哲学的集大成者，黑格尔完成了宏大的哲学体系。一般提及黑格尔，都会将他看成是理性的代表，从而忽视了他其实也是浪漫时代之子，而且在他的同学之中，有两位就是浪漫哲学和文学的最杰出代表：谢林和荷尔德林。他们曾经共同就读于图宾根神学院，并且曾经居住于同一间宿舍。有关他们之间的交往最著名的传说是他们曾为庆祝法国大革命而到山上种植了一棵"自由之树"。此外就不得不提那篇著名的《德国唯心主义的最初的体系纲领》，这是一份只有两页纸的手稿，在上个世纪初由 F. 罗森茨威格发现，确定为黑格尔的手迹，但是经过其研究之后断言是谢林的思想，因为其浪漫哲学的思想内容与谢林的观点更为符合，与黑格尔的作品则大不相同。其后这篇手稿的作者归属问题便成为德国哲学史上的一个著名公案，甚至荷尔德林的研究者们也加入其中，认为这篇文献的作者既不是黑格尔，也不是谢林，而是荷尔德林。还有人认为有可能是某一个三者之外的人物，总之到现在也没有得出最终答案。之所以出现问题，是因为这篇文献带有那么强烈的浪漫主义思想，简直可以看做是其宣言，可是它又的的确确是黑格尔的手笔。当代学者迪特尔·亨利希干脆认为这篇文献只是一份宣传材料，类似于传单，是黑格尔为他们共同筹办的刊物所写。不过撇开这些不谈，哲学史家都公认一点：这篇文献体现了黑格尔、谢林和荷尔德林的共同意图。说明至少在某个时期，黑格尔也是一位浪漫主义者。

早年谢林是一位哲学天才，他少年成名，得到了歌德的赏识并在后者的推荐下年纪轻轻（23 岁）就成为耶拿大学的教授。歌德是魏玛公国的大臣，魏玛可以说是当时德国的文化心脏，从行政上说，它是耶拿大学的主管部门所在地，魏玛与耶拿大学相距也并不远。正是这座耶拿大学，可以说是德国浪漫派的大本营：康德、费希特、施莱格尔兄弟、蒂克、诺瓦利斯等人都在这里工作或学习过，谢林的到来则更是成为当时的盛事，人们都相信这位哲学天才将比费希特更为出色。事实上谢林到了耶拿之后的确是大放异彩，他不断地推出新著，成为德国哲学界名副其实的希望之星。相比之下，这个时期的黑格尔则并不是特别出色，他从神学院毕业之后到一位贵族家中做家庭教师，由于有大量的空闲时间，他开始阅读哲学书籍，并且对康德开始感兴趣。他开始给谢林写信，一开始的出发点也许是单纯的：希望从谢林那里获得哲学上的帮助，毕竟谢林这时候已经是一位崭露头角的青年哲学家了。在信中黑格尔这么说："人类终于登上了一切哲学的顶峰，这个顶峰高到令人眼花缭乱的程度；但是，为什么人们迟至今日才想到重视人类的尊严，才想到赏识人类可以同一切神灵平起平坐的能力呢？我认为，肯定人类本身是如此值得尊重，乃是这个时代最好的标志；它证明压迫者们和人间的神祇们头上的光轮消逝了。哲学家们正在证明这一尊严，人们将学会感受这一尊严，将不再去乞讨被践踏的权利，而是由自己来恢复它，并把它据为己有。"

他热情地呼吁："朋友们，朝着太阳奔去吧，为了人类的幸福之花快点开放！挡住太阳的树叶能怎么样？树枝能怎么样？——拨开它们，向着太阳，努力奋斗吧！"[1] 从这些书信中我们感到的是一颗年轻的、炽热的、跳动着的心。此时的黑格尔对这位比他小 5 岁的学弟是非常崇拜的，在谢林和费希特发生论战的时候，他用实名发表了《费希特和谢林的哲学体系的差别》一文，公开支持谢林。他这么做，自然也得到了回报。1801 年，在谢林的关照下，黑格尔也来到了耶拿，成为谢林教授的助教。在取得讲师资格的答辩会上，黑格尔是这样向谢林表达自己的谢意的："我请求您，世上最聪明的、最可尊敬的谢林教授先生，把我们提纲中您所不同意的一切论点在这里公开指出来，因为这次答辩就是为了向您请教。不言而喻，能够得到您的支持，使我感到多么荣幸。不是同时代人，也不是朋友们，唯独后代，唯独科学（因为它是永恒的）才配评价您的精神的高贵力量，评价您的精神能力。请允许我推崇您为一位真正的哲学家。"[2] 这些显得肉麻的词句有多少是出于黑格尔的真实心意是颇可怀疑的，因为黑格尔在内心深处并不愿承认他是谁的荫护之下的小弟，就算是在《费希特和谢林的哲学体系的差别》一文中，他也有所保留。那篇论文本是有针对性的，当时有人宣称谢林不过是在重复费希特的观点而已，哲学领域真正的革命已经发生了，那就是费希特的哲学。对于这种论调，黑格尔写道，对于德国哲学来说，其实什么革命也没有发生，康德只不过开了一个头而已。言下之意很明了，真正的德国哲学革命，还在等待真正的发起人呢，这个人非他莫属。虽然在这个时候，他并不敢高声地这么讲，但其自信却已经渐趋清晰了。

黑格尔要等待的时间并不太长。尽管在时人眼中，当时的黑格尔无法与声誉正隆的谢林相提并论，但是他自己却一直在独立地构想自己的哲学体系，这就是著名的"耶拿体系"，这也奠定了他成熟期思想的基础。而恰在此时，谢林却遭遇了麻烦。他因为与奥·施莱格尔的妻子相爱而娶了她，成为耶拿浪漫派的眼中刺，再加上年少成名，遭人嫉恨，人际关系比较紧张，所以不得不离开耶拿大学，这成为谢林学术事业的

---

① 古留加：《黑格尔传》，商务印书馆 1978 年版，第 15—16 页。
② 同上书，第 35 页。

转折点，他转入了相对沉寂的时期。而大概就在这个时间段里，黑格尔发表了《精神现象学》，在这本书的序言中他对谢林以及其他诸多哲学家提出了批评，对康德以来的德国哲学家都作了理论上的清算，算是正式与谢林以及德国浪漫派哲学划清了界限，开始向世人表明他自己的宏大体系。

为了建立一种全新的哲学体系，他首先要对当时德国哲学作一个梳理，当然主要是揭示出这些学说当中的缺失和不足，这样他自己的哲学体系才有立足的依据。他说："真理的真实形态取决于科学性，——或者换个同样意思的说法，真理唯有在概念那里才获得它的实存要素——，当我作出上述断言时，我知道这显然已经和某种观念及其各种结论处于矛盾之中，这种观念不但自命不凡，而且在当代流传甚广。"① 黑格尔反对的都是些什么观念呢，"它们时而被称作'直观'，时而被称作'对于绝对者的直接认识'、'宗教'、'存在'"，按照这些观点，人们应该通过感触和直观去把握绝对者，而不是通过概念。这里固然是针对雅克比哲学，但如果考虑到谢林也是主张理智的直观和艺术的直观，那么说他是指向谢林，也无不可。而如果我们联系一下由早年黑格尔书写，反映了谢林哲学主张的那篇《德国唯心主义的最初的体系纲领》，这里的象征意味就更加明显了。黑格尔在序言中宣称："我们的时代是一个充满创造力的时代，一个向着新时期过渡的时代。精神已经与这个延绵至今的世界决裂，不再坚持它迄今的实存和表象活动，而是打算把这些东西掩埋在过去，并着手进行自我改造。"② 晚年黑格尔在《哲学史讲演录》中把谢林的哲学看作是绝对理念之前的最后一环："在谢林那里着重提出来的是理念本身……缺点在于这个理念一般以及这个理念的规定和这些规定的全体并没有通过概念自身予以必然性的揭示和发展。……由于谢林没有掌握住这一方面，所以就丢掉了逻辑的东西和思维。因此理智的直观、想象力、艺术品便被理解为表达理念的方式：'艺术品是最高的和唯一的方式，在其中理念成为精神的对象。'但是理念的最高的方式乃是它自己

① 黑格尔：《精神现象学》，先刚译，人民出版社 2013 年版，第 4 页。
② 同上书，第 7 页。

的因素；思维被概念把握着的理念是高于艺术品的。"① 他认为谢林的理论只是单纯的类比式的反思，这是一种最坏的方式，在谢林之后又被别的人所滥用。他指的就是德国的浪漫派思想。他明确地指责谢林他们放弃了概念的严肃性和思想的清醒性，用无聊的幻想来作为替代物，并把这些幻想当做深刻的直觉，当做美的诗。而这些对艺术和诗歌的影响也是非常致命的："天才主义支配着诗界，人们在诗的灵感中盲目的写出诗歌，就像从手枪里发射出子弹一样。这样的产物或者是狂诞的呓语，或者如果不是狂诞的呓语，那就是平庸的散文，其内容简直糟糕得与散文不相称。"② 这种批判对于浪漫主义诗歌界来说，是当头一棒，但是也不得不说，黑格尔的这种批判也有点过火了，因为就算他对哲学界的看法是有道理的，但是把触角延伸到诗歌界就不尽合适了，毕竟，诗歌不是哲学的从属物，两者在本性上并不相同。哲学固然以概念为能事，诗歌则正与此相反，以想象和构建形象为能。这种批评论调体现了黑格尔自身的局限，也与他古典主义文学的素养有关。现在的史料表明，黑格尔在学生时代就非常喜欢希腊古典艺术作品，即使在他的美学讲演中，他所举的例证也都是古希腊悲剧。他没有欣赏现代艺术的口味，因此对于浪漫主义的批评也就不足为怪了。

第二节　黑格尔的辩证思想和绝对精神

黑格尔在创立他的宏大体系的时候态度是非常谦虚的，他并不把这个体系的创立当做是他本人的天才的独创，他更愿意把这看成是世界历史的必然发展，当然具体而言是哲学的发展，也就是对于绝对精神的自我展示，而他凑巧只是一个记录者或者是最后的一位记录者而已，因为到他为止，所有的哲学思想都是绝对精神的某个阶段的展现，恰巧到了他的时候，一切都完备了。在《精神现象学》序言的一开始他就批评了那种常见的自以为是的态度："人们愈是执著于真与假的对立，就愈是习

---

① 黑格尔：《哲学史讲演录》（第四卷），贺麟、王太庆译，商务印书馆 1983 年版，第 372 页。

② 同上书，第 370 页。

惯性的期待着要么去赞成，要么去反对一个呈现于眼前的哲学体系，并且在关于这个体系的说明那里要么看到的全是赞成，要么看到的全是反对。也就是说，这种思维方式不是把各个哲学体系的差别理解为真理的一种进步发展，而是把任何差异性都看作是一个矛盾。"① 这种方式在他看来是非常有害的，因为这就会遮蔽那些对于真理的认识来说最为关键的东西。这种方式不是在探讨真理，因为如果是那样的话，一切有助于认识真理的东西都是有益的，而这种相互指责和排斥的方式有时候更多的是偏见或是门户之见，将会导致狭隘的认识，故步自封，最终导致错误。真正的态度和认识应该是将其看为一个有机体的不同环节，在这个有机体里，各个环节虽然不同，但彼此并不矛盾，更不互相排斥，而是都向着一个必然的共同方向发展，最后构成一个整体，也就是达致最终的真理。"但是，一方面，哲学体系的各种反对意见还没有能力以这样的方式对自己进行概念把握；另一方面，一种领会式的意识通常也没有能力把这些反对意见从它们的片面性中解放出来，或防止它们陷入片面性，也没有能力认识到，那些在表面上相互争执和反对的东西其实都是一些必要的环节。"②

黑格尔指出首先意识到这些并这么去做的是他自己，在《哲学史讲演录》中他回顾总结了历史上各个时期的哲学思想，从东方哲学开始，经过古希腊哲学，一直到当前德国的哲学，他将它们统统看做是理念自我发展的阶段。在他看来，谢林是这个发展阶段的最近的一个阶段，离最后的阶段只差一步了。虽然在《精神现象学》中黑格尔不点名地批判了谢林，批评了他的同一性哲学，用"所有的母牛在黑暗中都是黑的"这句俗语去揶揄他，但他仍然还是肯定了同一性哲学的价值和意义，承认它是哲学发展的一个必不可少的阶段。谢林哲学的出发点是一种绝对同一，绝对就是一种自我同一性，在我们看起来世界好像是千变万化的，有自然，有社会，有精神，有物质，可是在上帝看来，存在就是存在本身，一切都是一，没有任何差别。谢林的错误在于没有掌握辩证法，否认差别，就不存在对立统一。但是谢林毕竟看到了主观和客观的统一，

---

① 黑格尔：《精神现象学》，先刚译，人民出版社 2013 年版，第 2 页。
② 同上书，第 2 页。

只不过"它缺乏逻辑发展的形式和进展的必然性。理念就是真理，一切真的东西都是理念。这必须予以证明，而且理念之系统化为世界，或者世界作为理念的揭示和启示，必须得到证明。由于谢林没有掌握这一方面，所以就丢掉了逻辑的东西和思维"。①

黑格尔认为他所掌握的这种最完美的哲学是哲学的最高阶段，是一切较早的哲学的发展成果，一切之前的哲学的原则都被保存下来，而各自的局限又都被克服了。他的思想不是凭空出现的，在当年他参加耶拿大学讲师资格的答辩时，他的提纲中就已经出现了这么一个论点：凡是真的东西，其规律是有矛盾，凡是假的东西，其规律是无矛盾。② 不过在那个时候，他和其他哲学家一样，或者说他只是重复了其他哲学家的观点，那就是矛盾是不可避免的。至于怎么克服矛盾，矛盾有什么作用，当时的他并没有认识到。而现在他终于给出了答案：那就是对立统一。

在黑格尔看来，人类社会生活的各个方面都是绝对精神的外化，之所以称之为"绝对精神"，就是因为它是精神之最后的、最高的实现，所有其他的事物都因为它而存在，因此，它是其他事物的基础。它的发展和演化采取了三个形式，或者说有三个阶段，分别是：艺术、宗教和哲学。其中，艺术是最低的阶段。

第三节　黑格尔的作者观:复现自己的心灵

黑格尔在他的美学讲演录中说："我们现在依其一般状况来说，是对艺术不利的。"③ 为什么会这样呢？前文不是已经指出自文艺复兴后，作家们有更多的创造自由，文学得到自律了吗？但是，问题往往具有两方面，市民社会的兴起固然给艺术家提供了更多的创作空间，不过也的确带来诸多问题。这一点不论是黑格尔同时代的还是后来的人们都注意到了。歌德就曾指出文学作品通过印刷可以拥有巨大的读者群，但也会导

---

① 黑格尔:《哲学史讲演录》（第四卷），贺麟、王太庆译，商务印书馆1983年版，第371—372页。

② 古留加:《黑格尔传》，商务印书馆1978年版，第33页。

③ 黑格尔:《美学》（第一卷），朱光潜译，商务印书馆1979年版，第14页。

致某种对文学非常不利的情况，讨好大众的作家受到欢迎，真正的艺术家却面临巨大的孤独，歌德反对这种情况，他要求艺术家不能矮化自己的精神，去讨好庸众，而应该依靠高尚的伦理思想，从而创造出完美的作品："人们没想到，最伟大的伦理思想只能通过最生动的感性事物表达出来。"① 马克思也指出资本主义的生产方式以追逐财富为最终目的，因此"就同某些精神生产部门如艺术和诗歌相敌对"，② 只能用《亨利亚特》来代替《伊利亚特》。

不过比起歌德他们来说，黑格尔的思考要更为系统。在美学讲演录的一开始，他就对其名称和内涵做了很严格的界定，指出他所研究的主要对象是自由艺术中的美，是从它自身而不是从对其他事物的关系得到其自身规定性的。他的这些思想显然有康德哲学的影子，不过在康德那里，美是用来沟通必然和自由的桥梁，在黑格尔这里，美也好，真也好，善也好，都是从同一个心灵（也可以称为理念）中自我分裂出去的，然后又再经过辩证的运动而复归于自身。也就是说在康德那里是三个独立的领域，在黑格尔这里则是一而三、三而一。它们的本质是一，就是理念，它们是理念的不同表现方式，或是感性的，或是表象的，或是概念的，三者之间层次不同，后者是对前者的扬弃，最终又归于理念自身。在这里有运动，有发展，而不是静止的。黑格尔指出纯粹的外在经验世界其实并不是真正实在的世界，它们是空洞的显现和虚假的幻像。只有心灵突破了这种外在的直接的感觉和外在事物的直接性，把握住了理念之后所得到的东西，才是自在自为的东西，也就是自然和心灵中的有实体性的东西，这种有实体性的东西虽然仍是现前的客观存在，但它已经不同于原来那纯粹的外在经验世界而成了真正实在的世界。黑格尔说："艺术所挑出来表现的正是这些普遍力量的统治。日常的外在的和内在的世界固然也现出这种存在本质，但它所现出的形状是一大堆乱杂的偶然的东西，被感性事物的直接性以及情况、事态、性格等等的偶然性所歪曲了。艺术的功用就在使现象的真实意蕴从这种虚幻世界的外形和幻相

① 歌德：《歌德文集》（第十卷），范大灿等译，人民文学出版社1999年版，第176页。

② 马克思、恩格斯：《马克思恩格斯全集》（第二十六卷），人民出版社1972年版，第296页。

之中解脱出来，使现象具有更高的由心灵产生的实在。因此，艺术不仅不是空洞的显现（外形），而且比起日常现实世界反而是更高的实在，更真实的客观存在。"①

黑格尔认为艺术的基础是意义与形象的统一，也包括艺术家的主体性和他的内容意义与作品的统一。他指出："正是这种具体的统一才可以向内容及其表现形式提供实体性的、贯串到一切作品中去的标准。"② 在探讨艺术观念的时候，黑格尔考察了一些流行的艺术观念，并对其作出评判，然后在其基础上提出自己的观念。第一种论点即艺术品是人的活动的产品，又分为三种看法。第一种看法像是新古典主义者的看法，他们将艺术创造活动看成是产生一种外在对象的有意识的创作，它可以认识并加以说明，一般人只要知道了方法就可以依样画葫芦制造出艺术品来。这种看法是非常肤浅可笑的，它至多只有一些实用的功效，可以运用到艺术作品的外表方面。因为抽象规则是无法支配丰富的内容和个别的艺术形象的，艺术创作作为心灵的活动，必须从心灵本身出发，才能真正实现艺术的丰富意蕴。

第二种看法应该属于浪漫主义者，他们把艺术看作"资禀特异"的心灵创作，也就是天才的创作。天才只需听任特殊天赋力量的特质，不但完全不需要服从普遍规律，还要防备不让思考渗入本能的创作中。艺术创作成了一种"灵感状态"，而且这种灵感状态既不需要技术上的规定下的呈现，也不需要艺术家的反思。黑格尔承认艺术家的才能的确包含有自然的因素，但是他强调艺术也有纯然是技巧的方面，尤其是在建筑、雕刻这些艺术中，在诗歌中也同样存在。"一个艺术家必须具有这种熟练技巧，才可以驾驭外在的材料，不至因为它们不听命而受到妨碍。"③ 这是对这种看法的第一个反驳。第二个反驳是，艺术家需要通过不断地学习，不断地对内在世界进行探索才能深刻地认识到心灵的深度，尤其是在诗歌这类艺术中。未识字的儿童可以显现出一定的天赋，但伟大的诗篇往往写于诗人成熟的年龄。

---

① 黑格尔：《美学》（第一卷），朱光潜译，商务印书馆1979年版，第12页。
② 黑格尔：《美学》（第二卷），朱光潜译，商务印书馆1979年版，第374—375页。
③ 黑格尔：《美学》（第一卷），朱光潜译，商务印书馆1979年版，第35页。

　　第三种看法是柏拉图式的，认为自然和它的产品是神的作品，是按照神的美德和智慧而创造出来的，艺术品只是一种凡人的作品，因此低于自然产品。对此黑格尔从两个角度反驳，他认为艺术作品可以表现人的旨趣和精神价值，受过心灵的洗礼，比外在现实要更纯粹、更鲜明，因此比自然产品要高一层。另外，人是有神性的，而且神性在人身上比在自然中的活动形式更高，"神就是心灵，只有在人身上，神性所由运行的媒介才具有自生自发的有意识的心灵形式，而在自然中，这种媒介却是无意识的，感性的，外在的，这在价值上就远逊于意识。"① 那么是什么需要使得人要创造艺术作品呢？黑格尔给出了他的观点：人是能思考的，需要通过艺术来认识自己，从而认识这个世界。自然界的事物是纷乱的、偶然的、一次性的，"而人作为心灵却复现他自己，因为他首先作为自然物而存在，其次他还为自己而存在，观照自己，认识自己，思考自己，只有通过这种自为的存在，人才是心灵"②。人可以通过两种方式认识到自己，第一是从内心里意识到自己，从本身召唤出来的东西和从外界接受过来的东西中认识自己。其次人还通过实践的活动来认识自己，人有一种要在呈现于他面前的外在事物之中呈现他自己的"冲动"。在实践之中，人可以消除外在世界的那种顽强的疏远性，在事物的形状中人可以欣赏"他自己的外在现实"。黑格尔在此举了一个小男孩的例子：小男孩把石子扔到水里，他以惊奇的神色看水中的圆圈，这就是他的作品，他在看自己的"活动结果"，艺术家创作时也同样如此。

---

① 黑格尔：《美学》（第一卷），朱光潜译，商务印书馆 1979 年版，第 38 页。
② 同上书，第 38—39 页。

基尔克果:信仰上帝的单一者[*]

黑格尔宣称永恒的真理已经找到,国家是关于道德的绝对理念的充分实现,而他所提倡的是君主专制的政体,在他看来普鲁士是现代国家最充分的实现。也许他还没有忘记年轻时所种下的自由树,也许他还尊重法国大革命的基本原则,因为他所宣扬的君主政体并不是独裁式的和家长式的,他提倡现代国家要围绕自由的、理性的个人建立,要依法治国。可是这一切在统治者看来是太好敷衍了。重要的是黑格尔的学说能为他们所利用,即使这不是出自黑格尔的本意,所以黑格尔的哲学在其还在世的时候就成了普鲁士官方的御用哲学。

黑格尔死后,他的学说中的保守的成分和革命的成分被不同的学生发扬,于是出现了黑格尔左派和黑格尔右派。左派持激进的主张,声音越来越大,使得政府非常不安,这时老国王去世,新登基的威廉四世觉得应该把黑格尔赶出大学,于是柏林向黑格尔的老对头谢林发出了邀请。谢林犹豫之后接受了邀请,来到了普鲁士的首府,他表示他来这儿是为了引导哲学走出死胡同,他希望争论应该是纯粹学术性的。

谢林在柏林的讲座在一开始的时候受到了热烈的欢迎,校方即使已经选用了最大的教室仍然是不够用。来听讲的人中有那么多的未来思想的弄潮儿,比如恩格斯、巴枯宁、布尔哈特,其中还有基尔克果。基尔

---

[*] 国内对于基尔克果的译名极为不一致,有齐克果、祈克果、克尔恺郭尔、克尔凯郭尔、克尔凯戈尔、基尔凯戈尔等,在某种意义上来说,这么多的译名似乎与基尔克果所采用的众多假名形成了一个奇妙的对应。在本书中采用刘小枫先生的译法,统一为基尔克果,但是在引用的文献中,则保留原译者译名。

克果当时正面临他人生中的一次重大抉择①，他从哥本哈根跑到了柏林来听谢林的讲座。在一开始，他对谢林的讲课充满了期待，甚至"愿意冒着生命的威胁来听课"，事实上他也的确从谢林那里汲取了很多养分，他说："我差不多记住了谢林所讲的每一句。从这里我变得明白了……我的整个希望寄托在谢林身上。"②但是当谢林的讲座越来越多地涉及"绝对自由""绝对精神"的时候，基尔克果对其大失所望，他开始抱怨："谢林空话连篇，叫人无法忍受。"他没有听到所期待中的哲学的变革，谢林的哲学并没有脱离黑格尔太远，仍然停留在精神和概念的世界中，这不是基尔克果他们想要的。

黑格尔的时代应该结束了。

第一节　成为一个个体

说基尔克果反对黑格尔，其实不尽确切。与其说他反对某个个人，毋宁说他反对的是整个体系哲学，最主要的就是德国古典哲学，而其中最具有代表性，离基尔克果最近因而有着最大直接性的就是黑格尔了，因此黑格尔算是这种体系的代表，当然也是体系的集大成者，所以他成为基尔克果批判矛头的直接所指也就不足为奇了。

在托名克利马科斯的自传性作品《论怀疑者》中基尔克果谈了自己思想的发展历程。他对那些以为自己"只差一点点就要将一切奥秘解释净尽的人"加以嘲笑，认为"哲学虽然已有了这么一大堆定义，却也从来没有像现时这般乖戾无常，这般让人摸不着头脑"③。

黑格尔在他的宏大体系里将理念揭示了出来，因此造成了许多"终结"：艺术的终结、历史的终结。虽然具体的艺术还会不断更新，现实的历史进程也仍然在继续，但是，规律已经被描述，轨道已经被发现，没有什么意外和让人无法预知的东西了。这种理论上的强大自信和无所不

---

① 指基尔克果取消婚约一事。

② 转引自古留加《谢林传》，贾泽林等译，商务印书馆1990年版，第295页。

③ 克利马科斯（克尔凯郭尔）：《论怀疑者/哲学片段》，翁绍军、陆兴华译，生活·读书·新知三联书店1996年版，第5页。

包的雄心从抽象的意义上来说，似乎是成立的。一切都井然有序，一切都条理分明，上帝在这个体系的终点处等待着被揭示，你按照预定的计划和路线，总会在恰当的地方发现他。

但是，基尔克果不这么认为。他终身都在思考一个问题：如何才能成为一名真正的基督徒？用美国学者巴雷特的话来说就是："基尔凯戈尔的唯一的主题，他唯一热爱的，就是基督教。但是，他既不是以思辨的方式，也不是以浪漫的方式，来领悟基督教。他所关心的，毋宁是个人要成为一个基督徒具体地意味着什么。"① 基尔克果得出结论：每一个基督徒都只是在单独和上帝打交道，途径就是你作为个体的存在本身，你永远只能是那个单一者。因此那些号称是上帝的代表的教士和教会制度是邪恶的，是伪善的。他一直到死都在声讨和谴责丹麦的教会以及主教。他一直视自己为宗教作家，但是同时又是基督教体系尤其是丹麦当时的教会阶层的最激烈的反对者。在思考和试图回答怎么样才是一个真正的基督徒这个问题的时候，他找到了一个途径：个体。只有个体性是不可被欺骗的，反之，那些普遍的宏大的概念却充满了欺骗性。事实上，一个人如果一直在某种观念下生活，那么他很可能一直生活在某些仪式规范和社会角色之下，从而出现某人某天一觉醒来发现他已经死了，更可悲的是他发现他从来也没有活过这样的悲剧。在《或此或彼》中他通过威廉的口说："有那么多人在默默地受难之中度过了自己的一生。他们使自己活了很多年，并不是在生活内容不断展现、此刻在这种展现之中被拥有的意义之上，而可以说，是他们脱离了自己而活着，并且像影子一样消失掉了。"②

活着，在基尔克果看来，就是要成为自己，就是"认识你自己"。这也正是基尔克果推崇苏格拉底的原因之一。个体的存在是孤独的，而这种孤独是内在的，固有的。但是正是在这种孤独之中，人才能和上帝保持交往。

在基尔克果看来，一个生活在抽象的概念体系中的人是可悲的："如

① 巴雷特：《非理性的人——存在主义哲学研究》，段德智译，上海译文出版社1992年版，第158页。

② 基尔克果：《或此或彼》（下部），阎嘉译，华夏出版社2007年版，第825页。

果哲学家只是一个哲学家,埋头于哲学,毫不懂得自由的幸福生活,那么他就丧失了非常重要的东西,他会赢得整个世界,却丧失了自己——这种情况决不会发生在一个为自由而生活的人身上,哪怕他曾经失去过很多东西。"①

在基尔克果之前,很多哲学家都思考过"我存在"这个命题,但很多人都忘记了:我的存在并不仅仅是个思辨问题,并不是作为概念被反映出来,而是一种我个人热情介入的实在。这种介入是充满热情的,当然也可能是痛苦的,饱含折磨的,它可能经过三个阶段:审美的、伦理的和宗教的。所谓"审美的"生存,包括两种情况,一种是瞬间体验式的,比如孩童式的瞬间苦乐或者只顾当下的激情;另一种则是超然物外的那种,企图站在生活之外以一种不动心的态度超然观看事物。这种审美态度在基尔克果看来都是一种片面的态度,它将以对生活的绝望而结束,而要避免绝望,就需要被另一种生存态度所取代,也就是伦理的生活态度。审美地生活意味着什么,伦理地生活又意味着什么?基尔克果的回答是:"一个人身上的美学就是他自发地、直接地成为什么所要依靠的东西,伦理学就是他成为他自己所要依靠的东西。"② 审美地生活的人,是偶然之人,他确信,由于他是唯一的,因此是完美的;伦理地生活的人,致力于成为普遍的人。但是,这种普遍的伦理规范与人的最深层的自我是冲突的。"我"是一个具体的存在者,"我"的存在绝不可能完全纳入普遍概念乃至一个概念体系。基尔克果指出一般人认为伦理的东西是具有普遍性的,而作为普遍性的东西它适用于一切人,当个人与普遍性要求冲突的时候就是犯罪。黑格尔正是基于此才将信仰或者说宗教置于哲学之下,他犯了错误。基尔克果用亚伯拉罕的故事来谈自己的理解:亚伯拉罕要献祭自己的儿子以撒,他爱自己的儿子,儿子是上帝给他的,现在上帝要他杀掉儿子作为祭品,他对上帝的信仰和对儿子的爱就出现了矛盾,这种矛盾当中带有恐惧,这种恐惧让人夜不能寐,然而,基尔克果借约翰尼斯的口指出,没有恐惧,亚伯拉罕就不能成为亚伯拉罕了。亚伯拉罕的恐惧也是那些试图理解他的人的恐惧,但在理性意义上是无

---

① 基尔克果:《或此或彼》(下部),阎嘉译,华夏出版社 2007 年版,第 836 页。
② 同上书,第 839 页。

法理解亚伯拉罕的行动的，只有超越一切理性，从亚伯拉罕的信仰出发，才能为他的行动做出辩护。信仰既不能靠理性获得，也不能靠理性来辩护，"信仰正是这样一种悖论，单独的、个体性的东西比普遍性的东西更高；它在普遍性的东西之前得到辩护，但不是作为低于后者而是作为高于后者的东西得到辩护；不过，请记住，其表现方式为：个人在作为个体而从属于普遍性的东西之后，又借助于普遍性而成为比普遍性的东西更高的个体"。① 在这里亚伯拉罕作为个体直接与上帝交流，他无法用语言让其他人了解他的行为，因为一旦诉诸语言，就又成为普遍的东西了。作为信仰之父，亚伯拉罕的故事说明了一个道理："对于走上了信仰的羊肠小道的人，却无人能够给予忠告，因为无人理解他。"② 作为一个宗教形态的存在者，只能是一个个体。

第二节　难以索解的作家

基尔克果的一个最引人瞩目的地方，大概就是他的众多的假名了。在他的著作中，他总共使用了 14 个假名，这些假名都有一定的意义，比如：维克多·埃利米塔（胜利者埃利米塔），用这个假名他发表了《或此或彼》，但是埃利米塔还只是个编者，在《或此或彼》中还有另外几个人分别作为其中一部分内容的作者；约翰内·德·西冷蒂奥（沉默者约翰）也是他的假名之一，当然他最常用的和最有影响的假名应该是约翰内·克利马科斯（阶梯约翰），除此之外还有与之相对的安提－克利马科斯（反克利马科斯）。这些"作者"中的每一个都具有自己独特的个性、对生活独到的看法以及行文的风格。

基尔克果的这种做法当然不仅仅是一种风格上的游戏，这里面可能有的奥义正是我们试图要揭示的东西。刘小枫就对此表达了自己的惊叹，他在《或此或彼》的中译本序中自问：基尔克果写的东西为什么变来变去？他为什么要这样来表达自己的哲学？后来他才发现，这种写法其实在西方哲学中是一种非常古老的传统，色诺芬的《居鲁士劝学录》、卢梭

---

① 克尔凯郭尔：《恐惧与颤栗》，刘继译，贵州人民出版社 1994 年版，第 32 页。
② 同上书，第 43 页。

的《爱弥儿》等都是，离基尔克果写作方式最近的是德国浪漫派的代表小施莱格尔的《卢琴德》。哲学并不是都像康德和黑格尔那样构造非常严密的体系，事实上，体系在它的宏大的构造之外往往牺牲了与个体性命攸关的东西。①

雅斯贝尔斯在《大哲学家》中对奥古斯丁与基尔克果和尼采做一番比较后说："他们都是原初的引起震撼的人物。他们在整个一生中，在思想剧烈变化的状态，根据自己对人类存在的体验，热情奔放地进行思考，不停地、像火山爆发般地写作。他们思想的直接性似乎浮现在他们个人品质的玄深性上。他们不是成为一种形象，而是显现为多种形态。他们都以一种澄明人的生存的心理学，以在生机盎然的思想实践方面能发挥作用的学说，通过对原初问题的探索来进行思考。他们用心血来写作。因此他们的许多命题是激动人心的和独一无二的。他们敢于挑战矛盾，因为他们不拒绝任何原始的冲动，宁可遵循每一个对完全的、包罗万象的真理的追求。他们思想中的多维的、矛盾的可能性，正像他们的人生一样。"② 他们不仅向读者叙述事情，而且通过对事情的意义的反思，提供了对它的理解。在这些作家那里，事情成了人格的显像，这种人格的自我描绘本身隶属于事物。正是这些东西使得这些伟大的作家身上具有了强烈的"现代性"。但是他们之间又是不同的。在奥古斯丁那里，一切都涉及一个唯一的真理，他以基督教信仰共同体的名义并在这一共同体的权威之下说话，而基尔克果则与之相反，他是个别的，是例外，他效命于上帝，但是却与整个基督教世界为敌。至于尼采，在他那里，上帝已经死了，他在进行价值的全面重估。

如果说基尔克果反对系统的话，这里指的正是康德和黑格尔意义上的系统。但是，基尔克果自己的著作其实也并不缺乏系统性，当然这是另外一种意义上的系统性，这种系统性具有极强的迷惑性，它的表面五花八门，似乎毫无统一之处，而作者自己又尽力施放烟幕弹，用了那么多的假名，但是他自己后来也承认，他的所有作品都是有计划的："一项

---

① 基尔克果:《或此或彼》(上部)，阎嘉译，华夏出版社 2007 年版，刘小枫序，第 1—5 页。

② 雅斯贝尔斯:《大哲学家》，李雪涛主译，社会科学文献出版社 2005 年版，第 329 页。

始于《或此或彼》、一步步前进的著述活动在此寻找它在圣坛脚下尽善尽美的栖息之地",而他想要达到的目的则是始终如一的:"它是一个观念,从《或此或彼》到'反克里马库斯'的这种连续性,反思中的宗教观念。"①

　　他之所以运用这么多的假名,也许是为了向世人表明,这些作品中的内容不尽是他本人的看法,这就得与他用真名所发表的作品放在一起才能把握。但是我们不能得出结论说:基尔克果用假名发表的作品代表的是他不认同的观点,而那些布道词之类才是他真正的想法。既然这个作家一生都在致力于制造迷宫,我们为什么就一定相信他的署名本身就不是迷宫的一部分?这么说绝不是说基尔克果完全无解,只是说他从来不会直接而又简单地把自己的真正见解和盘托出,他推崇苏格拉底,只相信间接交流,这样他就会促使那些愿意与他交流的读者,不至于成为他的感召力的牺牲品,而是在他的促动下独立地思考,只有这样,他们才能做出自由的选择。这才是他最看重的东西。

　　你可以怀疑基尔克果所表述的具体内容,不过任何人都不能怀疑基尔克果哲学的真诚,否则你很难想象一个人用他的有限的生涯创作了那么多的作品,这些作品无疑是心血之作,耗尽了他的财产(他从他的父亲那里继承了非常可观的财富),并且事实上也耗尽了他的生命,而做这一切的目的却是为了欺骗,这种欺骗的结果是他身无分文凄惨地死去,同时还成为世人眼中的笑料。如果一定要寻找基尔克果的真面目,大概应该到他的日记中去寻找了。他在日记中这么吐露过:"尽管没有一位朋友知道我的秘密,尽管我断然不会向别人掏出我内心最隐秘的东西,我仍然认为,即一个人有责任不忽视内心的上诉法院同别人交换意见……从那一刻起我便做出了选择。那令人哀伤不已的畸态以及伴随而来的痛苦(它无疑会促使多数人去自杀的,如果他们有足够的精神力量去理解那种绝对悲惨的折磨)正是我所以为的肉中的刺、我的局限性、我的十

---

　　① 亨格:《〈或此或彼〉的成书经过》,载基尔克果《或此或彼》(上部),阎嘉译,华夏出版社2007年版,第6页。

字架。"① 正是这"肉中之刺"促使基尔克果近乎疯狂地写作，某种意义上可以理解为是他的一种朝圣行为。即使在日记里，基尔克果同样有很多保留，也许他意识到在他死后他的日记可能会被读者发现，因此他在某个时间里将日记中也许最能透露他的秘密的几页抽走了，留下了诸多断层。他自己说："我死以后，没有人能够在我的论文（那是我的慰藉）里找到那充满我一生的根本所在；也找不到封存在我内心最深处的作品，它解释了我的一切……在我将解释这一切的秘密注解毁灭殆尽之时。"②

基尔克果在关于《或此或彼》的作者问题闹得沸沸扬扬的时候，又以 A.F.···为名在《海盗报》上登了一篇名为《谁是〈或此或彼〉的作者》的文章，在文章中他写道：

> 大多数人，包括本篇文章的作者，都认为不值得费神去关心那作者是谁。他们不知道他的身份是很愉快的，因为那时他们只用与那本书打交道，不会受到他的存在的烦扰或分心。③

这也许是基尔克果的真心话，从中我们已经能够听到 20 世纪诸多文论主张的先声。

第三节　存在主义的续响

基尔克果反对所谓的客观真理，认为对于每一个个体来说，其最核心的存在就是由其灵魂所经历的痛苦或恐惧，最集中的表现形式是绝望。他拒绝将自己的存在当做思想的纯粹的客体，在他看来只有那些已经结束了的或完成了的事物，它们才可以被从经验中抽象出来并且被加以概念化，而活生生的存在的经验则是永无终点、无法完成的。这对于笛卡尔以来的自我观念是一个巨大的冲击。在笛卡尔那里，"我思"就肯定了

---

① 克尔凯戈尔:《克尔凯戈尔日记选》，晏可佳、姚蓓琴译，上海社会科学院出版社 2002 年版，第 75—76 页。

② 同上书，扉页。

③ 亨格:《〈或此或彼〉的成书经过》，见基尔克果:《或此或彼》（上部），阎嘉译，华夏出版社 2007 年版，第 12 页。

"我在",什么都可以怀疑,但自我不能怀疑,自我是知识的一个坚固的前提。自我是稳固的,完整的,并且是统一的。但是真的有这么肯定吗?基尔克果说:"人是精神。但什么是精神?精神是自我。但什么是自我?自我是一种自身与自身发生关联的关系,或者是在一个关系中,这关系自身与自身所发生的关联;自我不是这关系,而是这关系与它自身的关联。人是一个有限与无限、暂时与永恒的综合、自由与必然的综合,简言之,是一个综合体。综合是一种二者之间的关系;以这种方式思考,人就还不是一个自我。"① 这一段话是非常复杂的,让人读来摸不着头脑。但这也许就是基尔克果的目的所在,因为在这里他不仅是在说自己,也是在说绝望。绝望"来自自身与自身发生关联的综合所处的关系中,这是因为上帝把人造成一种关系,将这关系从手中放出,让它自身与自身发生关联;并且因为这关系是精神,是自我,在它存在的每时每刻支撑着全部绝望的重负"。② 绝望是与生俱来的,是人的定命。之所以绝望是因为人想挣脱那构造他的力量,但是不管他如何努力,这控制他的力量总是迫使他成为他不愿成为的自己,绝望将他和他自身紧紧联系在一起,使他处于不能摆脱的自我折磨之中。

基尔克果的这些观点对20世纪哲学与文学的影响是非常巨大的,我们只要略举出三个受其影响的人物就足以说明问题了:海德格尔、萨特、雅斯贝尔斯,也就是举世闻名的三位存在主义者。此外,还要提及俄罗斯思想家舍斯托夫,以及他所发现的与基尔克果思想相近的著名作家陀思妥耶夫斯基。

作为胡塞尔的学生,海德格尔在很大程度上受益于老师的现象学方法。他在写《存在与时间》的时候,认为现象学是唯一可以揭示出存在的本质的科学。胡塞尔学说的核心是他的三大理论创造:意向性、范畴直观和先验意识。海德格尔在一开始还试图保留胡塞尔的先验意识,对于存在方式比较关注,但是随着写作的进展,他越来越关注此在的生存,强调个体的地位,更多地考察在具体情境中的自我。海德格尔改造了胡塞尔的理论,比如说范畴直观在胡塞尔那里只是先验逻辑的一个要素,

① 克尔凯郭尔:《致死的疾病》,张祥龙、王建军译,中国工人出版社1997年版,第9页。
② 同上书,第12页。

但是对于海德格尔来说，范畴直观是人在自己的实际生命中领会存在。这必须得承认基尔克果对他的巨大影响。

　　萨特则更加明显和自觉地接受了基尔克果的影响，他说："拜读克尔凯戈尔时，我爬到最高处时还是爬回了我自己；我想紧紧地抓住他，但那被抓住的却还是我自己。这种非概念性的作品是一种吸引，它吸引我去理解那个作为一切概念之源泉的我自己。"①　在他的巨著《存在与虚无》中他多次以肯定的口吻引用基尔克果，比如在谈论自我与他人的关系的时候，他说："意识之所以面对他人肯定自身，是因为它要求认识它的存在，而不是认识抽象的真理。事实上，人们很难设想主奴间激烈的殊死斗争下的唯一赌注只是认识一个像'我是我'一样贫乏，一样抽象的表述。此外，在这种斗争本身中，有一种骗局，因为最终达到的目的是普遍的自我意识'对自己存在着的自我的直观'。在这里和在别处一样都必须把克尔凯廓尔和黑格尔对立起来，前者表明了追回原本个体的要求。个体要求的正是它作为个体的完成，即对它的具体存在的认识而不是对普遍结构的客观说明。也许，我向他人要求的权利提出了自我的普遍性；对个人的尊重要求把我的个人认作是普遍的。但是我的具体的，个体的存在悄悄进入了这个普遍之中并将它填满了，我正是为这种此在要求权利，特殊在这里是普遍的支撑物或基础；在这个意义下，普遍如果不以个体为目的而存在就不可能有意义。"②

　　当然，萨特与基尔克果之间的不同也是非常明显的。在基尔克果那里，个人是一种关系，既是与自己的关系，也是与上帝的关系。这与萨特的个体是不一样的，萨特的个体如果与什么有关系的话，那就是和整个社会，所以他后来提出了文学"介入"生活的理论。

　　在海德格尔的影响下，晚年的胡塞尔也逐渐地调整了自己的研究重点，开始从超验的意识转向具体的"生活世界"。这个时候舍斯托夫开始和他结识并受其影响，他向舍斯托夫郑重推荐了基尔克果，舍斯托夫接触之后对其完全着迷，并且发现陀思妥耶夫斯基与基尔克果的相近关系，

---

①　帕尔默：《克尔凯戈尔入门》，张全治译，东方出版社1998年版，第29页。

②　萨特：《存在与虚无》（修订译本），陈宣良等译，生活·读书·新知三联书店2007年版，第303页。

他说:"甚至可以毫不夸大地称陀思妥耶夫斯基为克尔凯郭尔第二。"① 他们的作品中充满了苦痛与绝望,那清晰有序,一切都可说得清的理性世界过去了,取而代之的是一个充满荒诞和悖论的世界。

---

① 舍斯托夫:《旷野呼告 无根据颂》,方珊、李勤、张冰等译,上海人民出版社 2004 年版,第 17 页。

尼采的艺术形而上学

雅斯贝尔斯曾将尼采、基尔克果与奥古斯丁放在一起做了一番比较，前文已经提及。他认为真正体验到基尔克果与尼采思想的哲学家就不会再在学院哲学传统模式下从事哲学探讨。他们都不屑于去构造宏大的体系，他们所探讨的都是与个体体验密切相关的东西。巴雷特指出："他们的中心论题是单个人或个体独有的经验，这单个人或个体情愿把自己摆到他的文明的最重大的问题面前接受拷问。对于基尔凯戈尔与尼采两人来说，这个最重大的问题就是基督教，虽然对于这个问题，他们持正相反对的立场。"① 对于基尔克果来说，问题在于怎样成为一个真正的基督徒，而对于尼采来说，上帝已经死了，那么人应该怎么办？不过有一点是一致的，他们都严厉地批判现有的教会，认为其正是人类文化中最为堕落的体现。基尔克果想要回到使徒时代，尼采则比他走得更远，他所梦想的是回到基督教还没有把它的病菌加之于人的健康本能之前。这两位哲学家在他们的同时代人看来，无非是两个怪人，两个危言耸听的预言家，没有人会把他们的话当真。相比于尼采，基尔克果仍然是凡尘中的普通一员，因为虽然他也感到孤独，但是他仍然把自己的根坚实地扎在大地上：他默默生活在自己的家乡，尽管他可能与自己的同胞们合不来，但是他热爱自己的家乡。可是"尼采是完完全全没有家的"②，他从尘世下降，就像查拉图斯特拉从山上下降一样，尼采自比为太阳，太阳

① 巴雷特：《非理性的人——存在主义哲学研究》，段德智译，上海译文出版社 1992 年版，第 13 页。

② 同上书，第 190 页。

下山为的是更为壮丽的日出，"因此，这部书以再生和复活的象征开始，而这其实正是《查拉图斯特拉如是说》的主题：人如何能够像凤凰那样，从自己的灰烬中再生？他如何能够真的变得健壮和完整？"① 这也许就是尼采提出"强力意志"的深层原因。他们所论及的问题并没有远离我们，可以说他们的批判在我们今天看来反而更加显得具有针对性和现实性。所以在他们自己的时代，他们注定是孤独的。

第一节　颓废者及其对立物

生活在 19 世纪的人们，经历了产业革命，经历了法国大革命，机械的发明和进步让人们更多地沉浸在物质享受所带来的幻像之中，大革命则摧残了人们的心灵。人们并没有因为认识世界的能力更加完备而变得更为幸福，生活更为美好，事实上，人性似乎更加萎靡和颓丧。斯坦达尔在 1829 年，也就是尼采出生之前 15 年，以非常悲观的笔调来描述他的时代，他认为："在一个世纪之内，自由将扼杀艺术的感觉。"② 商业行为将统治世界，渗透到各个角落，并会给艺术造成致命的打击。统治者们只会把他们的主要兴趣和精力放在商业投资上，而不会去建造可爱的教堂，更不会致力于艺术创造。在他们的统治下，客厅里将挤满一些腰缠万贯的富翁，他们什么都不缺，唯独缺乏的是对美的敏感以及艺术的鉴赏力。面对这种孱弱的时代，尼采发出了强烈的呼喊。他是一位激情的诗人，同时也是一位深刻的哲学家，不过如果在两者之中一定要去掉一个称号的话，我们可以说他更是一位诗人。因此他主张以艺术的眼光看待科学，以生命的眼光看待艺术，宣称："艺术是生命的最高使命和生命本来的形而上活动。"③

青年时的尼采是叔本华"意志"是生命的本质的学说的热烈崇拜者。

---

① 巴雷特：《非理性的人——存在主义哲学研究》，段德智译，上海译文出版社 1992 年版，第 199 页。

② 转引自雅斯贝斯《时代的精神状况》，王德峰译，上海译文出版社 1997 年版，第 9—10 页。

③ 尼采：《悲剧的诞生：尼采美学文选》，周国平译，生活·读书·新知三联书店 1986 年版，第 2 页。

在叔本华的哲学体系中，音乐处于一个特别的地位。所有其他的艺术门类，从建筑到悲剧，都是意志在不同层面上的体现，但音乐不同，"音乐乃是全部意志的直接客体化和写照，犹如世界自身，犹如理念之为这种客体化和写照一样"，① 在叔本华看来，音乐不是理念的写照，它直接就是意志自身的写照，因此要高于其他的艺术类型，音乐的效果也要比其他艺术的效果要强烈许多。受叔本华的影响，尼采非常热爱音乐，甚至想成为一个音乐家，虽然这一愿望没有实现，但是他终身保持对音乐的热爱，并且和瓦格纳建立了一种亲密的关系，但是随后由于其哲学观念的发展以及瓦格纳作曲风格的变化，这种友谊最终公开决裂。

尼采在他的第一本著作《悲剧的诞生》中向瓦格纳表示了敬意，把瓦格纳视为德国"创造力量"的体现，但是仅仅几年之后，他便公开与瓦格纳决裂，这后面究竟发生了什么呢？有不少论者试图从尼采的性格以及个人生活角度去探讨，这些也许都是有意义的，但是，最本质的原因肯定不在于此，作为一位严肃的哲学家，这种意义重大的事情之所以会发生，原因还得到他的思想中去寻找。尼采之所以反对瓦格纳，是他对于瓦格纳音乐的理解所造成，瓦格纳的音乐放弃了旋律，取而代之的是激情，是不稳定和跳跃，充满了大而无当的话语以及浮夸的华丽，它哗众取宠，吸引大众，虽然取得了世俗的巨大声誉，但在尼采看来却是颓废，瓦格纳是颓废的传播者，但究其根本，瓦格纳又是叔本华哲学在音乐上的体现者。对叔本华来说，人类的存在从本质上表现为一种非常顽固的单调性，生活似乎在空洞而无意义地围绕着自己旋转，这就是颓废，是一种时代病，叔本华传染给了瓦格纳，也传染给了尼采。因此，尼采要摆脱瓦格纳，就是要摆脱叔本华，同时也是克服他自己的疾病。"我和瓦格纳一样是这个时代的产儿，可说是个颓废者。"② 但是尼采认为自己作为一位哲学家，完全可以克服自己的时代加之于自己的限制：他认识到自己是个颓废者，并且积极与之抗争，从而成为颓废的对立者。在精神分裂之前，尼采在他自传性的作品《看哪这人》中"夫子自道"

---

① 叔本华：《作为意志和表象的世界》，石冲白译，商务印书馆 2007 年版，第 357 页。

② 尼采：《瓦格纳事件/尼采反瓦格纳》，卫茂平译，华东师范大学出版社 2007 年版，第 13 页。

地指出，他认识到自己的颓废之处，他同时又反抗这种颓废，而追求健康、渴求生命的活力。①

叔本华的意志概念指的是一种盲目挣扎的消极力量，而尼采所着眼的则是一种强健的创造力量，叔本华着眼在否定，尼采则着眼于肯定，肯定生命的价值，肯定艺术的作用。对此尼采在晚年的遗稿中指出："叔本华认为艺术乃是否定生命的桥梁，这就是他对艺术的臭名昭著的误解。"② 而他自己则用炽热的情感歌颂艺术："艺术，无非就是艺术！它乃是使生命成为可能的壮举，是生命的诱惑者，是生命的伟大兴奋剂。艺术是对抗一切要否定生命的意志的唯一最佳对抗力，是反基督教的、反佛教的、尤其是反虚无主义的。"③ 在他看来正如他自己是颓废者的对立物一样，艺术是颓废的对立物，而以往的哲学、宗教、道德都是颓废的象征和表现。

第二节　尼采论艺术家：生命力最丰裕的人

在尼采看来，艺术家首先是颓废的克服者，是生命力极其旺盛的人，独一无二的清醒者，但同时又由于力的过剩，而与常人相比显得病态。这种病态并不是消极的，否定的，与之相反，其充盈的创造力所体现的正是积极的和肯定的一面。他说："我主张，我们相对来说都是有病的……艺术家则属于极健壮的种族。那些在我们身上表现有害、病态的东西，在他们那里则是天性。"④ 这里的原因在于，天才能够将这种病态

---

① 尼采：《权力意志——重估一切价值的尝试》，张念东、凌素心译，商务印书馆1996年版，第11页。他的原话是这样的："总而言之，我既是个颓废者，也是其对立物。明证之一就是，我对逆境总是本能地择优而适，而本来的颓废者却总是采取于己不利的办法。……一个典型病态的人是没有办法康复的，更谈不上自我康复了；反之，对于一个典型的健康的人来说，病患甚至可以成为生命的特效兴奋剂，成为促使生命旺盛的刺激物。……从自身要求健康、渴求生命的愿望出发，我创立了我的哲学……因此，我提请诸位注意：我生命力最低下之日，也就是我不再当悲观主义者之时。因为，自我再造的本能禁止我创立一种贫乏的和泄气的哲学……"

② 尼采：《权力意志——重估一切价值的尝试》，张念东、凌素心译，商务印书馆1996年版，第509页。

③ 同上书，第443页。

④ 尼采：《权力意志——重估一切价值的尝试》，张念东、凌素心译，商务印书馆1996年版，第509页。

的东西转化为积极的创造性力量，能够控制并驾驭这种负面的力量，而普通人则相反，他们非但无法控制这些力量，事实上往往反过来被其所控制。尼采说："特殊状态乃是艺术家的先决条件。因为，大家都与病态现象有着深刻的亲缘关系，并且聚生一处，以致既当艺术家又不患病，似乎是不可能的。"① 常人生活在日常世界之中，无法挣脱各种习俗的桎梏，但是艺术家却可以摆脱它们的束缚，常常能把事物神圣化和诗化，人们自身的丰盈和生命欲望在这些事物中得以反映，这些欲望包括食欲、性欲、凯旋、醉意、春意、残暴、轻蔑、壮举以及宗教情感的奋激。在这些欲望中有三种要素是主要的，它们在最初的"艺术家"身上似乎占压倒优势。它们是性欲、醉意和残暴，都属于人的最古老的喜庆之乐，而最强烈的又是性欲，那是生命力充盈的最强烈体现："艺术叫我们想起了兽性的生命力的状态；艺术一下子成了形象和意愿世界中旺盛的肉体，性的涌流和漫溢；另一方面，通过拔高了生命形象和意愿，也刺激了兽性的功能——增强了生命感，成了兴奋感的兴奋剂。"② 艺术家之所以能克服颓废，正是由于他身上充盈的生命力，这生命力又首先体现为性欲这种原始的、动物性的生命力状态，而与之紧密联系的便是被传统西方哲学所抛弃，被理性所拒斥，被基督教视为罪的渊薮的人的身体。尼采将自柏拉图以来的形而上学家统统称为"蔑视身体的人"，并在《查拉图斯特拉如是说》中对其予以嘲笑和抨击。小孩子都知道自己既是身体又是灵魂，可是他们竟然连小孩子也不如。当然小孩子所知毕竟有限，他并不知道一个人完完全全的就是身体，此外什么也不是，灵魂也不过只是表示身体上的某个东西的词语而已。他说："我的兄弟啊，在你的思想和感情背后，站立着一个强大的主宰，一个不熟悉的智者——那就是自身。它寓居于你的身体中，它就是你的身体。"③ 蔑视自我的人是精神上的孱弱者，他们真正要做的是取消生命本身，因为身体就是自我，自我寓居于身体之中。

---

① 尼采：《权力意志——重估一切价值的尝试》，张念东、凌素心译，商务印书馆1996年版，第467页。

② 同上书，第253—254页。

③ 尼采：《查拉图斯特拉如是说》，孙周兴译，上海人民出版社2009年版，第34页。

　　自柏拉图开始，西方文化是轻视身体，同时也轻视艺术的，认为艺术远离真理。尼采则第一个公然将这种观点扬弃，他所选择的出发点就是身体，所得到的结论是艺术高于真理。他说："我们有艺术，这是为了我们不因真理而招致毁灭。"① 真理是柏拉图以来西方哲学一直在探讨和追问的终极目标，一直是以超感性的方式存在的，这一点被基督教所继承，成为彼岸世界。这正是尼采致力于要克服的东西。尼采力图把艺术建立在对感性世界的肯定的基础之上，也即建立在身体的基础之上。

　　年轻时的尼采热烈崇拜叔本华，因而又是叔氏哲学在艺术上的体现者瓦格纳的追随者。但当尼采的思想逐渐发展，他与叔本华的悲观主义、狭隘的唯意志论发生了巨大的冲突。在叔本华那里，最终一切归于寂灭，一切归于无，这是尼采所不能接受的。叔本华其实仍然是柏拉图哲学的变体，他所关注的对象不是个别的事物，而是柏拉图式的理念——意志，这意志是世界的本质。但对于尼采来说，他恰恰要完成的是对柏拉图的倒转。他说："斡旋者不具备观察独特事物的眼力，看任何事物都觉得相似，且同等对待。这是弱视的特征。"② 而他则与之相反，要发掘出那独一无二之物的独一无二之处。尼采将艺术家与科学家相比，认为前者通过对身体的强调，对感性之物的凸显，要比后者体现出充沛得多的生命力。这时候他已经完全扬弃了叔本华，并且和瓦格纳决裂了。他讴歌沉醉的状态，否认庸人的道德，他认为艺术家从其本性上来说都是好色之徒，性欲旺盛，每种官能都开放着，易于对各种刺激作出反应："用生理学的话来说就是：艺术家的创造本能和精液在血液中的分布……对艺术和美的要求就是间接对性欲快感的要求，他把这种快感传输给大脑。"③ 柏拉图强调超验的理念，贬低具体的事物，将后者说成是前者的附庸，这在尼采看来是本末倒置的。尼采指出人们之所以是艺术家，是因为人们认为，一切非艺术家称之为"形式"的东西乃是内容即"事情本身"。这样一来，人们就属于一个颠倒的世界了。因为，对一个人来说，现在

---

　　① 尼采：《权力意志——重估一切价值的尝试》，张念东、凌素心译，商务印书馆1996年版，第599页。

　　② 尼采：《快乐的科学》，黄明嘉译，华东师范大学出版社2007年版，第249页。

　　③ 尼采：《权力意志——重估一切价值的尝试》，张念东、凌素心译，商务印书馆1996年版，第643页。

内容就成了单纯形式的东西了——连我们的生命在内。① 他不能赞同这些观点，在他看来艺术家要比迄今为止的哲学家更接近真理，因为正是他们才触及了生活的本质。②

第三节　上帝之死

在他的处女作《悲剧的诞生》中，尼采用太阳神和酒神来象征地说明艺术的起源、本质和作用，也在其中探讨了生命的意义。其后尼采虽然哲学观点有发展变化，但核心思想基本是保持不变的。太阳神象征的是幻觉，这种幻觉具有光彩夺目的外观；酒神则象征着充盈的生命力，这种生命力的表现是情绪的激发和释放，伴随着如醉如狂的情感状态。从反对理性这一点来说，两者是相同的，但两者之间也存在区别。在《快乐的科学》中他继续对这两种状态加以解释："每一种艺术和哲学都可能被视为治疗手段和辅助手段，为倾力奋斗的、变幻莫定的人生服务，它们无不以痛苦和受苦之人为前提。而受苦者又分为两类：一种是因生活过度丰裕而痛苦，这类人需要酒神艺术，同时也用悲观的观点审视生活；另一类是因生活的贫困而痛苦，他们需要借助艺术和知识以寻求安宁、休憩和自救、或者寻求迷醉、麻木、痉挛和疯狂。"③ 他指出酒神性质的艺术家不仅观察可怕和可疑的事物，而且实施可怕的行动，肆意进行破坏和否定。他身上可能出现邪恶、荒谬和丑陋的东西，这是创造力过剩所致，这过剩的创造力甚至能把荒漠变成良田。对于他们来说，"描

---

① 尼采：《权力意志——重估一切价值的尝试》，张念东、凌素心译，商务印书馆1996年版，第442页。

② 同上书，第172页。原话是："在主要问题上，我赞同艺术家的地方要比赞同迄今为止的所有哲学家的地方多些。因为哲学家没有失去生命走过的伟大足迹，他们热爱'本世界'的事物——而他们热爱这些事物的感官却追求'非感性化'。在我看来，这是误解，或是病态……应该这样生活，使自己的感性日益精神化和多样化。的确，我们要感谢感性的自由、丰盈和力，然而，我们要给感性提供我们拥有的精神佳品。传教士和形而上学败坏了感性的名声，这与我们毫不相干！"

③ 尼采：《快乐的科学》，黄明嘉译，华东师范大学出版社2007年版，第376页。

写恐怖和疑惑乃是权力的本能和艺术家的光彩"。① 反之，受苦者，生活赤贫者大多需要温和、平静和善良，在思想和行动里需要一个上帝，一个庇佑病人的真正上帝，一个"救主"。②

值得注意的是，酒神艺术在两本著作中是相同的，但是与之相对的那一种艺术则发生了变化。在《悲剧的诞生》中是太阳神艺术，在《快乐的科学》中则变成了需要"上帝"的艺术，也就是基督教艺术。在《悲剧的诞生》中尼采对两种类型的艺术都给予了高度肯定，两者互相补充，使得生命的每一瞬间都是值得一过的。但是到了《快乐的艺术》中笔调就发生了变化。这应该是因为《悲剧的诞生》主要论述的是古希腊艺术，这种艺术后来由于形而上学的发展被败坏了；而《快乐的艺术》则主要关注现代艺术，也就是19世纪的西方艺术。尼采反对当代艺术，呼吁回到柏拉图、亚里士多德之前的古希腊艺术，他敌视基督教在这里也可以找到原因。

古希腊时代是众神的时代，多神的时代。在多神的时代，艺术家可以确立自己的个人理想，并从中发展出自己的准则、兴趣和权利，一句话：个体是独立的。但是到了基督教时代，多神不再，取而代之的是一神教。"一神论也许是迄今对人类最大的危害，它是僵化的教条，只信仰一个真神，除他而外，其余的神全是伪造的。这危害表现在：那种停滞状态正在威胁着人类，也就是我们可以看得见的、大多数动物早已达到的过早的停滞状态。这些动物相信类群里只有一个标准和典范，并把这一道德溶化在自己的血肉里。"③ 一神论僵化的教条摧毁了个人的理想，个人的权利被践踏。

尼采哲学批判的目标主要就是自柏拉图以来的传统哲学和基督教，两者的基本前提是相近的，都建立在此岸与彼岸相对立的基础上。前文已经提到，自文艺复兴以来，基督教就成为被批评的对象，但那些批判往往是针对教会的，是从组织形式上展开的批评，基督教的核心思想不

---

① 尼采：《权力意志——重估一切价值的尝试》，张念东、凌素心译，商务印书馆1996年版，第544页。

② 尼采：《快乐的科学》，黄明嘉译，华东师范大学出版社2007年版，第376页。

③ 同上书，第222页。

但没从根本上动摇，甚至还被发展。无论是路德还是卢梭甚至康德、黑格尔，最后都给上帝留下了舞台。这种情况到了尼采这里才最终发生根本性的变化。尼采认为从柏拉图到基督教都不是在追求真理，都是在营造一种信仰体系，某种程度上说都是在营造假象。营造假象本身也许并不太错，但是这种假象被大家奉为唯一真理，对人的天性起到高度的压制作用，使人成为颓废者。要想使人恢复健康，重新振作起来，就得颠覆这些价值，回到古希腊，回到苏格拉底之前的希腊艺术中去，回到酒神和太阳神的艺术中去，而要迈出的第一步就是颠覆基督教的信仰。上帝本来就是人发明出来的概念，现在应该让它消失了。

在《快乐的科学》中，紧跟着在《查拉图斯特拉如是说》中，尼采都宣告了上帝已经死去，这是对基督教的反思，同样也是对整个西方形而上学传统的反思。这种思想注定将深刻影响其后人类的文化和历史。

参考文献

中文部分

1. 论文

阿尔都塞：《意识形态与意识形态国家机器》，方杰译，载《图绘意识形态》，南京大学出版社 2002 年版。

阿特克斯：《作为差异结构的符号——德里达的解构及其若干含义》，《外国文学》1995 年第 2 期。

巴特：《作者之死》，载赵毅衡编《符号学文学论文集》，百花文艺出版社 2004 年版。

巴维尔：《现代法国文学批评的流变与平衡》，李金佳译，《国外文学》1999 年第 4 期。

陈本益：《论德里达的延异思想》，《浙江学刊》2001 年第 5 期。

刁克利：《柏拉图诗人论的矛盾及其启示》，《中国人民大学学报》2005 年第 1 期。

黄鸣奋：《后结构主义与超文本理论》，《吉首大学学报》（社科版）2001 年第 4 期。

黄晞耘：《罗兰巴特思想的转捩点》，《世界哲学》2004 年第 1 期。

黄晞耘：《被颠覆的倒错》，《外国文学评论》2003 年第 1 期。

兰珊珊：《也论"作者之死"》，《外国文学研究》1997 年第 4 期。

宁一中：《作者：是"死去"还是"活着"?》，《国外文学》1996 年第 4 期。

王宁：《后殖民主义理论思潮概观》，《外国文学》1995 年第 5 期。

严泽胜：《拉康与分裂的主体》，《外国文学评论》2004 年第 4 期。

张一兵：《拉康哲学的问题式》，《哲学研究》2005 年第 4 期。

张翔：《能指的游戏——拉康语言/精神分析学中的"意义"》，《四川外
　　语学院学报》2002 年第 3 期。

　　2. 著作

阿多诺：《否定的辩证法》，张峰译，重庆出版社 1993 年版。

艾布拉姆斯：《镜与灯》，郦稚牛译，北京大学出版社 1989 年版。

艾柯：《符号学理论》，卢德平译，中国人民大学出版社 1991 年版。

巴赫金：《文本、对话与人文》，白春仁译，河北教育出版社 1998 年版。

巴赫金：《周边集》，李辉凡译，河北教育出版社 1998 年版。

巴赫金：《诗学与访谈》，白春仁译，河北教育出版社 1998 年版。

参阅巴尔特：《符号学原理》，李幼蒸译，生活·读书·新知三联书店
　　1989 年版。

巴特：《叙事作品结构分析导论》，董学文、王葵译，见《符号学美学》，
　　辽宁人民出版社 1987 年版。

巴特：《S/Z》，屠友祥译，上海人民出版社 2000 年版。

巴特：《罗兰·巴特随笔选》，怀宇译，百花文艺出版社 2005 年版。

巴特：《批评与真实》，温晋仪译，上海人民出版社 1999 年版。

巴特：《罗兰·巴特自述》，怀宇译，百花文艺出版社 2002 年版。

包亚明主编：《一种疯狂守护着思想——德里达访谈录》，上海人民出版
　　社 1997 年版。

毕尔格：《主体的退隐》，陈良梅、夏清译，南京大学出版社 2004 年版。

布鲁姆：《影响的焦虑》，徐文博译，生活·读书·新知三联书店 1989
　　年版。

柏拉图：《柏拉图全集》（第三卷），王晓朝译，人民出版社 2003 年版。

柏拉图：《柏拉图全集》（第一卷），王晓朝译，人民出版社 2003 年版。

波斯特：《信息方式：后结构主义与社会语境》，范静哗译，商务印书馆
　　2000 年版。

波利亚科夫编：《结构—符号学文艺学——方法论体系和论争》，文化艺

术出版社 1994 年版。

德里达：《文学行动》，赵兴国等译，中国社会科学出版社 1998 年版。

德里达：《书写与差异》，张宁译，生活·读书·新知三联书店 2001
年版。

德里达：《论文字学》，汪堂家译，上海译文出版社 1999 年版。

德里达：《多重立场》，佘碧平译，生活·读书·新知三联书店 2004
年版。

德希达：《他者的单语主义——起源的异肢》，桂冠图书股份有限公司
2000 年版。

多尔迈：《主体性的黄昏》，上海人民出版社 1989 年版。

弗朗索瓦·多斯：《从结构到解构——法国 20 世纪思想主潮》（下卷），
季广茂译，中央编译出版社 2004 年版。

福柯：《词与物》，莫伟民译，上海三联书店 2001 年版。

福柯：《知识考古学》，谢强、马月译，生活·读书·新知三联书店 2003
年版。

福柯：《规训与惩罚》，刘北成译，生活·读书·新知三联书店 1999
年版。

福柯：《权力的眼睛——福柯访谈录》，严锋译，上海人民出版社 1997
年版。

福柯：《福柯集》，杜小真编译，上海远东出版社 1998 年版。

高宣扬：《当代法国思想五十年》，中国人民大学出版社 2005 年版。

海德格尔：《路标》，孙周兴译，商务印书馆 2000 年版。

海德格尔：《林中路》，孙周兴译，上海译文出版社 2004 年版。

海德格尔：《海德格尔选集》上卷，孙周兴译，上海译文出版社 1996
年版。

海德格尔：《存在与时间》，陈嘉映译，生活·读书·新知三联书店 1987
年版。

黄作：《不思之说》，人民出版社 2005 年版。

康德：《判断力批判》，宗白华译，商务印书馆 1964 年版。

卡勒：《结构主义诗学》，盛宁译，中国社会科学出版社 1991 年版。

卡西勒：《启蒙哲学》，顾伟铭等译，山东人民出版社 1988 年版。

拉康：《拉康选集》，褚孝泉译，上海三联书店 2001 年版。

赖特：《拉康与后女性主义》，北京大学出版社 2005 年版。

列维：《萨特的世纪》，商务印书馆 2005 年版。

罗斯诺：《后现代主义与社会科学》，张国清译，上海译文出版社 1998
　年版。

利科主编：《哲学的主要趋向》，商务印书馆 1988 年版。

马拉美：《马拉美诗全集》，葛雷、梁栋译，浙江文艺出版社 1996 年版。

米勒：《福柯的生死爱欲》，高毅译，上海人民出版社 2003 年版。

莫伟民：《主体的命运》，上海三联书店店 1996 年版。

尼采：《权力意志》，张念东、凌素心译，商务印书馆 1996 年版。

尼采：《看哪这人》，张念东、凌素心译，中央编译出版社 2000 年版。

倪梁康：《自识与反思》，商务印书馆 2002 年版。

萨特：《萨特哲学论文集》，潘培庆等译，安徽文艺出版社 1998 年版。

萨义德：《东方学》，王宇根译，生活·读书·新知三联书店 1999 年版。

塞尔登：《文学批评理论——从柏拉图到现在》，刘象愚译，北京大学出
　版社 2000 年版。

西川直子：《克里斯托娃——多元逻辑》，王青、陈虎译，河北教育出版
　社 2002 年版。

索绪尔：《普通语言学教程》，高名凯译，商务印书馆 1980 年版。

汪民安（主编）：《后现代的哲学话语：从福柯到赛义德》，浙江人民出版
　社 2000 年版。

汪民安：《谁是罗兰·巴特》，江苏人民出版社 2005 年版。

韦勒克：《近代文学批评史》（第一卷），杨岂深译，上海译文出版社
　1987 年版。

维柯：《新科学》，朱光潜译，人民文学出版社 1986 年版。

肖邦：《觉醒》，辽宁教育出版社 1997 年版。

谢林：《先验唯心论体系》，石泉、梁志学译，商务印书馆 1975 年版。

雪莱：《雪莱全集》第五卷，江枫译，河北教育出版社 2000 年版。

姚斯，霍拉勃：《接受美学与接受理论》，辽宁人民出版社 1987 年版。

伊格尔顿：《二十世纪西方文学理论》，伍晓明译，陕西师范大学出版社
　1986 年版。

张秉真等:《西方文艺理论史》,中国人民大学出版社 1994 年版。

张一兵:《无调式的辨证想象》,生活·读书·新知三联书店 2001 年版。

赵毅衡编:《符号学文学论文集》,百花文艺出版社 2004 年版。

朱立元主编《当代西方文艺理论》,华东师范大学出版社 1997 年版。

朱立元主编:《二十世纪西方美学经典文本》(第三卷),复旦大学出版社 2000 年版。

朱立元主编:《二十世纪西方文论选》(下),高等教育出版社 2002 年版。

英文部分

Barthes, Roland. , "From Work to Text", *The Norton Anthology of Theory and Criticism*, ed. Leitch, Vincent, B. (New York: W. W. Norton & Company, Inc 2001).

Barthes, Roland. , *Critical Essays.* Trans. Richard Howard. (Evanston : Northwestern University Press, 1972).

Biriotti, Maurice. , "Introduction: authorship, authority, authorization". *What is an author?* Eds. Maurice Biriotti and Nicola Miller. (Manchester University Press 1993).

Brooker, Peter. , *Cultural Theory: a glossary.* (London: Arnold, 1999).

Burke, Seán. , *Authorship: From Plato to the Postmodern: A Reader.* (Edinburgh: Edinburgh University Press 1995).

Burke, Seán. , *The Death and Return of the Author.* (Edinburgh: Edinburgh University Press, 1992).

Derrida, Jacques. , *Margins of philosophy*, Trans. Alan Bass. (Chicago: the University of Chicago Press, 1982).

Eagleton, Terry. , "Self – authoring Subjects". *What is an author?* eds. Biriotti, Maurice and Miller, Nicola. (Manchester: Manchester University Press, 1993).

Hirsch, E. D. , Jr. , *Validity in interpretation.* (New Haven and London : Yale University Press 1967).

Leitch, Vincent, B. , ed. , *The Norton Anthology of Theory and Criticism*,

（New York：W. W. Norton & Company, Inc 2001）．

Lentricchia, Frank, et al eds. , *Critical Terms for Literary Study*, （Chicago：
The University of Chicago, 1995）

Lodge, David, ed. , *Modern Criticism and Theory*：*A Reader.* Longman 2000.

Man, Paul de. , *Blindness and Insight*：*Essays in the Rhetoric of Contempora-
ry*, second edition. ed. Wlad Godzich （London：Methuen, 1983）．

Miller, Nancy. , "Changing the subject：authorship, writing and the reader" . *What
is an author?* Eds. Maurice Biriotti and Nicola Miller. （Manchester and New York：
Manchester University Press 1993）．

Norris, Christopher. , *Deconstruction*：*Theory and Practice.* （London：Rout-
ledge, 1991）．

Wellek, René. , *The Attack on Literature and Other Essays*, （The University
of North Carolina Press）．

后　记

我不胜酒，但非常羡慕懂酒的人，我的师兄就深识酒趣。2005年春夏之交，我的博士论文刚刚定题，思路时常阻滞，师兄给了我很多建议，这些建议大多是在酒馆里给的。那一阵子，经常和师兄在汉口路上的小酒馆小酌，聊选题，整理思路，谈哲学，师兄的很多思想闪光，对我启发很大。师兄已经成家，在西安有温馨的小家庭，给我看过嫂子的照片，的确让我这个单身狗艳羡不已。他一人负笈南京，其毅力与决心可知。他的经济状况比我好，每次都是他请我，我欠他酒债，至今未还。毕业之后，师兄在江苏找了好多高校，多因故未成，遂飘然回陕，供职于某关键部门，在别人眼里混得很是风生水起，但我知道，这远非他本意，他似乎也并不开心，因为离学术越来越远了。多年过去了，我们偶尔在电话中聊上一会，早已无关学术，那段与师兄酒中论学的时光成了我最怀念的一段风景，那么纯粹，那么智性，当然，还那么年轻。

选题刚确定时，我将问题聚焦在罗兰·巴特和他的论文《作者之死》上，导师胡有清教授建议将其处理为一种思潮。这对我的思路是一个很大的拓展，无疑将增大作品的厚度和广度，我欣然接受。不过这样一来难度也就更大了：既有提法中，没有这种思潮。一般人们会说（后）结构主义思潮、（后）现代主义思潮，而"作者之死"思潮，的确是一种新颖的说法。这其实也没什么，因为大部分的思潮其实都是研究者概括的，在当时，身处其中的人们往往并没有那样的自觉。既然"作者之死"观念有那么多的呼应者和那么大的影响，为什么不能视之为思潮呢？不过这也就要我去说清楚这种思潮和其他思潮之间的关系。在我看来，"作者之死"思潮关注作者的主体性，关注意义的确定性问题，并倾向于给出否定的答案，是结构主义思潮与后结构主义思潮，现代主义思潮与后现代主义思潮之间的过渡。甚至可以说，没有"作者之死"思潮，后两者就根本不会出现。这些观点在书中都有所体现。

经过一年多的艰辛工作，在第二年参加答辩。德高望重的包中文教授在南京7月的酷暑中审阅了论文，并给出了比较高的评价，在这里请允许我将他当年的评语摘录一些：

> 论文对于"作者之死"思潮在历史发展中的意义、贡献及其局限和不足作了明确的论述，表现了作者立足于人的全面解放，对于有关人和作者主体的片面论断作出细致的辨析，反映了作者在坚持历史辩证法，反对各种各样形而上学中所做的努力。作者的结论为：人和作者的主体性是发展的、多样的，不应该否定，应当从人和作者的全面发展的视角扬弃传统意义上有关人和作者的主体性的理论观点，力求全面地、历史地处理问题。
>
> 基于以上的认识，论文的阐释，达到了较高的理论层次……论文达到了博士学位论文的要求，建议评委会通过。

其他参与答辩的评委，比如凌继尧教授（答辩委员会主席）、姜建研究员、王杰教授和周群教授，都对论文给予了肯定，当然也提出了很多建设性的意见。坦率地说，各位评委真的是宽容长者，他们对我这很不像样子的论文如此包容，让我感戴至今。我认真吸取了他们的意见，自毕业之后，就开始了论文的修改和扩容工作。

博士毕业之后，我有幸来到了南通大学文学院工作。在这里，有幸结识了以江苏省教学名师周建忠教授为带头人的学术团队。周建忠教授倾力于学科建设，尤其着力培养和提携青年教师。本书也得到了他的资助。到南通大学参加工作，今年正好是第10年。这10年，正是学校、学院发展的最好时期，前辈师长为我们青年教师的成长和发展提供了非常好的条件，我们专业在学科带头人王春云大姐的带领下，形成了和谐良好的学术氛围，张小芳老师、邵志华老师、杨菊老师、李卫东老师、高金生老师、宋新军老师和王展老师等，大家互敬互让，愉快共事，也让我对博士论文的修改有了更多的余暇和思想空间。

2011年，我又回到母校哲学系从事博士后研究工作。导师王月清教授宽广的学术视野对拓宽我的思路起到了很大帮助。在博士后的三年研究中，导师对我启发很多，虽然我的博后选题与博士论文没有太大关系，但是思考的门径却是相通的。在此期间，我有幸获得江苏省哲学社会科学基金后期资助，最终促成了本书的出版。此外，南通大学人文社科处的领导和老师们也对本书非常关心，给予了一定额度的资助。

在修改中，我越来越认识到作者主体性问题是西方文论体系中的一个重要问题。自柏拉图起，在西方文化中就一直存在着"去作者"观念，就是在讨论诗歌等作品时，忽视或取消作为经验个体存在的作者的作用，将所谓真正的作者归于一种超越性的力量。修改时我致力于探讨20世纪西方的"作者之死"思潮与西方文化传统中的"去作者"观念之间的内在联系，并指出该思潮的主要代表人物（巴特、福柯、德里达）受20世纪语言学转向之后的语言观的影响，不再把作品归于神意，而是将其归于语言，并且注意到了读者的作用，具有非常鲜明的反神学和去中心的革命意义。在指出其积极意义的同时也反思其不足，这种不足主要是由于其陷入了形而上学的泥沼。要想克服这种不足，既要考虑到社会实践和主体间性，对西方哲学和文化中的唯我论和独断论进行反思，也要从中国的传统智慧中汲取力量。作者与读者在语言中交流、对话，文本的意义得以确立。作者主体性与读者的主体性是互补的存在，没有哪一个能否定另外一个的存在，从而确立其独断的地位。这与中国文化中的圆融思想是一致的。

在本书最终完成之后，我深深感到写作是一门遗憾的艺术。面对这样一个艰深的选题，自己本也有着相当的雄心壮志，可最后却只能交出这样一份粗陋的论述。在这里必须要感谢本书的责编陈雅慧老师，她宽容了本书的诸多不足，并为该书的出版付出了辛勤的汗水。10年的光阴很轻易就从指间眉尖滑过，愚笨如我，也只能就此打住了。在书稿的写作过程中，爱人给了我最大的包容和鼓励。我脾气火爆，时常会面目狰狞，尤其在思路进展不顺的时候，这时候她总是耐心开导我，而可爱的女儿的陪伴也给枯燥而又烧脑的写作生活增加了无限的快乐。几年前父亲去世了，母亲的身体也渐渐不如往年。寒假过年时，接母亲到家里小住，那时也正是我修改书稿最紧张的时刻。爱人倾心尽力地照顾老母亲，带她去洗澡，带她到小区里散步，各方面都很细致周到，让我感动不已。要知道母亲在她四十多岁的时候才有了我，我记事之后，父亲因在外地工作，很少在家，母亲为我倾注了多少心血可以想见。爱人是 80 后，她正在着手从事她所主持的国家自然科学基金的研究工作，任务比我要艰巨得多，让她来照顾年过 80 的母亲，实属不易，算是为我略报慈母之恩吧。有了爱人的付出，我才能专心致力于书稿的最后完善工作，想起我坐在书桌边，面对电脑枯坐，母亲静静地坐在我旁边的情景，真的希望时间能就此停下来一会儿。

离开母校 10 年了，这 10 年中，各种人生况味都曾尝过。前一阵子看到一篇与我一位尊重的老师有关的报道，心中很感慨，当时写了一段文字发在朋友圈，权录于此，作为这一篇后记的结束语：

在母校时，印象最深的是给我们上马克思主义理论课的张老师。那可真的是不一样的马克思主义理论课，听过的人都知道。他满头银发，似乎与黑板有着天生的联系，虽然很忙，但他可以自豪地说，他从来都站在教学第一线，从不会缺一节课。即使出国讲学耽搁了，也一定会抽时间补上。记得在南秀村安静的小道上，见过他骑着自行车上班，挺拔的身姿，沉静、安详，忽发奇想，要是他是一头黑发，那会是啥样？要知道，当时的他还不到五十岁。海氏哲学，追问存在，因此他的哲学与他的生活密切相关，这与现代以来的很多哲学家都不太相同，在他们那里，哲学是一种纯粹的学问，生活则活色生香。张老师给我们讲马克思，也讲海德格尔，无论两者有多大的差别，在一点上是相同的：他们都追问世界的意义，以及我们应该如何存在。我见过骑自行车上班的张老师，也有幸听过他的课，我知道，老师有他的答案。称他为老师，其实有点底气不足，因为我只上过他一门大课。但我知道，在他众多的头衔和称谓当中，他最喜欢的还是最朴实的这一个。他永远是我们的老师。

高山仰止，景行行止。我希望能带着前辈老师们给我们的养分，坚定地、踏实地一路前行。思考永远在路上。

2016 年 11 月 11 日深夜